陈忠实的写作课

陈忠实　著

江苏凤凰文艺出版社
JIANGSU PHOENIX LITERATURE AND ART PUBLISHING

图书在版编目（CIP）数据

陈忠实的写作课 / 陈忠实著. — 南京：江苏凤凰文艺出版社，2023.12
ISBN 978-7-5594-7744-6

Ⅰ.①陈… Ⅱ.①陈… Ⅲ.①文学写作学 Ⅳ.①I04

中国国家版本馆CIP数据核字（2023）第095524号

陈忠实的写作课

陈忠实 著

责任编辑	周颖若
装帧设计	末末美书
内文排版	麦莫瑞
出版发行	江苏凤凰文艺出版社
	南京市中央路165号，邮编：210009
网　　址	http://www.jswenyi.com
印　　刷	文畅阁印刷有限公司
开　　本	880毫米 × 1230毫米 1/32
印　　张	12
版　　次	2023年12月第1版
印　　次	2023年12月第1次印刷
字　　数	197千字
书　　号	ISBN 978-7-5594-7744-6
定　　价	49.80 元

出版说明

中国当代文学大家陈忠实以小说、散文闻名于世。代表作长篇小说《白鹿原》书写关中平原半个世纪历史变迁的史诗传奇，风格雄厚深沉，人物塑造突出，描写生动形象，情节荡气回肠，获得一九九八年第四届茅盾文学奖，被教育部列入“大学生必读”系列，被评为“百年百种优秀中国文学图书”，至今已发行数百万册，更被改编成影视剧，家喻户晓。除了长篇小说《白鹿原》大获成功外，陈忠实在中短篇小说和散文领域也颇有建树，著有中篇小说集《初夏》《四妹子》，短篇小说集《乡村》《到老白杨树背后去》，散文集《告别白鸽》等，这些作品语言质朴，情感真挚，哲理丰富，脍炙人口，其中有多部斩获重要文学奖项。

在毕生的文学生涯中，陈忠实自发或应邀发表过不少关于文学创作的文章，参加过不少相关主题的演讲，也乐于与文学青年、作家同行书信往来，共同探讨创作心得，既涉及小说，也涉及散文，时有新见，令人茅塞顿开。这些作品星散于陈忠实的文集中，表现了他对于文学创作的独到认知。

为方便读者学习，本书以人民文学出版社二○一五年版《陈忠实文集：全10册》为底本，辅以北京大学出版社二○一九年版《寻找属于自己的句子：陈忠实自述》、广东人民出版社二○二○年版《陈忠实文学回忆录》，从中辑录出陈忠实谈论文学创作的数十篇精华之作结集为一册，命名为《陈忠实的写作课》，以集中展示陈忠实的文学创作思想和方法。现将编选、编辑原则说明如下：

一、按内容分为创作观、小说艺术、散文技巧三大部分；

二、为尊重陈忠实作品原貌，除修改校订错别字（如“的”“作”）外，其惯用的表达方式不变；

三、特别收录陈忠实经典短篇小说、散文各五篇为范本，供广大读者学习参悟。

因编者水平有限，本书或有错讹、不当之处，祈望读者海涵。

本书编者俞婷

二○二三年二月十七日

目　录

第一章　陈忠实自述创作观

第二章　小说讲究艺术

第三章　散文其实有技巧

附录一　陈忠实经典短篇小说选

附录二　陈忠实经典散文选

第一章　陈忠实自述创作观

我的文学生涯[①]

我生长在一个世代农耕的家庭，听说我的一位老爷（父亲的爷爷）曾经是私塾先生，而父亲已经是一个纯粹的农民，是村子里头为数不多的几个能打算盘也能提起毛笔写字的农民。我在家乡解放后的第二年入学，直到一九六二年高中毕业回乡，之后做过乡村学校的民办教师，乡（公社）和区的干部，整整十六年。我对中国农村和农民有些了解，是这段生活给予我的。直到一九七八年秋天，我调入西安郊区文化馆。我再三地审视自己判断自己，还是决定离开基层行政部门转入文化单位，去读书去反省以便皈依文学。一九八二年冬天，我调到省作协专业创作组。在取得对时间的完全支配权之后，我几乎同时决定，干脆回归老家，彻底清静下来，去读书，去回嚼二十

① 原题《我的文学生涯——陈忠实自述》，系华中师范大学文学院教授、文学评论家李遇春根据陈忠实的创作随笔摘抄整理而成。

年里在乡村基层工作的生活积蓄，去写属于自己的小说。我的经历大致如此。

我在小学阶段没有接触过文学作品，尚不知世有“作家”和“小说”。上初中时我阅读的头一本小说是《三里湾》，这也是我平生阅读的第一本小说。赵树理对我来说是陌生的，而三里湾的农民和农村生活对我来说却是熟识不过的。这本书把我有关农村的生活记忆复活了，也是我第一次验证了自己关于乡村关于农民的印象和体验，如同看到自己和熟识的乡邻旧时生活的照片。这种复活和验证在幼稚的心灵引起的惊讶、欣喜和浮动是带有本能性的。我随之把赵树理已经出版的小说全部借来阅读了，这时候的赵树理在我心目中已经是中国最伟大的作家；我人生历程中所发生的第一次崇拜就在这时候，他是赵树理。也就在阅读赵树理小说的浓厚兴趣里，我写下了平生的第一篇小说《桃园风波》，是在初中二年级的一次自选题作文课上写下的。我这一生的全部有幸和不幸，就是从阅读《三里湾》和这篇小说的写作开始的。

随着阅读范围的扩大，我的兴趣就不仅仅局限于验证自己的生活印象了。一本本优秀的文学作品，在我眼前展开了一幅幅见所未见、闻所未闻的画卷：顿河草原哥萨克人矫悍的身影（《静静的顿河》），使人惨不忍睹的悲惨世界（《悲惨世界》），新世界诞生过程中铁与血交织着的壮丽的人生篇章（《钢铁是怎样炼成的》），人类争取自由幸福所表现出来的顽强无畏的气概（《牛虻》）……所有这些震撼人心的书籍，使我的眼睛摆脱开家乡灞河川道那条狭窄的天地，了解到在这个小小的黄土高原的夹缝之外，还有一个更广阔的世界。我的精神里似乎注入了一种强烈的激素，跃跃欲成一番事业了。自幼父亲对我的教诲，比如说人要忠诚老实啦，人要本分啦，勤俭啦，就不再具有权威的力量。我尊重人的这些美德的规范，却更崇尚一种义无反顾的进取的精神，一种为事业、为理想而奋斗的坚韧不拔和无所畏惧的品质。父亲对我的要求很实际，要我念点书，识得字儿，算个数儿不叫人哄了就行了。他劝我做个农民，回乡务庄稼，他觉得由我来继续以农为本的家业是最合适的。开始我听信的话，后来就觉得可笑了，让我挖一辈子粪而只求得一碗饱饭，我的一生的年华就算虚度了。我不能过像阿尔青（保尔的哥哥）那样只求温饱而无理想追求的猪一样的生活。大约在高中二年级的时候，我想搞文学创作的理想就基本形成了。

而我面对的现实是：高考落第。我们村子里第一个高中毕业生回乡当农民，很使一些供给孩子读书的人心里绽了劲儿。我的压力又添了许多，成为一个念书无用的活标本。回到乡间，除了当农民种庄稼，似乎别无选择。在这种别无选择的状况下，我选择了一条文学创作的路，这实际上无异于冒险。我阅读过中外一些作家成长道路的文章，给我的总体感觉是，在文学上有重要建树的人当中，幸运儿比不幸的人要少得多。要想比常人多所建树，多所成就，首先要比常人付出多倍的劳动，要忍受常人难以忍受的艰辛甚至是痛苦的折磨。有了这种从旁人身上得到的生活经验，我比较切实地确定了自己的道路，消除了过去太多的轻易获得成功的侥幸心理，这就是静下心来，努力自修，或者说自我奋斗。我给自己定下了一条规程，自学四年，练习基本功，争取四年后发表第一篇作品，就算在“我的大学”领到毕业证了。结果呢？我经过两年的奋斗就发表作品了。当然，我忍受过许多在我的孩子这一代人难以理解的艰难和痛苦，包括饥饿以及比鼓励要更多的嘲讽，甚至意料不到的折磨与打击。为了避免太多的讽刺和嘲笑给我平白无故带来心理上的伤害，我使自己的学习处于秘密状态，与一般不搞文学的人绝口不谈文学创作的事，每被问及，只是淡然回避，或转移话题。即使我的父亲，也不例外。

我很自信，又很自卑，几乎没有勇气去拜访求教那些艺术大家。像柳青这位我十分尊敬的作家，在他生前，我也一直没有勇气去拜访，尽管我是他的崇拜者。我在爱上文学的同时，就知道了人类存在着天才与非天才的极大差别。这个天才搅和得我十分矛盾而又痛苦，每一次接到退稿信的第一反应，就是越来越清楚地确信自己属于非天才类型。尤其想到刘绍棠戴着红领巾时就蜚声文坛的难以理解的事实，我甚至悲哀起来了。我用鲁迅先生“天才即勤奋”的哲理与自己头脑中那个威胁极大的天才的魔影相抗衡，而终于坚持不辍。如果鲁迅先生不是欺骗，我愿意付出世界上最勤奋的人所能付出的全部苦心和苦力，以弥补先天的不足。

我发表的第一篇习作是散文《夜过流沙沟》，一九六五年年初刊载于《西安晚报》副刊上。第一篇作品的发表，首先使我从自信和自卑的痛苦折磨中站立起来，自信第一次击败了自卑。我仍然相信我不会成为大手笔，但作为追求，我第一次可以向社会发表我的哪怕是十分微不足道的声音了。我确信契诃夫的话：“大狗小狗都要叫，就按上帝给它的嗓子叫好了。”我不敢确信自己会是一个大“狗”，但起码是一个“狗”了！反正我开始叫了！一九六五年我连续发表了五六篇散文，虽然明白离一个作家的距离仍然十分遥远，可是信心却无疑地更加坚定了。不幸的是，第二年春天，我们国家发生了一场动乱，就把我的梦彻底摧毁了。我十分悲观，看不出有什么希望，甚至连生活的意义也觉得黯然无光了。我一生中最悲观的时期，就发生在这一段。我发现，为了文学这个爱好，我可以默默地忍受生活的艰难和心灵上的屈辱；而一旦不得不放弃文学创作的追求，我变得脆弱了，麻木了，冷漠了，甚至凑合为生了。

一九七八年，中国文学艺术的冻土地带开始解冻了。经过了七灾八难，我总算在进入中年之际，有幸遇到了令人舒畅的文学艺术的春天。初做作家梦的时候，把作家的创作活动想象得很神圣，很神秘，也想象得很浪漫。及至我也过起以创作为专业的生活以后，却体味到一种始料不及的情绪：寂寞。长年累月忍受这种寂寞，有时甚至想，当初怎么就死心塌地地选择了这种职业？而现在又别无选择的余地了。忍受寂寞吧！只能忍受，不忍受将会前功尽弃，一事无成。忍受就是与自身的懒怠做斗争，一次一次狠下心把诱惑人的美事排开。当然，寂寞并不是永久不散的阴霾，它不断地会被撕破或冲散，完成一部新作之后的欢欣，会使备受寂寞的心得到最恰当的慰藉，似乎再多的寂寞也不算得什么了。尤其是在生活中受到冲击，有了颇以为新鲜的理解，感受到一种生活的哲理的时候，强烈的不可压抑的要求表现的欲念，就会把以前曾经忍受过的痛苦和寂寞全部忘记，心中洋溢着一种热情；坐下来，赶紧写……

小屋里就我一个人。稿纸摊开了，我正在写作中的那部小说里的人物，幽灵似的飘忽而至，拥进房间。我可以看见他们熟悉的面孔，发现她今天换了一件新衣，发式也变了，可以闻到他身上那股刺鼻的旱烟味儿。我和他们亲密无间，情同手足。他们向我诉叙自己的不幸和有幸，欢乐和悲哀，得意和挫折，笑啊哭啊唱啊。我的不足十平方米的小屋，是一个想象中的世界。在这个世界里，有山川河流，有风霜雨雪；四季变换极快，花草树木忽荣忽枯；有男人女人，生活旅程很短，从少年到老年，说老了就老了。这个世界具有现实世界里我经见过的一切，然而又与现实世界完全绝缘。我进入这个世界，就把现实世界的一切忘记了，一切都不复存在，四季不分，宠辱皆忘了。我和我的世界里的人物在一起，追踪他们的脚步，倾听他们的诉叙，分享他们的欢乐，甚至为他们的痛心而伤心落泪。这是使人忘却自己的一个奇妙的世界。这个世界只能容纳我和他们，而容不得现实世界里的任何人插足。当某一位熟人或生人走进来，他们全都惊慌地逃匿起来，影星儿不见了。直到来人离去，他们复又围来，甚至抱怨我和他聊得太久了，我也急得什么似的……

我在进入四十四岁这一年时很清晰地听到了生命的警钟。我突然强烈地意识到五十岁这年龄大关的恐惧。如果我只能写写发发如那时的那些中短篇，到死时肯定连一本可以当枕头的书也没有，五十岁以后的日子不敢想象将怎么过。恰在此时由《蓝袍先生》的写作而引发的关于这个民族命运的大命题的思考日趋激烈，同时也产生了一种强烈的创作理想，必须充分地利用和珍惜五十岁前这五六年的黄金般的生命区段，把这个大命题的思考完成，而且必须在艺术上大跨度地超越自己。当我在草拟本上写下《白鹿原》的第一行字的时候，整个心理感觉已经进入我的父辈爷辈老老爷辈生活过的这座古塬的沉重的历史烟云之中了。这是一九八八年四月一日。在我即将跨上五十岁的这一年的冬天，也就是一九九一年的深冬，《白鹿原》上三代人的生的欢乐和死的悲凉都进入最后的归宿。我这四年里穿行过古塬半个多世纪的历史的烟云，终于要回到现实的我了。掀开新的一页稿纸，便有一种“倒计时”的怦然。然而当每天的黑夜降临时，心里的孤清简直不可承受。

《白鹿原》出版后，我基本没有再写小说。我想读书，我想通过广泛的阅读进一步体验艺术。我不追求著作等身，只要在有生之年能多出一本两本聊以自慰死后可以垫棺作枕的书，就算我的兴趣得到了报偿。未来的创作是不是鸿篇巨制，是否要超过《白鹿原》，我根本就不思考这个问题。对我来说，《白鹿原》已成为历史，没有必要跟它较劲。我只是尊重自己的生命体验和艺术感觉，最终能形成什么样的作品，那就写个什么样的作品献给读者。既不重复别人，也不重复自己，只要有独立生存的价值，只要是实实在在达到了我所体验到和追求的目标，我就感到欣慰了，因为，它们都是我的孩子。

二〇〇三年九月

兴趣与体验[1]

一

到五十岁才捅破一层纸，文学仅仅只是一种个人兴趣。

为什么读了头一本小说就无法抑制，就产生了一种想把中学图书馆的小说都挨个读一遍的强烈欲望，现在想来就只能归于兴趣。人的兴趣是多种多样的，兴趣在小小的年纪就呈现出来，有的喜欢画画，有的精于算计，有的敏于乐感，有的巧于魔术变幻……文学只是人群中千奇百怪的兴趣中的一种。

…………[2]

也就在阅读赵树理小说的浓厚兴趣里，我写下了平生的第

---

① 《陈忠实小说自选集》序言。

② 此处有删节。

一篇小说《桃园风波》，是在初中二年级的一次自选题作文课上写下的。记得老师给了我前所未有的大篇幅的评语，得分为5+……我这一生的全部有幸和不幸，就是从阅读《三里湾》和这篇小说的写作开始的。

时光已经流逝了整整四十年。四十年前写作那篇小说时的我，根本不会想到也无法料知今天的我的这一番模样。平静说来，那篇小说本不是当作小说写的，更不是为了出版为了发表为了挣稿费为了什么什么，仅仅只是为了完成一次语文老师布置的自拟选题的作文……当我今天编选这一套三卷本的小说选集的时候，无法湮灭的记忆很自然地又活跃起来，真是感慨系之。

兴趣不衰，热爱之情便不泯。于是我就想通了那些被文学这个魔鬼缠住的人之所以被监禁流放被剃阴阳头被踢屁股历经九死而不改不悔的全部缘由。面对在我之先的上两代经历过阴阳两界巨大痛苦的作家，我从来不敢把自己追求文学所招致的小小灾难当作灾难，更不敢把它当作某种资本去争取文学以外的价值。所有对文学情有独钟的人都经历了那个过程，一个不可跨越无计逃遁的火与冰的过程，灾难和痛苦只分深浅或者说轻重，而不是有无。完全得益于那个过程的人是另一种形态或另一种意义上的作家。我在四十年的文学历程中的灾难属于轻的一种，痛苦也属于浅的一类，但毕竟都一一经历了，于是我就有了属于自己的最真切也最牢靠的关于生命和艺术的体验。我常想，那些刚走出牢门结束了流放的作家，之所以还能摊开稿纸拧开钢笔，恐怕不是为了出名为了发财抑或还为了什么什么吧？我想只是兴趣。

兴趣是会转移的，不是所有人都会受一种兴趣的支配而在文学这条路上从天明走到天黑。如果他对文学的兴趣转移了，可能转移到制造导弹保卫疆域，也可能转移到耍猴变魔术玩杂技博取观众的喝彩去了。兴趣转移是人类的正常行为，许多人的兴趣从文学转移到其他领域而且做出了卓越的创造，也有许多人的兴趣从另一样事业转移到文学上来同样写出了辉煌篇章。从这个最简单的本质意义上说，关于文人下海的讨论没有多少实际意义。

文学是个魔鬼。然而能使人历经九死不悔不改初衷而痴情矢志终生，她确实又是一个美丽而又神圣的魔鬼。

二

到五十岁时还捅破了一层纸，创作实际上也不过是一种体验的展示。

体验包括生命体验和艺术体验从而形成一种独特体验。千姿百态的文学作品是由作家那种独特体验的巨大差异决定的。出于对创作这项劳动的如此理解，我觉得作家之间和作品之间只能互相宽容百花齐放，因为谁也改变不了谁的那种独特体验，谁也代替不了谁的那种独特体验。红花没有必要嘲讽白花，黄花也无必要笑傲紫花，家花更代替不了野花，洋花卑视[①]土花并不能以此显示尊贵，所有红花白花黄花紫花家花野花洋花土花，应该不断完善自身以期更加完美，应该互相鼓励以求更加扩大差异，才会百花齐放争奇斗艳万姿纷呈；要么互相杂交取优汰劣生出一种或几种土洋结合家野合璧的杂种新种，可能不失为一种创造。

总之，不要互相敌视互相撕咬互相消灭，作家毕竟又不是某一种花，他的那个独特体验是消灭不了的；任何一种花的生存，应该靠自身的姿色，也仅仅只能依赖自己的姿色去生存，作家是用作品和这个世界对话的；企望依靠非花（非文学的因素）去达到花（文学）的目的，肯定是不可能的，文学史上无

① 作者个人习惯性用词，意为蔑视、看不起。

论在中国和外国在这方面都没有得手的先例；应该消灭的不是任何一种花，而只能是罂粟毒株。

生命体验由生活体验发展过来。生活体验脱不出体验生活的基本内涵。生活体验或体验生活对于任何艺术流派艺术兴趣的作家都是不可或缺的。普遍的通常的规律，作家总是由生活体验进入生命体验的，然而并不是所有作家都能由生活体验进入生命体验，甚至可以进入生命体验的只是少数；即使进入了生命体验的作家也不是每一部作品都属于生命体验的作品，这是我通过阅读所看到的中外文坛上的基本的现状。

出于对创作的这样的理解，新时期以来我基本没有参与文坛的种种争论，也不想把自己归结于某一种新潮“主义”的旗帜下。因为在我看来，任何一种流派任何一个“主义”的产生，都是作家的独特体验孕育的结果，不是硬学的，硬学是学不来的，模仿的结果只能是画虎类猫。但艺术毕竟是相通的，可以互相影响，可以用一种流派的长处弥补另一种“主义”的短处，可以加深扩展自己对艺术的体验。

新时期中国当代文学的全面复兴，我是经历了一个全过程。这套选集里的长、中、短篇小说全部选自我一九七八年至一九九二年年初的作品。我在编选时已经惊讶起初几年的一些短篇的单薄和艺术上的拘谨，再明显不过地展示出我艺术探索的笔迹。无须掩丑更不要尴尬，那是一个真实的探索过程，如同不必为自己曾经穿过开裆裤而尴尬一样。《白鹿原》出版后，我基本没有再写小说。我想读书，我想通过广泛的阅读进一步体验艺术。我不追求著作等身，只要在有生之年能多出一本两本聊以自慰死后可以垫棺作枕的书，就算我的兴趣得到了报偿。

生命体验是可以信赖的。它不是听命于旁人的指示也不是按某本教科书去阐释生活，而是以自己的心灵和生命所体验到的人类生命的伟大和生命的龌龊，生命的痛苦和生命的欢乐，生命的顽强和生命的脆弱，生命的崇高和生命的卑鄙等。这些难以用准确的理性语言来概括，而只适宜用小说来表述来展示那种自以为是独特的感觉。

三

刚刚交上知天命的五十岁时，我写完了《白鹿原》。写完这部长篇，关于文学和创作的两层纸才捅透打破了，也发觉自己完全固执于独特体验的己见。

许是因了这部长篇的连锁反应，在此之前的中篇和短篇也不断地被出版社组装出版，印数之大仅仅在此前两年是做梦都不敢想的。很简单，读者恐怕也是出于我当初读《三里湾》之后的那种心理，便想读我的其他小说，这很正常。我当然很高兴，读者多了，作家与读者交流沟通的渠道也就拓宽了，这是任何形态的艺术创造的本意。艺术创造就是为了沟通，小说不过是作家以双重体验和读者沟通的媒体。文学作品沟通古人和当代人，沟通不同肤色不同语系的东方人和西方人，沟通心灵。一部作品能够广泛地完成那个沟通，作家创造的全部目的就算实现，再无须多说一句话，只任人去说。

长篇《白鹿原》从发表到现在接近两年，我收到过数以千计的读者来信，许多信读罢常常使我陷入沉默无言中只想喝酒。“我想写出这本书的人不累死也得吐血……不知你是否活着，还能看到我的信吗？”这是石家庄一位医生或护士写来的信中的一句话。我想借着这套选集出版作序的机缘，向这位读者和所有关心关注我的朋友致以真诚的谢意，我活得依然沉静如初，也还基本健康。

当然，我更应该告诉读者朋友，这套小说选集包括一九九二年以前的主要作品，小说领域里的长、中、短的形式都算实践过了。明天，我肯定还要展示我的新的体验，绝不会重复自己；重复别人是悲哀，重复自己更为悲哀；重复的直接后果是艺术创造的萎缩。

创造者是心地踏实的。

一九九五年三月十八日

收获与耕耘

二十岁，人生进入成年期的标志。

这是一个令人心魄悸颤的年轮。我发觉，当一个人跨入成年的时候，许多人生的重要课题都涌集而至了，而首当其冲的，就是人生道路的抉择。

我二十岁那年，正好高中毕业了。摆在我面前的极为严峻的选择就是：要么进入大学继续深造，要么回到乡村去务庄稼。尽管学校对毕业生的政治思想工作做得相当周密，共青团组织为此举办过形式多样的活动，然而无法从根本上消除这两种选择结果上的巨大差别，说成天壤之别也许不算夸张。如果我们排除掉虚伪的掩饰而认真地面对现实，一个大学生和一个穷乡僻壤的农民之间的差别是有目共睹的。

我十三四岁的时候，对文学发生了兴趣。那时的中学语文课分作汉语和文学两部分，在文学课本里，那些反映当代农村生活的作品，唤醒了我心中有限的乡村生活的记忆，使我的浅薄的生活经验第一次在铅印的文字里得到验证，使我欣喜，使我惊诧，使我激动不已。是的，第一次在文学作品中验证自己的生活经验，在我无疑具有石破天惊豁然开朗的震动和发现。

我喜欢文学了，开始憧憬自己在文学上的希望了。我做过五彩缤纷的好梦，甚至想入非非，然而都不过是梦罢了，从来也没有因为梦想而感到紧迫和压力。只有跨上二十岁的时候，当这种选择像交叉十字道路摆到脚下的时候，惶惑、犹豫、自信与自卑交织着的复杂感情，使我感到了这个人生重要关口选择时的全部艰难。人生的第一个至关重要的驿站啊！

不管怎样，生活老人的脚步不乱。当生活把我这一拨儿同龄人推过第一个驿站的时候，似乎丝毫也不理会谁得了，谁失了；谁哭了，谁笑了；谁得意甚至忘形了，谁又沮丧以至沉沦了。而我面对的现实是：高考落第，没有得也没有笑，没有得意更不可能忘形，我属于失去机会者，或者干脆透彻一点说是失败者。然而我没有哭，也没有沮丧或沉沦，深知这些情绪对我都毫无益处。我要用奋斗来改变这一切。

应该感谢生活。

生活老人的脚步不乱，脸孔也一直严峻，似乎并不有意宠爱某一个而又故意冷漠另一个，抱怨生活的不公正只能是弱者的一种本能。生活没有给我厚爱。我自小割草拾柴，直到高中毕业时为了照一张体面的毕业照片才第一次穿上了洋布制服。中学时代我一直从家里背馍上学，背一周的馍馍步行到五十多里远的西安去读书，夏天馍长毛，冬天又冻成冰疙瘩。我当时似乎并不以为太苦，而且觉得能进城念书，即使背馍，也比我的父亲幸福得多了，他压根儿没有这种进城念书的可能。因此，我十分热爱共产党，使我成为我们村子里的第一个高中毕业生。

…………[①]

我主要在两方面进行努力，一是读书，一是练习写作。书是无选择地读，能找到什么就读什么，阅读中自己感觉特别合口味儿的就背。无选择的读书状况继续了好几年，那原因在于我既没有选择读书的可能，也没有什么人指点我读书的迷津，反正是凡能拿到手的古今中外的文学书，就读了。于今想来，这样倒有一个好处，开阔了视野，进行了艺术的初步熏陶，歪打正着罢了。另一方面，不断地写，写完整的作品较少，大量地记生活笔记，每天都有，或长或短，不受拘束，或描一景，

---

① 此处有删节。

或状一物，或写一人一相，日日不断，自由随便。

我几乎在每次换取一个新的生活记事本的时候，开篇都先要冠之一个我很喜欢的座右铭："不问收获，但问耕耘。"这信条里所蕴含的埋头苦干实干的哲理令我信服，也适宜我的心性。这条座右铭排除人时时可能产生的侥幸心理，也抑制那种自卑心理的蔓延，这两种不好的心理情绪是对我当时威胁最大的因素。

在此信条下，我日复一日年复一年地对自己进行最基本的文学修养的锻炼。大量阅读优秀的文学作品，对我特别感兴趣的篇章进行分析和解剖，学习结构和表现的艺术手段。坚持写生活笔记已形成习惯，一本一本写下去，锻炼了文字的表达能力也锻炼了观察现实生活的眼力。我的心境基本上是稳定踏实的。

我的家庭本来就不富裕，如在三年困难时期，饱肚成为最大的问题。我没有电灯照明，也没有钟表计时，晚上控制不住时间，第二天就累得难以起床。我只好用一只小墨水瓶改做的煤油灯照明，烧焦了头发又熏黑了鼻孔。每晚熬干这一小瓶煤油，即上炕睡觉，大约为夜里十二点钟，控制了时间。长此而成习惯，至今竟不能早眠。

春秋时节，气候宜人，而冬夏两季，就有点难以忍耐。我常常面对冻出冰碴的笔尖而一筹莫展，也常常在夏暑的酷热当中头晕眼花，没有任何取暖和制冷的手段。蚊虫成为天敌，用臭蒿熏死一批，待烟散之后，从椽眼儿和窗孔又钻进来一批。我就在这“轮番轰炸”的伴奏下，继续我的奋斗。

三伏酷暑，蚊虫逞威，燥热难受。乡间的农民，一家人在场头迎风处铺一张苇席睡觉，我却躲在小厦屋里，只穿一条短裤，汗流浃背地写写画画。母亲怕我沤死在屋子里，硬拉我到场边去乘凉。我丢不下正在素描着的一个肖像，趁空儿又溜回小厦屋去了。

……[1]父亲常常忍不住问我整夜钻在屋里“成啥精”，我说“谝闲传”！于是他就不再问。

我虽然稳着心在耕耘，然而总期待收获。

我终于得到了第一次收获的喜悦。哪怕是一支又瘦又小的麦穗，毕竟是我亲手培育出来的啊！

我的第一篇散文在《西安晚报》发表了。它给我的喜悦是不言而喻的，然而更重要的是对我的信心的验证。我第一次经过自己的独立的实践使自己相信：没有天才或天分甚微的人，通过不息的奋斗，可以从偏心眼儿的上帝那儿争得他少赋予我

---

① 此处有删减。

的那一份天资。整个在此前一整段漫长的苦斗期——从开始爱好到矢志钻研文学，我一直在自信与自卑的折磨中滚爬。现在，自信第一次击败了自卑，成为我心理因素和情绪中的主导方面。我验证了“不问收获，但问耕耘”这条谚语，进而愈加确信它对我是适用的。直到一九八一年，历遭劫难之后，我编完第一本短篇小说集《乡村》的时候，竟然抑制不住如潮的心绪，在《后记》里写下这样的话：

> 农民总是在总结了当年收成的丰歉的原因之后，又满怀希望和信心地去争取下一料庄稼的丰产与优质了，从不因一料收成的多寡而忘乎所以。从这个意义上讲，我争取在尔后的学习创作生活中，耕得匀一点、细一点、深一点，争取有更多更好的收获。

这里所流露出的情绪，仍然首先是耕耘。

没有耕耘就没有收获。出大力气耕耘，流大汗水耕耘，用大力气和大汗水耕耘得深一些，匀一些，才可能有丰裕的收获，才可能获得较大一点的创作成果。用小力气和点滴汗水所能指望得到的，必是小小的收获或是小小的作品。不想花费苦力和根本不想流汗或是没有足够的耐心进行耕耘，就不会有什么收获可指待，也就不会有创作。

现在，当我能写一点作品奉之于世，当我受到社会和喜欢我的作品的读者的较多关心的时候，心理压力反而愈来愈重了。社会正走向开放，生活也日趋复杂；旧的陈腐的一些观念被淘汰，而人对生活的一些基本的信仰却不能变。我希望在自己的心田里继续保持“不问收获，但问耕耘”这样一种情绪，不以物喜，不以己悲，做自己尚要做下去的事；更不能张狂，一旦张牙舞爪起来，就破坏了这种情绪，就泄掉底气了。我原本就是一个农村人，生活把我造就成一个像我父亲那样只会刨挖土地以获得生命延续的农民，完全是顺理成章的事。我在新社会得到读书的机会，获得文化知识以后又使我滋生了一种想成一点文学事业的奢望，而且有了一点小小的建树，我已意识到自己的责任，社会的和生活的责任，反倒泛不起个人的太多的得意或失意的情绪了。

感谢生活磨炼了我。生活对于我，设置下太多的艰辛和波折，反而使我增加了认识生活的机会，增强了承受压力的负载能力。在这种甚为漫长的人生的第一、第二和第三驿站的艰难行程中，“不问收获，但问耕耘”这条生活哲理给了我多少好处！反过来又使我更深地理解了这个被许多人实践并且证实了的科学箴言。

世界在变化，生活在变化中发展，文学不得不变，不变就会被人民所冷漠。我也要变化，这当然是另一个命题了，然而进行这种变化的我的基本立足点，依然是重在耕耘。

一九八六年十二月

文学无封闭[1]

自从前年，陕西的长篇小说形成某种影响以来，我不止一次听到这样的疑问，说陕西经济发展步子不大，尤其是比之沿海那些省份就更显得落后，而陕西的文学创作为什么如此繁荣？我在一些座谈会上听到过这样的话题，在接受记者采访和与中文系大学生对话时，这也几乎无一例外地成为热门话题。尤其是从南方那些经济发达地区来的报纸、刊物、电台、电视台的编采记者，甚至做出这样的反诘：文学创作是否只有在相对落后贫穷相对闭塞的地方才能获得发展？因为经济发达商业活跃相对富裕的诸如深圳、广州等地的作家已经耐不住写作的清贫而躁动于商事活动了……我几乎无一例外地坚持说这种看法是一种错觉，是对文学创作这种劳动的一种理解上的误区。

① 原题《文学无封闭——文学话题之一》。

我说，文学不存在封闭。

文学创作和经济发展不可类比，也不存在一个文学发展与经济发展成正比或成反比的必然性规律。内陆省份经济发展普遍赶不上沿海省份经济发展的速度，这是业已形成的一种经济格局。一个地区的经济发展除了受那里的长官的决策的眼光和魄力等重要因素的影响外，还要受地理位置、地理环境的制约，还有气候、交通、文化教育等等因素的影响，这是常识。

上述制约经济发展的因素都不能对文学创作构成危害性或约束。……[①]在今天的正常的文学环境和文学气候里，任何地区任何地域的中国作家所获得的发挥自己创作的条件，在根本上或者说在最重要之点上是平等的相同的。经济发达商品活跃地区的作家可能比经济落后地区的作家收入丰厚一些，生活条件优越一些。然而文学创作不是靠物质所能推动的，物质的优裕和钞票的多多益善只是作家进行创作劳动时的生活给养而已；首先得作家“肚子里有蛋”，无蛋空怀的人哪怕住在五星级宾馆里也是难得作为的。作品水平的高低并不决定于你写字的手指上是否戴有金戒指，好像也不决定于写作者喝的是牛奶

① 此处有删减。

咖啡还是吃的搅团儿。

作家进行文学创作唯一依赖的是一种双重性的体验，由生活体验进而发展到生命体验，由艺术学习发展到艺术体验。这种双重体验所形成的某个作家的独特体验，决定着作家全部的艺术个性。作家的每一部（篇）重要的认真的而不是应酬之作，都无可掩饰地标志着他在那一段时期的那个独特体验的形态，这种形态的展示也就赤裸裸地标志着作家关于生命和艺术所体验的一切。

这是我关于创作这种劳动截至目前的最简捷的理解。既如此，作家从艺术学习到艺术体验的整个过程所能借助的只有阅读。他想尽可能多地通览古今，也想尽可能多地学贯中西。他一方面要从古人今人国人洋人那里吸收一切有利有益于发展强大自己艺术能力的东西；另一方面就是以广泛的阅读来开阔自己的艺术视野，见识见识那个艺术殿堂里所荟萃着的异彩纷呈的风姿；还有一面就是看看前人和当代人已经跨过了思想和艺术的怎样的标高，从而确定自己探索的方向。作家对于艺术的学习和体验不受任何约束，全靠自己的艺术兴趣和艺术悟性，并不因作家居住在经济发达的南方或相对落后的北方或西部而构成影响，也不因作家住在京城或住在乡村而影响阅读的效果，住在豪华都市和住在乡间的作家同在阅读《红楼梦》《百年孤独》，各自得到的关于艺术的体味和启示不会因谁在什么地方而决定深浅的。如此说来，相对闭塞的西部作家在艺术的学习上不存在封闭，因为古今的文学名著这里的人都可以见到，即使比沿海比京城晚读半年一年也无关宏旨，艺术的学习和体验不是一朝一夕所能起作用的，不像科学技术军事尖端技术信息急迫到要争夺一天一时一分一秒，而是靠那种多少有点神秘感的心灵的体验和一种艺术修炼的基本功力。

生命体验由生活体验发展而来，生活体验脱不出体验生活的基本内涵。生活体验或体验生活对于任何艺术流派艺术兴趣的作家都是不可或缺的。普遍的通常的情况是，作家总是经由生活体验进入生命体验阶段的；并不是所有作家都能经由生活体验而进入生命体验的，甚至可以说进入生命体验的作家只是少数；即使进入生命体验的作家也不是每一部作品都属于生命体验的作品。譬如写出过属于生命体验之作的《百年孤独》的马尔克斯，随后写出的《霍乱时期的爱情》，我凭阅读感觉以为是属于生活体验的作品。而昆德拉在《生命中不能承受之轻》之前的几部长篇，尽管艺术风姿各异，我觉得仍然属于生活体验之作，只有《生命中不能承受之轻》才是进入一种生命体验的艺术精品。

凭生活体验产生过许多不朽之作，然而生活体验也容易产生许多相似的雷同的作品，诸如批判现实主义的大量的小说，更诸如二十世纪五六十年代大量的写农业合作化的作品，甚至还有大批的写新时期农村改革的作品。这种现象产生的原因，在于作家顺着一种公用的通行的理论思维去概括生活，尽管南方北方东方西方的中国农村生活差异很大，在这一批作品中也仅仅使读者感受领略到风俗的差异和方言的差异以及故事情节的大同小异，几乎一律都是农民在合作化集体合作社里生活困苦，娶不下老婆，等等。责任田一推行，农民吃饱了穿暖了，敢于和村干部对抗了，也要追寻真正的爱情了。这样如一个模子翻制出来的小说有多少数目啊！包括我的一些作品也不能摆脱这样的窠臼。生命体验首先也是以生活为基础的，生命体验不是以普通的理性理论去解剖生活，而是以作家个人独立的关于历史关于现实关于人的生存的一种难以用理性言论做表述而只适宜诉诸形象的感受或者说体验。这种体验因作家的包括哲学思维、个人气性等方面的因素而产生，所以永远不会重复也不会雷同。

既然创作活动属于作家的双重体验，那么什么东西能制约呢？不能。什么东西能造成封闭呢？没有。翻转来说，这种双重的体验更不可能靠物质的钞票的东西来促进或推动。不能产生这种双重体验的作家即使坐高级轿车住高级宾馆也无济于事，不能产生这种体验的作家即使关闭在任何闭塞的穷乡僻壤头悬梁锥刺股也同样无济于事；能够产生那种独特体验的作家无论坐轿车或骑自行车都会产生的。产生了，就要展示，就要诉之于文学，就要倾泻，就渴望把自以为是独特的体验尽可能充分尽可能快地与读者进行交流，小说就是实现交流和沟通的媒体。

文学无封闭——也许是我的偏见。

一九九五年一月二十二日

作家的思想[1]

关于作家的思想，是我近年间愈来愈感到清晰明朗的一个创作命题。这是经过优秀作品和平庸小说的阅读参照过程中得到的启示。

作家创作发展历程中要完成多次突破，其情景类似蚕儿一次又一次的眠蜕。每一次突破，都使作家进入一个新鲜的开阔的艺术境域。作家完成一次突破或在突破的坚壁之前被捂死，通常所说的诸如生活积累生活体验，艺术表述能力，想象力，包括文字功夫等，都是重要的因素，欠缺哪一方面的能力或是火候不足，都会成为实现新的突破的制约性障碍。然而，近年间对各类作品的阅读参照里，我意识到思想对创作的至关性的作用。尤其是那些已有颇多建树的作家，或者说创作已经达到

① 节选自《文学的力量——与〈陕西日报〉记者张立的对话》。

较高层次的作家，如何避免类似性的自我重复，如何缩短原地踟蹰的时间，实现更新更高艺术境界的突破，思想力度就成为诸多因素里尤为突显，乃至致命的一个因素。

作家拥有各自的生活积累和生活体验，进入创作就进入对生活素材的取与舍或者说提炼的艰巨过程，这是常识。甚至在一个或大或小的作品刚刚产生灵感之时，直到酝酿和构思基本完成，这个过程里就进行着素材的选择和提炼。对生活素材的选择和提炼的决定性因素，首当思想力度。这情形类似于炼钢，冶炼手段的强弱，决定着钢的精度，粗钢和精钢都来自同一块矿石，而钢的品位却相差甚远。作家的思想力度可以类比为炼钢能力。作家的思想决定着穿透生活的深度。匍匐着的平庸的思想，穿透生活和提炼生活的力度太浅太弱，作品的平庸不是最后而是最初就注定了的。思想铸就作品的脊骨，是渗透游荡在字里行间最具攫获力的幽灵，是精神张力和人物心灵世界最具冲击力的灵魂。我在阅读那些经典——老经典和新经典——作品时，都会有类似的感受，而绝不因这些经典作品题材的差别和生活远近而发生影响。我也看到许多缺乏思想力度可资借鉴的作品，素材的随意选择，生活细节的大量堆砌（且不说胡编乱造）不可避免一堆铺摊着的无骨无灵性的肉的直观效果。企图凭借某些小趣味小噱头或吓人的想象的情节细节来制造艺术效果，都是很难奏效的。

思想的深度和力度，影响乃至决定着作家生活体验的质量和层次。尤其是从生活体验进入生命体验，非超常独到的思想而绝无可能。人们很随意地说着生命体验这个颇为时尚的词汇。就我的感觉，能进入生命体验的作品，也只是许多堪称名家名作中一个小小的部分。我差不多读过昆德拉的全部小说，在我的阅读判断里，只有《生命中不能承受之轻》是进入生命体验的一部小说。有趣的是，此前昆德拉还有一部成名作《玩笑》，题材和立意与《生命中不能承受之轻》颇为类似。《玩笑》也是超出捷克国界产生广泛影响的一部小说，结构、人物和作品开掘的深度，都可以说完美。然而对照《生命中不能承受之轻》，我发现《玩笑》还是属于生活体验的作品。只有《生命中不能承受之轻》这部小说进入生命体验的层面，这是一个作家创作生涯里梦寐难求的一次升华性质的艺术突破。我曾经认真思索昆德拉从《玩笑》到《生命中不能承受之轻》这两部小说的创作现象，唯一能得到的较为合理的理解，是昆德拉的思想提升了发展了，穿透生活烟云的强度和力度更强大了，而且在这种独到的思想的辐射下，对社会和人生获得独自独特的发现，而且潜移默化为生命深层的体验了，创作就进入自由自如如同蚕到蛾的羽化状态。

二〇〇五年三月二十六日

文学与历史、现实之间的关系[1]

每位作家都在自己的生活位置上经历、感受生活。以前我们遵从毛主席的教导：作家要深入生活，直接到基层去体验、感受生活。这揭示了文学艺术创作的基本规律，反映了作家创作与生活的关系。那时候提倡的是作家直接到生活的某一具体场地去深入体验，比如到农村，到大工厂、大工地，现在仍有一部分作家这么做（挂职锻炼）。我以为作家深入生活有两种方式：一种是直接到某一生活场地去深入；另一种则是在自己的生活位置上全身心地感受生活，感受社会，接触各种人物、事件。这两种都是可取的，作家可以选择属于自己的深入生活的方式。

---

① 节选自《从生活体验到心灵体验——与〈人民日报〉记者高晓春的对话》（后以《从生活体验到心灵体验——访作家陈忠实》为题刊于《人民日报》一九九八年十二月十二日）。

至于历史，我们只能间接地去体验、感受了。把握历史，对于当代作家来说，关键在于要有一定的系统的历史知识，尽可能准确地把握住那个时代特定的社会环境和社会心理的真实。鲁迅先生的《风波》是这方面的经典之作。“剪辫子”多少人经历过了，也写过了，但没有产生广泛影响，而《风波》却成功了，是因为鲁迅把握住了剪辫子这一具有历史特征的细节，并写出了人物的心理真实——没辫子还怎么生活？怎么见人？留辫子时代的社会心理秩序被打乱了，剪了辫子，心理上有了恐慌，需要重新建立新的秩序，这就推动了新的社会秩序、道德、审美标准的诞生。

从特殊时期的“本本主义”到改革开放初期的喇叭裤，再到如今的信息时代，无不是人的心理秩序的打乱、重组、适应、平衡、又打乱的过程，从这个层面讲，所谓历史，就是人的心理秩序不断被打破，又不断寻找到新的平衡的历史。感受历史，就应该是把握住那个时代社会心理的真实。虽然对心理真实的感受因人而异，但从根本上说人性是相通的，因为人性是沟通任何一个时代的人的最基本的支点，也是沟通不同民族、不同国家的人的情感的最基本的支点。我们为什么喜欢外国的那些最优秀的作品（尽管我们不了解他们的生活）？就是因为我们通过读书，能够感受到于连的情感、安娜的情感。所以好的文学作品应该是：它不应该给读者带去阅读上的障碍，它应该与阅读它的每一位读者沟通。如果达不到这种沟通，只能说是作家的感受层次浅，或者说是艺术的表现能力差。

一九九八年冬

文学的信念与理想

我的文学信念形成的时间很漫长，是从不自觉到自觉的过程，也有去伪存真的问题。最初的很长一段时间里，单就个人的因素看，写作确实就是一种兴趣和爱好。它的萌发是一种兴趣，包括已经能发表很多作品的时候，在很大程度上还是一种个人的创作兴趣，一旦沾染上了文学，发表了些作品，同时也就产生了名利之心。再后来，把文学创作当作一种生活目标来追求的时候，毫不讳言，具体到个人出路的非常实际的问题时，我还是从自身考虑得多。尽管在陕西省已成为一个有影响的作家了，社会要求你的写作是要为革命，自然要附着一些当时流行的社会政治口号，把你的创作归列到那上面去。但具体到我写作的真实心理，仍然是兴趣。最初的兴趣是在中学读书时引发起来的，不自觉地连续练习写作。到高中毕业时，处在国家“困难时期”的非常重要的关头，是我人生最重要的转折点，也是我人生最困难的、最苦恼的一段时期。后来我回忆当时，不能进大学学习，对一个青年无论从个人出路、发展，还是从报效祖国、服务人民，即从私与公的角度，所有的路一下子都被堵死了，在一切都不可能的时候，我很自然地把自己的精神集中到文学爱好上来。这也是我当时唯一能选择的道路。这样，反而排除了一些轻易能够进入社会，包括谋一个好的工作这样侥幸的心理，反而归于一种死心塌地的沉静。进入这种自修状态，我的目标很明确，自修四年发表第一篇作品，就是我的大学学历完成的标志。那是我从最基本的文学修养开始练习，摸索写作的道路。在这一时期，最重要的是文字修炼，虽然也是在任何冠冕堂皇的场合都要讲是为革命写作，其实是以文学创作为寻找自己的人生出路，尽管如此，选择文学的动力还是对文学的兴趣。回忆那一段时间，我总以为，一种虽然时间不长却极度的恐慌和痛苦过去以后，我才进入学习的最好的沉静状态，开始了文学创作的准备。最初是广泛阅读，包括背诵，记日记，写读书笔记、生活笔记，这些笔记不仅锻炼了文字功力，而且锻炼了我观察生活的敏锐性。我很清醒，如果文字功力不足，想把发生、发展的事情表达出来，实现自己的人生理想，想当作家是不可能的。

到能发表一些作品，并在社会上产生比较大的影响的时候，文学创作仅仅作为个人生存手段的目的，反而淡化了，退居次位了，不是主要矛盾了。社会承认你是一个作家，你就要对自己创作的进一步发展提出更高的目标。这大约应该是到了二十世纪八十年代中期。我清醒地意识到，社会承认你作为一个人的创造价值，但社会同时也强迫你必须认识到它承认的是什么样的作家。换句话说，你要做一个什么样的作家才能与社会的发展趋势相一致，否则，你即使成了作家也难以获得一个作家的安慰和自信。这个意识在写《白鹿原》之前的八十年代中期已经非常强烈了。在这个时期，我的创作已经在社会上有一些影响，短篇小说在全国获过奖，也出了几本中短篇作品集。后来出书的兴奋感渐渐地淡化了，强烈地意识到一种压力，作为一个作家，在陕西和在中国当代文学中，自己给自己打一下分，掂量一下自己的分量，就明白自己达到了什么样的程度，包括生命年轮，五十岁成为我很大的心理压力。这时候，文学信念开始形成，新的创作欲膨胀起来，想在文学这个事业上形成属于自己的、应该不为人淡忘的东西，也就是努力为自己在文学的领域里占一席之地的想法强烈了，我同时也产生了另一面的心理危机：如果当代读者把我的全部作品淡忘了，这个作家存在的意义恐怕仅仅只剩下“活着”了。

原来我只有一句豪言壮语：应该在中国的图书馆里挤进一本书，哪怕是一篇文章也好。因为图书馆不是任何人、任何书都能挤进去的。一方面，这个时候的创作欲望，不再是在重要刊物上发表作品并获奖，也不是为了获得评论家给予的表扬，这些都很难再激起我的创作欲；另一方面，与此相辅相成，关于对文学创作的理解也产生新的欲望。创作心态正是在这一时期发生了重大转折。八十年代中期，文学创作和理论都非常活跃，所有新鲜理论不论是中国的还是外国的都对我产生了很大的影响，尤其是关于创作的人物心理结构学说、文化心理结构学说。过去很长一段时间里，到接触这个理论以前，接受并尊崇的是塑造人物典型理论，它一直是我所遵循和实践着的理论，我也很尊重这个理论。你怎么能写活人物、写透人物、塑造出典型来？文化心理结构学说给我一个重要的启示，就是要进入你要塑造的人物的心理结构并解析，而解析的钥匙是文化。这以后，我比较自觉地思考中国人的文化心理，从几千年的民族历史上对这个民族产生最重要的影响的儒家文化，看当代中国人心理结构的内在形态和外在特征，以某种新奇而又神秘的感觉从这个角度探视我所要塑造和表现的人物。最明确的作品是《四妹子》《蓝袍先生》，这是我的创作实验的两部作品。

特别是《蓝袍先生》发表后的反响，诱发了我强烈的创作欲望，鼓舞我进一步在更高的层面上深层次解析民族的文化心理结构，《白鹿原》就是在这样的创作思路下开始构想的。它展现的不仅是两个家庭的个别的、具体的、家庭的文化心理结构，而且是整个民族的精神和心理结构。从这一点上看，《白鹿原》里的各类人物，他们彼此间的诸多纠葛和命运的冲撞，其实仅是个载体。抓住对人物文化心理结构的解析，一条新的创作思路便在我的眼前敞开。我曾说过，我当时的思路和精神状态，是最活跃的，充满了新鲜感，好像进入一种新的精神天地、思想天地、艺术天地，整个形成了对思想和艺术世界极大的兴奋感和探秘感。到了这时，我才有信心完成《白鹿原》这部作品。由于有这些东西的引导让我感觉到了一个全新的境界，创作欲望和思想激情自然就达到了一个我从未有过的高涨状态。由于是个人生命体验性的东西，对人的鼓舞和心理自信的强化，就显得非常内在，不是谁轻易可以摧毁的。

作家探索的勇气和艺术创造的新鲜感所形成的文学信念是无法比拟的，我感觉好像要实现一个重要的创造理想，但是，也有达不到目的的担心存在。一个作家关键的东西是自我把脉，自我把脉太重要了，不能简单地不加分析地听任社会上一些人对你的“褒”和“贬”。如果久久得意于自己的一时成绩，目光也会短浅起来，无法把才智发挥到极致。重要的是使自己不断跨越已有的成就，对自己不断提出更高的新目标和新要求。

关于“文学依然神圣”这个话题，主要是有感于现实而发的。九十年代中期，我们的商品经济进入最初的活跃阶段，社会生活形态，人际关系受到猛烈的冲击和颠覆。颠覆未必是坏事，我们原有的观念太陈旧了，这个颠覆的过程把那些陈腐的东西颠覆掉，但也未必产生的都是全新的、正确的、科学的生活观念。颠覆本身具有二重性，尤其是在这个过程中，一些原来比较神圣的东西和情感，也都被轻蔑了。所谓“造导弹的不如卖茶叶蛋的”，从事文学事业的作家也像造导弹的专家一样被贬值了，社会真正看重的是卖茶叶蛋的实际收入，而轻视造导弹或搞创作人的创造性的社会价值，人们普遍关注的不是劳动的意义，而是物质性的结果。这个结果甚至简单到单指个人收入。被中国人一贯认为神圣的文学，包括受敬重的作家头衔，在这个时候也不那么神圣了，这种精神劳动在普通人眼里未必能胜过卖茶叶蛋的，这是那个时段里最为形象的比喻。重要的是我们作家群体里包括文化界，也有一种无奈的自我调侃乃至对市侩观念的认可，对创作的发展造成了影响。“文学依然神圣”的口号是我在炎黄优秀编辑颁奖会上讲的，它虽然被社会传播了，但仍然有人怀疑：难道文学真的依然神圣吗？根据现时代的生活特征，文学果真还能神圣下去吗？作家、科学家都已经被边缘化了，挣钱人神圣了，是否确实把自己变成当代的唐·吉诃德了？生活实际上运转得也很快，我感觉从二〇〇二年的今天回头看五六年以前的生活，这中间的变化不小，应该说人们现在对文学的看法比以前要冷静和正常，这是经过重新选择、思考和鉴别的结果。

让人忧虑的是创作上的浮躁、快速化、平面化和理论上的平庸或者说庸俗化。这不是某一个作家、评论家或某一个地区的现象，而是带有普遍性的，整个文坛都在议论这个话题，各类报刊都在从不同的角度讨论这一问题。创作现在到了最快速化的时代了，一年生产的长篇小说（不说中短篇）近千部，是过去“十七年”的总和的几倍，远远超过“大跃进”时代了。这个快速创作量、出版量固然呈现出了繁荣的局面，但读者对文学界本身的不满足并没有因此而有所缓和。人们依然关注的是提高作品质量的问题，那种一般化地写以及媒体不着边际的“炒作”，严重地倒了广大读者文学阅读的胃口。这样一个局面，当然与浮躁的生活环境所产生的急功近利的浮躁心态有关，但从一个作家创作的角度讲，最致命的东西还不是这个，作家的能力、解析当代社会和历史生活的思想穿透力，关键还在这方面。现在大量历史题材的小说、皇帝小说（也没看很多，从电视上看），大多局限在权力的诉说之中，甚至有一种对封建权力的崇拜和阴谋权力的某种兴趣，这种东西展开的故事往往很热闹，斗争很激烈，观众兴趣很大。但是，作为一个作家，我只问他的思想和立场是什么？作家透视历史宫闱的力量有没有？从历史发展的角度看，封建制度确有它辉煌的一面，但其作为人类历史发展过程的一段，毕竟是一个非常落后的社会制度，回头看看历史，我觉得作家首先要有穿透封建权力的思想和对独裁制度批判的力量，但是现在看不到，全部是把历史当作对有所作为的皇帝的歌颂，甚至在歌颂有所作为的那一面的同时，把其对老百姓非常残忍的一面或隐而不提，或全部抹杀了。作家的思想穿透力远远没有达到“五四”时期新文化先行者对于历史认识的力度。对现实生活的表现和揭示，也还停留在对当代共产党人的清官与贪官的浅层次辨析上，很难进入一种对人的心灵的观照，难以进入在这个时代中人民心灵的欢畅和痛苦的那种本质上的观照，而这恰恰是文学作品应该全力关注的东西。平面化和浅层化对此既然难以发现就只好绕着走，似乎没有高招解决这一问题。但我相信许多作家都在做着各种努力。做努力是一方面，时间又是一方面，因为这是无法回避的。作家创作要提升档次，有文字表现能力包括一些新的表现手法、艺术形式等，对许多作家来说都不成问题，那还剩下什么制约着作家不能登上一个新的创作台阶？就是思想和境界。如果思想无法穿透生活深度，不能超出普通人很多，那么，作品怎会有思想的力度和深度的东西，自然不会引起读者的兴趣了。

作为一个作家的文学理想，当然是要创造出思想内涵包括文学形式上的一种全新的形态，一个作家如果没有属于自己思想和艺术形态上的一种全新的、有异于所有人的作品形态的作品，那么，这个作家是立不住的。各国的文坛都是这样残酷。作家希望创造出属于自己独有的艺术世界、艺术形态，但作品发表出来的结果却是属于人民的、民族的。一个作家的文学理想不能不涉及为民族精神的更新和发展提供点什么。每一个作品对作家来讲都是不一样的，作品的形成过程、体验的方式和结果都不一样，体验决定着作家的精神状态，也制约着艺术形态。体验是独特的、个性化的，表现它的艺术形式也是独特的、唯一的，这才有可能形成作家独特的创作风格，而最为关键的是作家本身不能削弱也不能淡忘自己对新的艺术形态的探索和追求，不能满足于已经取得的由相当成熟的艺术实践经验支撑的创作成就，这才有可能不重复自己也不重复他人。再就是要不断磨砺自己的思想，面对你所感兴趣的生活，不论是现实的还是历史的，必须有能力穿透到一个新的层面上才会有新的发现。应该说艺术和思想是互为交融的，一个新的艺术形态不会孤立地从天而降，它是与那种新的思想在穿透历史的过程中同步发现、同步酝酿、同步创造而成的。这需要不断更新相关的观念，尤其是像我这个年龄的作家，由于过去接受非文学的东西太多，不排除非文学的意识，就很难接近本真的文学，排除快解禁快，排除得越彻底，接近本真文学的意识越纯，才能进行真正意义上的艺术创作。至于作品，不管其大小，哪怕是一个短篇，只要这些东西具备了，对一个民族建树自己的文化就都是有益的。

作家应该留下其所描写的民族精神风貌给后人。不管是历史的还是现实的人生，一经作家用自己的生命所感受的体验后，表现出来的就应是这个民族在特定历史时段整个精神层面的一种比较准确的、具有普遍性的东西。我们从阅读国外作家的优秀作品中，常能对某个国家的某个时段里人的精神状态，包括人的快乐和痛苦，感受到有一种虽异样却颇深刻的体悟。作为一个作家也应该肩负起这样的责任，在这个国家和民族发展的历史上留下你的真实描绘，把这个时代人的精神形态和心理秩序艺术地告诉给后人，让他们从这些已经成为过去的现象里把握那个时代人的精神脉搏，并引发出有益的启示。在西方文化大量涌现的今天，作家们理应提供一个又一个优秀的文学文本，不是消极地保护民族文化，而是以创造优秀作品来丰富、更新、发展民族文化。有了真正优秀的作品，才能长民族文化的自信心，并在国际文化、文学的交流中赢得我们应有的平等地位。目前，并不具备这种文化平等交流、交换的条件，这不能简单地以经济发展做后盾，也不能用政治上的平等来取代，没有一定数量的优秀作品，交流、交换很自然地就形成了强弱之势，怎么能平等呢！这需要一代一代作家来完成。当然，作为一种社会责任，社会应该尊重和爱护作家，但作家的文学理想却必须把为民族创造优秀作品作为坚定不移的奋斗目标。如果我们没有这样的理想、意志和雄心，必然完成不了文化上平等的交流，甚至连一点回流的力量都没有。想一想看，就我们的出版而言，我们翻译出版了多少欧美国家以及日本、拉美国家的作品，包括古典的和现代的作家作品，而国外翻译出版中国的作品却是微乎其微，根本构不成一个比例。面对这种情况，说我们不具备与世界文学进行对等交流的条件，显然是一个不争的事实。文学和电影的状况一样，是西方向中国倾入之势，起码在目前尚无法改变，只能靠一定的政策来制约。把争取在多少年后达到一种平等的交流作为文学理想的一个重要的内容，我看是应该的。

没有优秀的文学文本，要改变外来文化的颠覆是不可能的，这种看法应该让作家普遍地深刻认识到。真意识到这一点了，他就有“天将降大任于斯人”之感，他也许就能静下心来，不再浮躁；也就不会满足于一些小小的荣誉，小有成就就欢呼雀跃。说到底还是对文学创作这种劳动的意义的理解。这个问题本来不难解决，你只要往图书馆书架下一站，你只要抽出几本经典的作品来，认真读一下就会明白真正的文学是什么，就会意识到自己取得的某些成绩，虽然对个人而言是值得庆贺的事情，但你马上就会明白不应该耽搁太久，离高峰还很远，只能把这当作攀向另一个高峰的台阶，争取获得实现另一次突破的途径和力量，而不应沉醉太久而耽误了行程。常看到有人在很低的台阶上取得了很小的成绩时，以为就攀上最高峰了，尤其对那些具有潜在能力的作家来说，因为对文学的理解不足和艺术视野的狭窄，往往把他的天才和智慧浪费了。

我的创作原则没有变，“未有体验不谋篇”。尽管这一个时期没有写小说，但是写了很多的散文，对于文学的思考自觉不自觉地从来没有间断过。创作新欲望的产生，从我感觉上讲，也是对创作过渡到另一种理解的自然过程，我的习作是从短篇开始的，现在重新开始短篇小说写作，仍然很新鲜。就我而言，七十年代末到八十年代中期的写作，我感觉还是不断接近文学本身的过程，直到完成《白鹿原》，这个过程当为一个阶段的完成，也就是说完全接近文学的本身。现在我对短篇写作探索兴趣很大，短篇题材天地非常广阔，作家怎么写都探索不尽，尽管前人（中国人和外国人）创造了无以计数的短篇，仍然留给我们很大的创造余地，谁也不挤（影响）谁。现在才发现，我仍然是对关中现实生活的敏感程度远远超出对历史题材的兴趣和敏感性，《白鹿原》应该说是一个例外。我过去关注的一直都是现实题材，却突然写了一个《白鹿原》这样的历史题材，现在又重新面对我最容易触发心灵和神经敏感的现实生活，包括阅读报纸和感受运动着的生活。最近的五六个短篇都是这种题材的作品。我已经形成了这样的写作习惯，即使写短篇小说，也必须是一个短篇与一个短篇绝不应雷同，不能形成一个似曾相识的稳态模式。在我的创作感觉里，因为每一次体验到的内容不一样，就不可能用一种艺术形态表现它，甚至语言的色彩。每一个短篇都要找到一个新的适宜于表述这体验的艺术形式，它们各有姿态，包括语言姿态。这样的创作发展到以后会是怎么个样子，我也不好把握。我的创作靠感受，感受和体验不是按计划发生的，所以以后的状态真的不知道。

二〇〇二年八月十二日　原下

我信服柳青“三个学校”的主张[1]

《信任》在一九七九年全国优秀短篇小说评奖中获奖，我一直认为这并非《信任》本身在思想和艺术上有什么突破，获奖并不能掩饰作品本身的幼稚和缺陷，鼓励而已。愈是这样想，愈觉惭愧和不安。

就自己写作的实践来说，我还是信服柳青著名的“三个学校”（生活的学校、艺术的学校、政治的学校）的主张，而且越来越觉得柳青把生活作为作家的第一所学校是有深刻道理的。我刚刚读过《创业史》第二部第十九章，梁大老汉的发家史如此叫人料想不到而又合情入理！特别是梁大老汉大年初一坐在炕上等待梁生宝来给他拜年时的心理状态，生动极了，准确极了，细腻极了！没有经过长期深入农村生活的作家，抓破

① 原题《我信服柳青三个学校的主张——〈信任〉获奖感言》。

头皮，也难以写出人物这样惟妙惟肖的心理活动。由此想到我的习作，往往是把作者的思维和感情硬性移植到作品人物的心里，而不是像梁大老汉有自己独特的思维方式、独特的心理活动和独特的举止言谈。我读过一些写农业合作化题材的文学作品，觉得在《创业史》众多的人物里，没有一个与其他文学作品里的人物相雷同的。这部史诗所显示的雄厚的真实的力量，是这样强烈而有力地征服着读者的心，使我每读一次，便加深了对“三个学校”主张的深刻理解。

在生活中观察、研究、分析一切人，一切阶级，这一句老掉了牙的话，我觉得仍然受用。如果作家笔下的生活和人物不是自己从生活中观察发现而来的，那么除了胡编乱造而外，还有什么办法能奏效呢？没有。我在《徐家园三老汉》的写作之初，有一个小小的企图，试一试能不能写出三个年龄相仿、职业相同的农村老汉的性格差异来。另一篇《幸福》，也出于同一目的，试试能否写出三个青年人的性格差异来，以练习自己刻画人物的基本功。习作发表后，我自己觉得三个老汉比三个青年的眉目清晰一些（就我的习作相对而言；总的来看，都不典型）。想想原因，还得归结到生活这个根本上头来。我在公社工作的十年里，分工做过宣传、种菜、养猪、文教、卫生、农田建设等方面的工作，唯独没有做过青年工作。接触最多的是中、老年干部，所以写起来对中、老年人物的脾性就熟悉一些。这一点简直做不得假。

一九七八年冬天到一九七九年春天，……[①]此时我虽已离开公社，这种反响仍然通过各种渠道传到我的耳朵里来，走在乡村路上，随便碰见两个同行的生人，就可以听见此类议论。我心中怎么也平静不下来，于是写成了《信任》。

《信任》在报上发表后，引起了一些反响，有一种说法“实际生活中哪有罗坤这样好的人！”我很矛盾，因为在这个罗坤身上，确实寄托着我对一个生活原型的崇敬和钦佩之情，也自然做了一些典型的集中；我又担心，这种做法是艺术上所允许的正常手段呢，还是重蹈了“三突出”的旧辙而造出了假大空的神？不久后我听到一个平反后重新工作的农村干部的先进事迹，激动不已，立即跑去采访了他，心情顿然踏实了。他是西安市郊区大明宫人民公社新房大队党支部副书记陈万纪同志。他的模范事迹，他的宽阔胸怀，他对党的事业的忠诚，深深感动了我，教育了我，他比我所赖以创造罗坤的生活原型还

① 此处有删减。

要动人，而与罗坤的精神世界又是相通的。生活中原来有罗坤这样的好人啊，只是我们没有发现他！这样优秀的共产党员可能为数不多，唯其少，才更珍贵，才更有宣传以造成更大影响的必要。继之，我又写了报告文学《忠诚》，把他介绍给读者。

写作在我们整个的事业中，尽管是个人劳动的标记比较明显，但受到党和人民的关怀和教育仍是十分重要的。我们写作品是教育人，我们自己也有接受党和人民教育的另一面。老一代作家为我们做出了榜样，并为党的文学事业付出了巨大的以至血的代价。记得《信任》在《陕西日报》刚发表以后，我在一个座谈会上遇见杜鹏程同志，他高兴地问："听说你发了一篇小说，很不错。我还没见到，在哪个报上？"他说早晨到作协机关，碰见王汶石同志，"一见面，汶石给我说，忠实发了一篇作品，不错。"我听了他的话，说不出话来。他们都是创造过许多优秀作品的有声望的老作家，对于一个习作者的一篇小故事，却如此关注！他们关注的岂止是一篇习作的成败？实在是表现了对于一个走了弯路的青年作者的艺术生命的真挚之情。以后，又得知作协热情地向《人民文学》推荐转载《信任》的事，我深感温暖和鼓舞。

不久前，从友人那里得到一份柳青同志对我的一篇作品批改过的手稿，灯下，我一字一句琢磨着修改过的文字，心里有一种难以遏制的激动情绪。在一节不足四千字的文字中，他删改过两百多处，添加了近乎一千字！整个版面上，连圈带画，眉头和行间，全注满了。当时，他正患病，而且艰难地进行着《创业史》的修改工作，定是很忙又很累的，对我的习作做出如此认真详细的批改，这需要付出多么艰辛的劳动啊！

把文学作为自己终生所要从事的事业，就应该是“六十年一个单元”（柳青语）。新的生活命题需要作者努力去开掘，新的创业者的精神美需要我们去揭示，生活中新的矛盾需要我们去认识。我想还是深入到农村实际生活中去，争取有所发现，争取写得多一些，深一些，好一些。

一九八〇年四月

我们没有史诗，是思想缺乏力度[①]

我是从报刊的统计数字里知道长篇小说创作出版的巨大数量的，也从我周边的生活环境能亲自感觉到。这种繁荣景象起码证明了一点，那些敏感于文字进而喜欢创作的人获得了表述的空间，把文学创作的神秘性自然而然淡化了。

我想谁也不会对文学创作的繁荣持异议，而在于对高水准长篇小说的比例太小不大满意。专家和普通读者都期待令人耳目一新的大作品出现。

从题材来说，二十世纪中国的一百年历史，其剧烈演变的复杂过程，在世界上是没有哪个国家所能比拟的。亲身经历并参与其中任何一个阶段的有思想的人，抑或从资料获得具体而又鲜活的生活史实的作家，很难摆脱对这个民族近代以来命

① 本文系《南方周末》记者张英据采访记录整理而成。

运的思考，也很难舍弃在独立思考里形成的生活体验或生命体验，会潮起一种强烈的表述欲望，自然就会有小说创作。这一百年应该反复写，应该有许多作家去写，各自以其独立的思维和独特的体验，对这个民族百余年来反复的心理剥离的痛苦和欢乐，就会有各自不同的异彩呈现的艺术景观展示，留给这个民族的子孙，也展示给世界各个民族。

作家们现在获得了独立思考和独立体验的社会氛围，不再受制于某些旧思想限定的狭窄小径，有勇气也有责任面对自己先辈所打开的百年变迁的历史了。

我想不明白中国为什么没有像《静静的顿河》《约翰·克利斯朵夫》《复活》《铁皮鼓》《百年孤独》这样有史诗品格的长篇小说。

这似乎与经济的发达程度和物质文明的高低没有直接关系。这些史诗作品，都是在旧俄的农业时代完成的。[①]《静静的顿河》产生时，苏联正处于物质最贫乏的战争恢复期。《百年孤独》的作者马尔克斯生活的哥伦比亚，用我们的话说也是

---

① 此说法欠准确。除《复活》外，其他作品并非“旧俄的农业时代完成的”，作者也并非全是俄罗斯作家。

一个属于发展中的国家。

对于当代长篇小说的研究和讨论，一直都在持续着。多家评论杂志和文学专业报纸，有许多认真的研究文章阐发着种种见解，我从中曾获得很富于启示的收益。在诸多观点和诸多因素里，有一个主和次的判断，在我看来，主要在于思想的软弱，缺乏穿透历史和现实纷繁烟云的力度。

…………[①]

作家的思想还不完全等同于政治。这是常识。作家独立独自的思想，对生活——历史的或现实的——就会产生独特的体验，这种体验决定着作品的品相。思想的深刻性准确性和独特性，注定着作家从生活体验到生命体验的独到的深刻性。这也应该是文学创作的常识。

我以为急不得。首先是繁荣提供了一个雄厚的阵势，那么多作家都持续在进行探索和创造，大作和精品肯定会出现。我想对这个过程应该宽容。

二〇一〇年一月十三日　二府庄

---

① 此处有删节。

第二章　小说讲究艺术

创作感受谈

文学是个迷人的事业。入迷是抛开了一切利害得失的痴情。

我迷恋文学几十年，历经九死而未悔，终于有了一些自己的创作。

我写下一些创作生活中令人入迷的感受，与关心我的创作的朋友交流，也在激励自己，努力地去创造。

观察

在最初对文学发生兴趣并且产生创作欲念的时候，观察生活，无疑是我对文学领域里诸多命题中接触最早的几个基本命题之一。即使现在，在我能写出一些中短篇小说的时候，这个最早接触的命题并不因为它是文学创作领域里的老生常谈而生厌，反而愈来愈觉得它对一切初学写作者和趋向成熟的作家一样具有同等重要的意义。

这种感觉，首先是在阅读优秀的文学作品中受到启发的，又是在阅读中不断加深的。

一个一个富于个性生命的细节，一段一段细微而又独特的环境描写，一幅一幅大自然的色彩的描绘，那么精确，那么逼真，那么活灵活现，使读者如身临其境。每当谈到这种文学的时候，我往往按捺不住心头的兴奋与欣喜，它给人以真的美的享受。每当阅读到此，我的心中便油然慨叹：啊呀！好家伙！他观察得多么精细啊！他长着怎样敏锐的一双眼睛！

单说风景描写吧。一块俄罗斯大地，在不同作家的不同作品中，展示出一幅幅瑰丽多彩的油画，令人心生向往，真想去观瞻一下那块美丽的土地。我喜欢阅读俄罗斯的文学作品，我觉得俄罗斯作家的文学作品中描写得最成功的是风景。那些风景描写的篇章，是具体的而不是浮泛的，是真切的而不是含糊的，是各呈异彩的生动图画而不是千篇一律的形容词堆砌，是隐蕴着作者感情的描绘而不是装模作样的无病呻吟。那些准确、生动、色彩斑斓的篇章，唤起读者对大自然的热爱和神往之情，使人的精神得到怡悦陶冶。

我常常掩卷揣猜，这些作家，一定不止一次观察过日出，也观察过日落在他立足的那块土地上的色彩明暗的变幻，一定观察过阴晴雨雪这些最普通的自然现象在那块大地上所投下的多姿多彩的色调……不然，他们怎么会写得这般细微准确呢？

我给自己订下一条规矩，必要的自然风景的描写，必须是我曾经见过的景致，必须写出独自观察中的独特发现来，否则宁可不写。这种观察，无须花费时日，也不必正儿八经地迈着八字步专门去做，随时随地地留心一下，日积月累也就够了。

这种观察永远不会完结，也不会满足，随着作家的成熟和创作量的增多，观察生活的眼光该更加敏锐，从生活中摄取新的营养的能力应该更加提高，不然，就无法填补已经腾空了的“仓库”。

我读川端康成的《雪国》之后，他的笔下的雪的色彩，简直令人惊倒，这实在是我读过的作品中关于雪景描写的最精彩的篇章了。《雪国》里的雪，色彩变幻，有动有静，有态有情，读来令人心荡神驰。只有在这样动人的风景描写面前，我才感到了自己绘景状物时的平庸和单调，才感到了自己观察时的粗疏和迟钝。

有时候，在阅读中遇到一些风景描写的陈词滥调时，我就跳过去不读了。那些既可适之于南方而又能适之于北方的“灿烂的朝霞”“碧绿的青草”“晶莹的露珠”之类，读来使人厌倦，使人烦腻，丝毫也提不起精神。这种描写的结果等于零，甚至不如不写。因为朝霞无论在北方或南方都是灿烂的，而青草无论在中国或者在蒙古也肯定都是碧绿的，任何地方的草叶上的露珠都一样晶莹。没有对于某一特定地区的大自然景象的精心观察，没有独特的发现，就只好重复已经被无数中学生重复过了的陈词滥调，贫乏而又苍白，毫无生命活力，大自然意趣无穷的姿色全都变成了僵死的文字，这种风景描写是不能算为创作的。在描写人物的文字里，诸如“面若桃花”“樱桃小口”“十指如葱”这些从故纸堆中搜来的陈年老货，又进入描写八十年代牛仔女郎的小说篇章之中，真是让人感到啼笑皆非又无可奈何。

如果不能培养锻炼出自己直接把对生活的观察变成准确的形象的能力，那么就很难向读者提供哪怕是一句鲜活的具有生命的东西。自然风景的描写如此，较此更复杂的人物刻画和社会生活环境的描写更做不得假也容不得假的。

我恪守这样的创作规程：无论这部小说属优属劣，必须是自己对生活的独立发现，人物描写是这样，风景描绘也必须是这样。作品中人物活动的天地和环境，必须是我可以看得见的具体的东西，其前提必是我经过见过也观察过的东西。我没有见过的东西，是无法写出一词一句的。迄今为止，在我所有的习作中，仅就风景描写而言，我较为满意的是中篇小说《最后一次收获》里对于渭河平原边沿地带塬坡地区麦熟时节的景象的描绘，从景象到气氛，基本传达了我对这个特定地域的观察和感受。

感受

观察是一种生理心理行为，感受则完全是直接的心理行为。感受是观察的进一步发展，具有更深层次的心理情绪，甚至是一时无法说得清楚的颇为神秘的一种心理感应。

这种感受，在当初可能是朦胧的，似乎仅仅是观察留在心里的一种真切的气氛。奇妙的是，一年或者多年以后，当我的某一正在写作中的作品的人物踏进这块地域时，那种留在心里的感受便一下子活起来了，那种气氛一下子便充溢起来了，使作品人物如鱼得水，自由游动。如果没有这种感受，人物一旦涉足于某个陌生的地域，怎么也无法克服那种空虚和别扭。

我生活在西北，感受过渭河平原的气氛，也感受过黄土高原的气氛，对于海洋和沙漠，只是在电影和画报上看见过，谈不上观察，更谈不上感受了。我知道戈壁和沙漠是荒凉的，也知道大海是辽阔的、蔚蓝的，但我从来也不敢把我的人物置身于沙漠或海洋的环境中去。我清楚，如果硬要我的人物进入沙漠或海洋，除了借用别的作家的作品中对沙漠或海洋的现成描绘之外，我还能有什么咒可念呢？一九八一年和一九八四年，我有机会感受海洋了。前次在黄海，后次在东海。我站在轮船的甲板上，任海风吹着，久久地站着，就是想感受一下，更多地感受海洋，使大海的气氛储进心间。去年八月，我又有机会踏进毛乌素大沙漠了。我在沙漠里奔啊，滚啊！躺在沙丘上，望着高远的天空静静地飘浮着的大团云块。感受一下沙漠，让毛乌素沙漠特有的气氛储入心间。说来好笑，我这才知道，毛乌素沙漠里的沙子竟然这样干净，干净到不仅不会给人扑灰，反而把我们鞋上带来的尘土吸吮干净了，像洗过了一样，而我的印象里，原以为沙漠是尘土和黄沙弥漫的世界。我想，尔后如若我要写的某一个人物可能进入大海或沙漠的时候，我对他的描写就不会完全感到惶惑了，尽管可能十分浮浅，但毕竟是真实的，因为我相信那种留在心里的感受。

感受有时候又很奇妙，不仅扩大视野，感知世界，储存气氛，还使我悟觉某些生活哲理，产生创作欲念。一九八一年，我到山东孔府观瞻，看了规模宏大的中国文化始祖孔子的府第，又参观了神圣的孔庙，最后到孔林参观时，我感受到一种沉重的心理上的无形的压力。孔林，是孔氏家族的墓葬之地，从孔子的墓堆开端，历经两千多年，一直延续到现在的五十六代孙的新坟。在一二百亩墓地里，老墓和新坟，一眼难透，数也数不清的大大小小的冢堆；高高矮矮的青石墓碑，在齐胸高的荒草中兀立，重重叠叠；一株株秃枝败叶的古柏互相交参，遮天蔽日。我似乎隐隐看到荒园里有无数的幽灵在飘忽来去，出入于新坟老墓，飘忽于柏林荒草之间，令人头发直竖，毛骨悚然，胸脯上似有磐石压着，憋闷窒息。直到回到宿地，这种沉重的压力也不能完全解脱。

一年后，这种感受凝聚成一个中篇小说，这就是《康家小院》。小说脱稿后，我才觉得心里那种沉负解脱了。我想探究一下由孔老先生创立而且一直延续下来的文化，对形成我们这个民族特有的心理意识结构形态的影响，于我们今天的生活似乎并无本质的隔膜。

感受一下！已经成为我对一切陌生的生活环境的习惯要求。我在城里分到两间住房，领了钥匙，走进门去，从窗口望出去，看见的全是水泥和砖头，我感到压抑。我登过不知多少回高楼了，看见过水泥和砖头，似乎并无压抑的感觉，只有意识到我将要在这里居住下去的时候，我感到了压抑。

我至今不敢写工厂，唯一的一部以工程师为主人公的小说，也只能把他置于农村的环境来表现。其中无法回避的一节工厂生活，是凭我在灞桥工作时到临近一家工厂参观时的感受，而我正好在那个工厂里结识了一位同龄的工程师朋友，包括他介绍给我的一些技术术语。

我觉得，感受生活比体验生活更适宜我的创作生活的实际。我是凭用全身心的感受来理解生活进而反映生活的。在农村掀起改革浪潮的时候，四面八方涌来的改革的声浪和反响，使我感受到了历史在今天的深沉巨大的回声。这种对时代的感受，我在有关《初夏》的通信里已经陈述过了。

我想到一切对我还陌生的领域和环境中去感受生活，使我未来写作的人物有更广阔的天地。

痛苦

我坐在太白县招待所一间瓦顶平房里，可以眺望秦岭山系中最高的太白峰。宽敞的大院里，其实只住着连我在内的三位客人，白天是安静的，夜晚就更安静了。太白山峰高达三千多米，是三伏酷暑时节最理想的避暑消夏的好去处。我正在赶着修改《初夏》。

这样凉爽宜人的气候和安静的环境，却无法给我帮忙，我陷入痛苦之中，几乎要绝望了。

开始重写这部小说时，我是满怀信心的。写下大约三万字的时候，我写不下去了，甚至连写作兴趣也没有了，往常创作中的那种冲动和激情，更不来潮。我陷入痛苦的深渊。

痛苦中，我发觉，我正在刻画的十几个人物，全都从我的住室里不辞而别了，叛离了，把我一个人孤零零地丢弃在那间小屋里。

我试图硬写，把他们召唤回来，还是失败了。我的笔下写出的不是活的形象，而是一个个用皮毛羽翅修复起来的标本，他们的肚子里不是跳动着的五脏六腑，而是一把稻草。我的语言也失去了光彩和活力，那么干巴，那么枯涩，没有感情色彩。我没有兴趣写下去，甚至连一个字也蹦不出来，脑子里像发生了“短路”，怎么也照不亮了。

这种痛苦恶性发作，以至于发展到如此严重的程度：我很害怕看见书桌，很害怕看见那一堆稿子，那张座椅简直无异于刑枷。我很讨厌冯景藩，也很讨厌冯马驹和彩彩，这些叛离而去的家伙，我连想都不愿意想他们。

这是我从事写作以来二十年间所经历的最严重的一次痛苦。写作过程中写不下去或不顺利的情况并不奇怪，而使我感到完全是一种痛苦的折磨，这却是第一次。痛苦的最可怕的心理效应是灰心丧气。我不仅觉得这部小说改不好了，甚至觉得我自己再也写不出任何作品了，甚至奇怪我过去怎么会写出那些短篇和中篇来？我处于一种严重的精神危机之中，似乎走到山穷水尽的地步，完全榨光排净了，才能和灵气全都撒光放尽了……我要完蛋了！

夜里一点钟，我已抽完了两包雪茄，心如死灰，我感到孤独，世界只剩下我一个受苦人。寂苦中，我希望有人来救助我，哪怕说一句鼓励的话也好。于是，我想起一位俄罗斯作家的逸事，他写了开头之后，便丧失了写下去的信心，很丧气地把这个开头拿给另一位作家去看，想不到那位同行说，这头开得多好啊！他受到鼓舞，一下子就写下去了，竟然写出一部上乘之作。我多么希望此刻有人来鼓励我几句，使我抖擞起来。我从招待所跑到文化馆，敲开了一位同行的门。他从梦中惊醒，披衣揉眼，看罢稿子，确实说了几句不错的话。当我回到招待所的时候，却毫无改变，心里的死灰依然冒不出一点火星。过了两天，我收拾行李，毫不留恋太白山地的宜人的气候，回到西安。没有办法，自认彻底失败。

半年之后，那堆厚厚的草稿和修改稿，在柜子里整整沉寂了半年，到了冬天，我再次拿出来的时候，已有一抹细灰，纸页和字迹都变色了。这期间，编辑几次来信催问修改进度，我都没有掀开它。半年时日里，我通过阅读，参加社会活动，以及写其他作品而调节了情绪，信心又鼓起了风帆。

我总结了那次重写失败的原因，关键是在于我企图推翻第一二稿中的构想，于是就发生了作品中的全部人物集体叛离的现象，其根源实际上是我背离了他们。这样，我重新冷静下来，给各位人物作传。当几位主要角色的过去和现在的生活阅历一一摆出来的时候，我的心里燃起了热情的火花，那些叛离的人物都回归了。我第一次经受了痛苦，也第一次产生了写作前给人物作传的需要。

此后的动笔开篇，进展顺利，我又享受到创作劳动的欢乐。

寂寞

初做作家梦的时候，把作家的创作活动想象得很神圣、很神秘，也想象得很浪漫。他们可以到处去体验生活，走南逛北，行吟抒怀。虽然也能想象创作中的艰苦，那毕竟是一种强脑力劳动，需要呕心沥血，但他们的精神生活必是很充实的。及至我也过起以创作为专业的生活以后，却体味到一种始料不及的情绪：寂寞。

体验生活，采访各种人，无疑是令人愉快的事；走南逛北，看名山大川，无疑使人心旷神怡。然而，作家生活的意义在于创作，没有作品，很难称为作家。写作是一种独立的个体劳动。这种单人独立的劳动，不是三日五日，一年半载，而是长年累月，年复一年。一张书桌，一沓稿纸，从早到晚，我面对的就是这一沓方格稿纸，构思，起草，修改。构思时不好与别人商量，起草和修改也不和别人商量。一格一格填写下去，一页一页写下去，无法相信别人能提笔代劳哪怕一个字。天长日久，寂寞就随之产生了。

哪儿有一个茶话会，可以会见许多老朋友，一叙衷情；哪儿又正放内部电影，机会难逢；某杂志社邀约去参加一个笔会，地点在中外闻名的风景胜地；熟人好友聚会，有一顿丰盛的午餐……有多少美好的享受都在诱惑勾引人合上稿纸、离开书桌，这些事简直具有令人神往的吸引力。玩也玩了，逛也逛了，吃也吃了，谝也谝得尽兴，猛然间发现日历已经翻到最后一个月份，哦，今年才写下多少字呀！年初计划要写的东西只完成了不到一半，而我又要添加一岁了！过去的一年里，足足有半年泡在了名刹古庙里、茶桌餐桌上，以及毫无实际意义的应酬之中。生命又减少了一岁，而作品却少写了一半。于是就狠下心，坐到书桌旁，托词谢绝一切没有实际价值的邀约，甚至得罪朋友，而迫使自己收心静气，面对稿纸。

我喜欢写而不喜欢改。写作一个新作品的过程，新的追求，蓄谋已久的构想，新的人物，使人跃跃欲试，兴味十足，劲头不小；人物的命运逐渐展开，有一股不衰的激情在胸口奔突，不吐不快，所有这一切都在推动着我朝前走。一旦画上最后一个标点符号，顿然觉得一块石头落了地，心中的激情和热力全都排泄一空了。这时候，再回过头来，面对厚厚一摞写得密密麻麻的稿纸，从头一字一句修改的时候，寂寞就使人难以忍受。

因为在一个新作品中的追求已变成现实，因为对新的人物的激情已经排泄净尽，这种修改在很大程度上就变成一种没有感情活动的工作。这一节写得太多了、太露了，应该删去，应该删到怎样的恰如其分的程度？这一节显然不足，人物的感情应该冲上去，现有的这个细节是不能承载的，应该找到一个更精当的细节；这一句太长了，读者读起来要烦的；这一句又……差不多是纯粹的文字的雕饰和把握。没有感情的纯文字劳作，就容易使人厌烦、寂寞，尤其是篇幅较大的作品。

我曾经想，最好由我写第一稿，然后请一位朋友给我修改，他一定比我更清楚，哪里写得啰唆，哪里写得不足，哪里又简直是废话，旁观者清呀！想仅仅这样想，事实上不可能找到一位这样的大师朋友的。而从个人写作习惯来说，我不仅不能容忍别人改稿子，而且连让别人抄稿也不习惯。我的稿子，似乎只有我用黑色墨水和不大高明的行书写下的稿纸，才是我的创作，看起来眼睛也舒服。这样，就只好忍受修改和抄写的寂寞。

窗外是绿色的田野，春风把大地吹绿了，刚刚从山寒水瘦树枯的漫长的冬天回返到春天的大地是十分迷人的，我真想搁下笔，到春风和阳光融融的田野上去遛遛。犹豫之后，又低下头来，等到傍晚吧！现在要工作，工作！不远处，有人在下棋，从棋子拍击的响声里，可以想见其攻防之激烈程度。下几盘棋多好，比在稿纸上斟词酌句有兴味多了……

长年累月忍受这种寂寞，有时甚至想，当初怎么就死心塌地地选择了这种职业？而现在又别无选择的余地了。忍受寂寞吧！只能忍受，不忍受将会前功尽弃，一事无成。忍受就是与自身的懒怠做斗争，一次一次狠下心把诱惑人的美事排开。忍受的基础是矢志，由此产生坚忍不拔的毅力和持之以恒的韧劲，逐渐养成一种能断然做出包括多种享受在内的牺牲，而甘愿寂寞。

寂寞不是永久不散的阴霾，不断地会被撕破或冲散，其动力还是来源于创作生活本身。完成一部新作之后的欢欣，会使备受寂寞的心得到最恰当的慰藉，似乎再多的寂寞都不算什么了；阅读一部好的文学作品，受到鼓舞，受到启发，产生了新的艺术追求，什么寂寞全都不予计较了；更多的是生活发展的浪潮，会把寂寞冲荡一光。在生活中受到冲击，有了颇以为新鲜的理解，感受到一种生活的哲理的时候，强烈的不可压抑的要求表现的欲念，就会使人把以前曾经忍受过的痛苦和寂寞全部忘记，心中洋溢着一种热情：坐下来，赶紧写……

忘我

清晨起来，洗漱完毕，喝一杯茶，就摊开稿纸。窗户里吹进五月温馨的风，有洋槐的郁香。拖拉机突突突响，庄稼汉扶着犁杖走向田野，铁犁在街巷干硬的土道上蹭磨得噹噹响。他们去耕田，我也开始耕耘我的土地。

小屋里就我一个人。稿纸摊开了，我正在写作中的那部中篇里的人物，幽灵似的飘忽而至，拥进房间。我可以看见他们熟悉的面孔，发现她今天换了一件新衣，发式也变了；可以闻到他身上那股刺鼻的旱烟味儿。

这一节轮到她出场，从她的角度去透视其他人，她就来到我的眼前离我最近的地方，旁的人就知趣地礼让到稍远一点的地方。当然，写完这一节，拉开下一节，该当调换一个人物角度的时候，她就自觉地暂且退去，他似乎迫不及待地挤上前来。有时候，他或她一同挤上前来，说：该我出场了。我思考半天，觉得她有理，于是就改变这一节由他出场的初衷。

我和他们亲密无间，情同手足。他们向我诉叙自己的不幸和有幸、欢乐和悲哀、得意和挫折，笑啊哭啊唱啊。我的不足十平方米的小屋，是一个想象中的世界。在这个世界里，有山川河流，有风霜雨雪；四季变换极快，花草树木忽荣忽枯；有男人女人，生活旅程很短，从少年到老年，说老就老了；这个世界具有现实世界里我经见过的一切，然而又与现实世界完全绝缘。我进入这个世界，自己创造的这种境地，就把现实世界的一切忘记了，一切都不复存在；四季不分，宠辱皆忘了。我和我的世界里的人物在一起，追踪他们的脚步，倾听他们的诉叙，分享他们的欢乐，甚至为他们的痛心而伤心落泪。这是使人忘却自己的一个奇妙的世界。

这个世界只能容纳我和他们，而容不得现实世界里任何人插足。当某一位熟人或生人走进来，他们全都惊慌地逃匿了，影星儿不见了。直到来人离去，他们复又围来，甚至抱怨我和他聊得太久了，我也急得什么似的。

尤其是写到某些自己亲身经历的生活，感情更容易激荡，这个世界愈加迷人。几十年前的童年生活的片段，展开在那个想象的世界里的时候，人似乎又重度了一次童年。那些早被忘记的童年生活的情景，尤其是一两个稚拙的细节闪现出来的时候，那种心头的欣喜简直是不可名状的。似乎在此刻以前，你从来也没有想到过童年曾经有过这样有趣的事，那个早被淡忘的细节，忽然像金子一样从心底里蹦出来，闪着动人的光彩，照亮了心灵，照亮了笔尖，令人惊喜令人心灵战栗的惊喜啊，就落在稿纸上了。哦，多妙啊！构思这个作品的时候，压根儿就没有想到过这个奇妙的细节，只是在写作中突然被带出来了。这种美事！

当我进入这种世界的时候，最害怕的就是突然走进一个人来，把这个世界里的幽灵吓得四下逃散。而至于我的门外和窗下，哪怕有人敲锣打鼓，也不会影响到室内世界里的生活秩序，门槛是想象世界和现实世界的“柏林墙”。

有一年，我在区文化馆里搞业余创作。一位大学中文系的朋友来了，带着他的小说稿，要借我的书桌加夜班修改出来，他们的集体宿舍里无法写作。我可以体味其甘苦，欣然应允，把唯一的一张桌子和一把椅子让给他用。他说让我休息，他准备干个通宵，尽量不弄出声响来。其时，我正好也酝酿着一篇小说，准备早睡，以便蓄积力气，明早起来动手。现在，我的床旁边坐着一个人在写作，我怎么也不想躺到床上去。于是，我下决心说，我陪你干。

我坐在一张小矮凳上，背对着他，用膝盖顶着一个笔记本起草我的小说。开始极不舒心，总觉得背后有某种威胁，我的人物也探头探脑，来而复去，无法形成我的世界。我努力耐心坐待，把背后的朋友忘记，两个脊背之间，筑起一道无形的墙壁，我占据的那一半空间，开始形成我想象中的世界……我进入了。

夜半时分，当我站起去小解时，发现他已经躺在床上睡着了，酣睡正浓，鼾声大作，我竟然没有听到，也没有发觉。我给他盖上被子，试图坐到空下来的椅子上去，竟然不行，我的世界在房子的那一边，那些人物也聚集在那一边，我只好复坐矮凳，背对床铺和桌椅，继续写下去了。黎明时分，我的草稿拉出来了，这就是《猪的喜剧》。那位朋友猛然醒来，不好意思地笑着，仓皇洗了脸，跳上自行车，怕要误了上课时间了。临走时还道歉，说他影响了我的休息。我却十分感激他，他促进了我把这篇小说提早草拟出来了。

能形成这种世界，那往往是创作中最顺手的时候。经常发生这样的情况：那种理想的世界急忙形成不了，人物常闹别扭，他们不满意我，说我没有把他们写足。我如果不能及早地发现这一点，他们就别扭了，闹得那个世界乌烟瘴气，分崩离析，令我丧气。最为严重的是发生他们集体叛离的事件，使我想象的世界变成一个痛苦的深渊，给我以惩罚。集体叛离的事件虽不常发生，而闹别扭的事却屡见不鲜，能够顺利形成想象世界，那是最惬意的事，也是构思最充分的缘故。

幸福

幸福是有别于欢乐的一种独特的创作心境。

完成了一部新的作品，这部作品一直写得顺利，那部作品却经历了波折以至于痛苦，无论怎样，一旦画上最后一个标点符号，放下钢笔，搓一搓发麻的指关节，倚在椅背上，点燃一支烟，此时此刻的心境和情绪，大约类似一个刚刚分娩的产妇。

完全和一个刚刚分娩的母亲一样。那个满脸黄毛的小生命就躺在身边，而母亲已经流过血了，也使足了气力，现在疲惫不堪，连呻唤一声的力气也没有了，甚至连扭过头去看一眼那个小生命的力气都没有了。然而，她的心境却是再踏实不过了，再安静不过了。她是幸福的，一个人类母亲的幸福。

那一沓厚厚的稿子在案头，每一页上都写得密密麻麻，像满脸黄毛的小生命一样，是一个充溢着生命活力的血肉之躯，是刚从自己的身上（说心上也许更准确）分离出来的血肉之躯啊！

毕竟诞生了，这个从自身分离出来的生命。从孕育到诞生，哦！整整两年了，母亲孕儿不过是十个月时间。漫长的孕育时间里越来越沉重的负累，临产前的不安与骚动，生产过程中的痛苦与孤独（再高明的接生婆也无法代替产妇分担那种痛苦），此刻统统忘记了，变得毫无意义了，好像那是很久以前发生在别人身上的事，自己只是沉浸在一种最踏实的幸福之中。

孕育孩子的十个月里，无论是初做母亲的人，抑或是已经做过母亲的人，都在心里嘀咕：我这回会生出怎样的一个孩子？儿子还是女儿？漂亮还是丑陋？正常还是畸形？聪明还是平庸？可别生出个畸形儿或是傻瓜蛋啊！作家是不是在打腹稿的时候有这样类似的考虑？我不知旁人如何，我可是这样不止一次地想过。岂止这些最低限度的考虑，远比这些要复杂得多。

有多少次，站在书架面前，面对那些不同国籍的作家的作品集，厚的或薄的书册，使人敬畏，中国的或外国的作家们，用自己的笔，修筑起来怎样富丽堂皇的多角艺术大厦啊！那无形的光焰，简直要把我心中正在孕育的尚不成形的胎儿挤死压扁了，甚至觉得没有必要再孕育了。这是一种威逼。

现在，当我抚着那一摞刚刚脱手的稿纸，心里是这样的踏实，任何最伟大的作家的最辉煌的巨著都不能对我构成任何一丝压力。他是伟大的，他的巨著是辉煌的；我是渺小的，我的作品谈不上辉煌；但我是真诚的，这部小说稿是我在生活中独立发现和深切感受的结果。我没有胡编乱造，我没有图解某种意念；我没有像商人一样揣摸市场行情而投其所好，用编撰的故事去图解一种出现畅销苗头的观念。我写下了我对生活的真实感受，它完全具有生的权利。它是小狗，然而大狗的美妙的或洪大的叫声永远无法代替它的不大美妙也不够洪大的叫声。它按它的嗓子叫了，世界才有了丰富的声音。它是一枝最普通的野蔷薇，或是一株大荠菜，虽然无法与天姿国色的牡丹相媲美，然而牡丹又无法代替野蔷薇或荠菜。它应该生长，而不该畏怯什么。

这种踏实幸福的心境，是我创作生活中的最高享受。作品发表了，有人说好了，读者来信称赞了，评奖了，这都令人高兴，甚至十分高兴，然而只是高兴而已，远不同于刚刚脱手时的那种幸福的感觉。

那只装着稿子的大信封封上了，交到邮递员手中了，不必说要用挂号邮寄，没有底稿呀！邮递员像收受一只普通的包裹一样，砸上邮戳，就扔到一只盛装邮件的大篓子里，令人心悸。砸邮戳的劲儿太大了，扔的时候太用力了，要是糨糊还没有干透，封口给震开了就糟了。

像送孩子出远门一样，担心是难免的。与送孩子不一样的是，此后便开始淡忘。最初有一种空虚感，一种腾空了的空虚，一种脱掉负累之后的轻松式的空虚。像庭前的一株枝繁叶密的大树被伐倒了，眼前露出一片开阔的天空，这空间太大了，一时难以适应。然而被砍伐掉的大树的印象很快就淡忘了，被大树罩遮挤压的小树一下子获得了天空和太阳，小树很快就生长起来，占据了那个空间……我感到心头的负累又沉重了，即将临产了。

这棵树长成材了，应该砍伐了。明知砍伐是极费力的事，还是要砍伐。有时候，我也产生一种奇怪的感觉，像生孩子又像育树，心中总有那么一两棵或三五棵树同时生长，有的长得快些，有的长得慢些，长得快的占据了更多的土壤和空间，霸占了水分、养料和阳光。砍伐之后，那被挤压的小树便迅速地来占领腾空了的心理空间，发展起来。

一次一次经历孕育的负累，忍受寂寞，忍受难产的痛苦，然而还是不断地孕育，不断地生产，确也像伟大母亲不因生育的痛苦而拒绝生儿育女一样，心安理得地再繁衍生命。这里头有一个人类永恒的伟大哲理在支撑着——

创造者是幸福的。

苦闷

我不止一次经历过这种情况：不想写东西。在一段为时不短的时日里，懒得动笔，对于正在构思的东西燃不起热情，没什么意思，写出来也没劲，不想写它。对已经写过的东西也失去了兴趣，当初怎么写下这东西？意思不大，搁今天压根儿没劲头写出来，当时竟然兴致勃勃地写了，简直可笑。我陷入一种心灰意懒的情绪里，大约就是苦闷这个词里面包含的人的那种特殊的心境。

苦闷不同于寂寞。寂寞的对立面是希图寻求欢乐，而我此时对一切欢乐的活动，诸如下棋和聊天，包括我最喜欢的球赛，统统都失去了兴趣，不想寻求欢乐，甚至讨厌那些欢乐。苦闷又不同于痛苦，因为巨大的痛苦发生在较少的写不下去的时候，是写作中的重大挫折所造成的，是写作过程中的事。而苦闷并不在创作过程中，实际上压根儿就不想写，只是苦苦地闷住了。

苦闷在我身上发生的时候，似乎不是连续性的，而是阶段性的，过一个时期，就要经历一次比较厉害的苦闷。几次之后，我分析这种情绪产生的一个共同的原因，是自己对自己厌烦了。这阶段里写下的这一批作品，是些什么货色啊！再写就没写头了呀！应该变变招数了，应该怎么变呢？苦闷产生了。

认真地冷静地甚至痛切地解剖以往的既成的作品，考虑那些并不顺耳的批评意见（当时觉得是没有必要考虑的意见），真有些道理呢！简直批评得太客气了，实际上要比那些意见严重得多，必须改变，必须克服，必须有更强的艺术表现来表现已经意识到的生活内容。

促进这种反省式的悟觉的最有效的办法是读书。那些优秀的作品，可以回答我此时此境里所苦恼着的最迫切的问题。于是，在阅读中，忽然体味到：应该充分地写生活！以前怎么那么傻，把生活中的诗情画意全裁删干净了，只想到短篇小说要干练简洁，裁剪干净，而干净和简洁的结果却显出了干巴和枯燥。应该充分地写生活，写生活本身所蕴藏的那种韵味、那种诗情和诗意。这样的一次悟觉，便随之产生一种强烈的要求表现的欲望，我要尝试新的创作意图了。

又一次苦闷产生了，是对一种追求由尝试到多次实践之后产生了厌烦。学习和阅读中，忽然受到启发，哦！应该充分地写人物的感情。作品和读者、影视和观众之间，是由感情交流相联结的。作品中的人物的感情不准确，不真诚，不充分，或者过头了，都是不真实。不真实就是虚假的同义语。读者和观众可以满怀兴致地看一切荒诞不经、离奇古怪的故事情节，却无法接受哪怕是少到一个字的虚假感情的。不该哭的时候哭了，不该说的时候又说了那么多废话，亲吻简直使人感到别扭和恶心……所有这些不准确的虚假的感情，读者和观众有一种本能的排斥。感情交流的基础是准确。于是茅塞顿开，我应该在下一步的实践中努力去写人物的感情了。

文学是人学。文学是写人的。这话很对，又有点笼统，人的最重要的东西是感情，是人的七情六欲，是人的追求和向往，是追求和向往的历程中所经历的痛苦和欢乐等复杂的感情活动。文以情动人。现在才更深一步理解到这个最普遍的道理，该是创作中的一种返璞归真现象吧？搞了十几年创作，发了一批作品，转了那么一个大圈子，现在又回到“以情动人”这个最根本的命题上来，真是有趣。

随着时间的推移，作品渐渐增多，发表了百余万字了，长长短短的作品有几十件了，不要说重复别人，要做到不重复自己就很不容易。但必须坚定信念，心肠冷酷，坚持不重复别人，也不重复自己。因为读者花时间去读任何作品时，最讨厌那种似曾相识的现象。这里就往往产生苦闷：怎么才能不重复别人也不重复自己呢？

这是要用艺术实践来回答的。

我不禁反问自己，艺术，艺术，艺术的含义到底是什么？从最初接触文学的时候起，我就接触了艺术这个名词。几十年来，除了教科书上对艺术所下的定义之外，我对艺术毕竟有了一点亲身的感知。我觉得，艺术就是自己对已经意识到的现实和历史内容所选择的最恰当的表现形式。创作实践的不断丰富，实际应该是不断地一层一层撕开颇神秘的艺术女神的外衣的过程。真诚的作家，应该以自己的创作实践，去揭示艺术的神秘色彩，而不应该哗众取宠，给已经被披上了够多的神秘色彩的艺术宫殿再添加哪怕是一分虚幻的神秘的色彩。

苦闷是不可避免的。苦闷是自我否定的过程。自我否定是一种内在的动力，是打破自己的思维定式的一种力量。对于一个作家来说，可怕的不是苦闷而是思维中呈现的太多的定式，思维定式妨碍吸收，排斥进取，不思追求，因而导致作家思想和艺术生命的老化。苦闷过程则是酝酿着打破已成的思维定式的聚蓄力量的过程，是进取的过程，是追求新的思想和艺术的过程，是创作生活富于活力的过程。苦闷的结果，必然是对于自己的艺术实践的又一次突破。因此而可以说——

苦闷象征着新的创造。

一九八六年四月十四日草于小寨

四月二十三日改定于灞桥

谈创作体会[1]

关于真实

人们通常理解是二层：于生活真实；于艺术真实。有时写的实事，编辑说不真实，读者也说不真实。这是具备生活真实，不具备艺术真实。

作家如何从生活中发现素材，然后升华成艺术品，这是个大问题。自真正的文学开始以后，就被人探索。胡采就有一本专著《从生活到艺术》。这个问题有一定神秘感，一些只搞创作、不研究理论的人也说不清。搞创作的人，要解决这个问题——通过创作实践解决。不然，创作很难跨开一步，或继续

① 节选自一九八五年四月七日陈忠实在西安文学院的讲课发言，系咸阳师范学院文学与传播学院副教授南生桥整理的课堂笔记。

前进。创作本身就是从生活中概括、提炼，然后写成一部作品。不锻炼出这一套本事，创作就弄不成。直接掘取生活素材加工成艺术品，这是一个作家成熟与否的主要标志。具备了这个能力，创作就能开始、发展。对生活掘取的能力，标志着作家的成熟，这是要害。

创作的神秘之点即在此。这一点是否过关，是决定一生成就的关键。要能从生活中掘取。这也不是先天就有的。要从创作实践中培养。我开始写时，熟悉的人和事进不去；而写未发现的，就编。怎样编？是模仿别人。这是扶着墙，叫别人拉着手走一段。我开始写的散文即属此类，是模仿的结果。我第一次把自己的生活经历概括为小说是一九七三年的《接班以后》。我自己总结，此作对自己的影响非同小可，它第一次从我经历过的生活中直接掘取了素材，我试了一下自己的能力，就这样跨出了一步。这点非苦练不行，是真功夫，走后门不行。不加强这方面的功夫，不会有出息。不能老模仿下去。

这个本事怎么得来？要观察。没发现就没有掘取。要认出金矿和煤渣。冶炼就是概括生活，但首先是认识。还有理解生活。生活中惊天动地的事，往往写不成作品，而能写成报道。

观察生活，是我一九五八年上初中读《创业史》时发现的。《创业史》对我爱好文学的启发，是我非常感激的。其中的风土人情、意识形态，使我非常激动，感到柳青确实写绝了。就是这些普通的人，就会使你觉得他们有许多可写的。我开始把目光投向周围平常的人。开始观察时发现不了什么。后来看俄罗斯某人写的，作家要有记事本，区别于日记本。记事本要记下人物的一个手势，一个眼神。我就坚持了几年。不仅练了文字功夫，而且锻炼了观察生活和人的能力。记事本强迫自己每天写。那个本子……[①]烧了。其中什么都有。这种锻炼久而久之就锻炼出人的非常敏锐的观察能力，在作品中形成细节。即使不记在本子上，写作也会突然蹦出来，很自然地蹦出来。这是观察生活，提炼生活的能力。这一步一定要跨出去，不然采不来东西。另一个更重要的是对社会生活重大问题的感受能力，对生活有发现和深刻的理解，有了不写不能平静下来的创作时刻，就是创作的最佳状态。

生活中发现了一点东西，怎样形成作品？由我的一个中篇《初夏》（去年发于《当代》）想到，敢不敢概括提炼自己观察的生活，是个魄力问题。我遗憾的是，自己写得不大胆。作

① 此处有删减。

品中的姑娘，是虚构的。写短篇要简洁。写中篇则不能只写穿黑褂褂的男人。要写穿花衫衫的女娃。人物一进入作品，不能只当作点缀、调味，要透过她折射出农村几十年的变化。

对生活要有热情的态度，要热情地去拥抱生活，特别是对过去的生活有体验的人要注意生活的变化。我们今天所处的变化，是多少年遇不到一次的。这一次过去了，你不关心，就要留下很令人遗憾的空白。对生活的体验有两种：淤下去，找个地方蹲一蹲，跑一跑；于自己在生活位置上直接感受生活。我主要采取后一种方法。通过自己的工作岗位去感受时代变化。这种感受是最基本的。主要靠每日每时的感受。

长期积累与偶然得之的关系

偶然得之，如一根电火引发一堆燃料，它可以一下子引燃几十年的生活积累。我在《文学家》的《八字》写了一个被生活嘲弄而又嘲弄生活的女性。那是一个农村作者讲的：有两个学生补习几年，同住一房。后一个考中，一个落榜。在最后同住的一晚，落榜者用斧头把考中者砍死。其心理是嫉妒之火的燃烧，还有很次要的爱面皮的思想。嫉妒是各种人都有的一种坏毛病。但我对现在的中学生不了解，于是写一个农村老太婆，农村叫“盼人穷”。这个作品就是偶尔得之而成的，是我多年的农村生活的积累。生活积累越丰富，创作的余地越大。

作家自身生活经历对创作的影响

我读作品，感到有两种情况：于作家自己对社会的全面反映；于作家自己生活道路的概括和总结，读者从作品中能看见作者的影子。巴金、杰克·伦敦即如是。他们写了很多书，而写得最好的恰好是带有自己生活经历的东西（按：这指自传体小说，郁达夫说，一切小说都是作家的自叙传）。

作家的经历，在写作时，会情不自禁地带进去，或非常明确地要写自己。能感人的也是这部分。因为作家自己经历过的总比客观的来得深刻，这些东西一旦进入作品，真情实感就全出来了。知青作品即属此类。所以，生活经历决定了作家的气质。

要把自己生活经历中最宝贵的东西表现出来，还存在一个敢不敢写的问题。杰克·伦敦的生活经历非常复杂。生活经历复杂会成就作家。一个生活平平的人要写出深刻的作品来，不大容易。不受苦，不可能理解艰难痛苦者的痛苦心情。张贤亮不当“右派”，恐怕写不出《绿化树》中的饥饿感觉。阅历广一点还是好些。

我一旦写起自己的经历，跟写客观的就大不同，心情是一阵一阵的激动，文字都不同。我于一九六二年回家。当时在家里的煤油灯下看书写作，灯还不能太亮。《夭折》写一个和我同搞文学的同学。他一九六三年即发表作品，“四清”以后不行了，后被打成反革命，稿费被收去买了篮球。他当木匠。近来又想写，但水平仍停在六十年代，写不成。我要写这个人，对过去的生活要剪裁、补充，有的不能写，有的要细写，有的要虚构。其中有一个细节是我俩去看电影，过河后想吃烟，卷不成旱烟，后两个人凑成一角二分，买不到一盒“航空”，只买了几根，悄悄地走了。我们当时买后都感到难为情。现在回忆起来，就在作品中渲染了一番。又，在骡马市文化馆，当时有一个文学讲座，我俩去听，无钱坐车，步行三十里。到纺织城的水沟村住黑店，次早即来。听后很高兴。上次还和他提起那晚的情形，睡在光席上，共盖一条被，到半夜臭虱成排爬出，像坦克一样。我从来没见过那样多的臭虱。

我过去的经历对自己的创作有重要作用。我想，自己当年考上大学，在城市工作，会不会成为农村题材的作家？我高中时的同学，当初有共同的志向。但他们上大学中文系以后，都不写了。我回到农村后，生活中微笑很少。路遥比我更痛苦。他的《在困难的日子里》大部分为他的生活经历。

我回到农村，要写，是为了奋斗，为了以别于父兄及周围的人。我有不甘于那样生活的个人感情，并没有成名成家、挣钱的企图。觉得像父辈一样辛苦不得温饱，不如死去。一九六二年回家后，生产队把红苕蔓都用秤分，分回后，放在避风雨的地方，晾干后在碾子上碾面，再用磨子磨，和上些麸子，用布丸成团。我想这样活一辈子，还不如个猪。我想，念了十二年书，还挖弄地不行，总得发挥一点作用。当时我还没想过走后门去搞什么。我只想写出好东西。所以当时一盏煤油灯，一壶水（止瞌睡）。写，看。没有人看过。这样搞了两三年。当时想，全当考上大学，奋斗四年，看能不能发表作品。事实上，两年多以后就发表了虚假的作品。其后到公社，学大寨，才了解解放后农村的一些过程，工作中和好些人谈过。有一年，我参与了一本村史的写作，了解了解放前。所以，对农村我有较全面的了解。

绝不要轻视自己的生活经历。阿城的《孩子王》写得非常好。是作者写他自己下乡当民办教师时的一段生活。生活中要有惊天动地的事，如华山抢险，那是几十年遇一次。

概括地讲，最重要的是生活。对生活有艺术概括能力，必能当作家。没有概括能力，哪怕经历再丰富，也写不出。苏联卫国战争打了四年，但写了几十年，掀起三次浪潮。最近的有瓦西里耶夫《这里的黎明静悄悄》。因为其参战者有很多知识分子，所以常写不衰。我们的战争参加者，大部分为贫下中农，革命后，拿笔杆子比枪杆子重。有文化素养的人，就留下了很宝贵的作品。我们的战争题材，还没有突破“敌人可憎，我们英雄，最后我们胜利”的模式，苏联早已越过这一道高岭了。

培养创作能力的要点

创作得有个最基本的态度。创作能力的获得，在成名以前，难知有无天才。我初写时，最大的障碍、最大的压迫是“天才”二字。退稿以后就想到，欲罢又不甘心。于是就决心奋斗十年八年，看有没有天才。所以，天才很大程度上依赖于实践。我文化素养不高，只听过一次文学讲座。只是独个儿摸索。既自信，又自卑。我从来没拜访过别人，是由自卑引起的。爱读《创业史》，但终于没见柳青。用读书来弥补拜访，我想，找见柳青，他能谈个什么呢？去了又畏畏缩缩的，怪难受。他对别人保守，但不能对他的作品保守。我就把他的作品拆开，反复读。这是个笨办法，有收获。

读书有泛读，对喜欢的反复读，看他妙在什么地方。任何人都是走过别人的路，再走自己的路。借鉴重要，但文字功夫借鉴不来。自己的文字必须通过自己来练，两万字的废稿和十万字的废稿，其间的表达能力不同。文字过关之前有痛苦。人对自己的估价，总在动摇和坚定之间。一旦发表了作品之后，动摇就退后了。但在要有新的突破时，又会痛苦。总之，欢乐是短暂的，痛苦是长久的。冲破痛苦则有新的收获。前一向有人问我什么时候最高兴？我说是在接到刊物，重读作品读到好的细节时，心里最舒服。但紧接着又被不能前进的新痛苦压倒。

当作家容易出名。一个青年作者小学教师，刚发表一篇作品，就收到几个姑娘的求爱信。也有利。问题是，光凭名、利，想在名利上成事，弄不成。当你痛苦时，便会想到“卖饸饹比这挣钱挣得多”。要有事业心。我不敢说为革命创作，基本上是从兴趣出发。我当初穿上光褂子，从乡下跑到西安读书，初中时爱文学作品。开初时写了作品，发表后只给两本刊物。要写，只是因为爱好。一年写一两篇，算是过瘾。四年发四篇。一九七九年调到文化馆，一年就发十几篇。

成名之前的痛苦，“天才”们都经历过。即使成名，这种痛苦仍存在。能不能突破自己，就是痛苦。所以，创作是马拉松，不是短跑。要靠韧劲，靠力度，半途而废不行。

其次要学习。不光是文学作品，还有自然，特别是自己不熟悉的东西。我过去不爱学史、地，结果创作受影响。懂历史的人与不懂历史的人认识问题的深度大不一样。我感到自己过去所接受的理论观点，与今天的生活不适应的观念的改变，不是听几句时髦的口号所能济事的。不是变口号的问题，必须用新的知识来武装自己。只有在新知识的基础上才能产生新观念。新观念是纠正自己的思想，使之符合今天的实际的重要途径。

第三，创作要诚，要走正路。“创作是愚人的道路。（柳青）”没有靠别人帮助出来的作家。有出息的作家，都是靠自我奋斗出来的。有的夭折了。但一旦挣脱了，就会大有出息。一九七九年看了日本的一个作品《狐狸》，大受感动。那里说：狐狸家族有个瞎子，其他的狐狸有的被夹子打住，有的被人抓住。我想业余作者，就同这狐狸差不多。有的可能遇到家庭变故，有的遇上政治运动，还有其他种种原因。而最后能挣扎着站起来的，反倒比大家强。

所以，很重要的一条，是自己受苦，吃大苦，吃了别人受不了的苦，才能写出别人写不出的作品。想成一点事的，先准备吃大苦。要走正路，一方面在反映客观的同时，还要注意自己内心。搞创作的人，要歌颂光明，鞭挞丑恶，自己首先要光明一点。一个灵魂肮脏的人，很难憎恶灵魂肮脏的人，如一个生锈的铁片不能颤动出音乐一样。我曾写过，保持自己心灵的一片绿地，任何风雨日光不可能使发黄的草焕发绿茵。所以自己不能搞不正当的事。这关系到创作生命。我创作，很大一部分是凭激情，不凭技巧。我不在原稿上改，全凭感情涌。修改无激情，是纯文学的加工过程。所以，要保持心灵的活力，能跟人民、党一样，憎恨丑的东西，保持对时代风雨的感受。得一点小利往往会贻误大事。警惕自己不要被歪风邪气侵蚀。

一九八五年四月七日

《白鹿原》创作漫谈

一

这是我的第一次长篇小说创作尝试。此前我没有过任何长篇的构思。而关于要写长篇小说的愿望几乎在很早的时候就产生了，但具体实施却是无法预定的事。我对长篇的写作一直持十分谨慎的态度，甚至不无畏怯和神秘感。我的这种态度和感觉主要是阅读那些大家的长篇所造成的，长篇对于作家是一个综合能力的考验，单是语言也是不容轻视的。长篇占用大量的生活素材，弄不好就会造成令人痛心的糟蹋浪费，这对作家来说是致命的。我知道我尚不具备写作长篇的能力，所以一直通过写中短篇来练习这种能力作为基础准备，记得当初有朋友问及长篇写作的考虑时，我说我要写出十九个中篇以后再具体考虑长篇试验。实际的情形是截止到长篇《白鹿原》动手，我写出了九部中篇，那时候我再也耐不住性子继续实践那个要写够十个中篇的计划了，原因是一个重大的命题由开始产生到日趋激烈日趋深入，就是关于我们这个民族命运的思考。这是中篇小说《蓝袍先生》的酝酿和写作过程中所触发起来的。以往，某一个短篇或中篇完成了，关于某种思考也就随之终结。《蓝袍先生》的创作却出现了反常现象，小说写完了，那种思考非但没有终止反而继续引申，关键是把我的某些从未触动过的生活库存触发了、点燃了，那情景回想起来简直是一种连续性爆炸，无法扑灭也无法中止。这大致是一九八六年的事情，那时候我的思想十分活跃。

二

似乎没有什么事情能够对我构成什么压力。这不是我的境界超脱也不是我的孤傲或鸵鸟式的愚蠢，主要是出于我对创作这种劳动的理解。创作是作家的生命体验和艺术体验的一种展示。一百个作家就有一百种独特的体验，所以文坛才呈现多种流派多种主义的姹紫嫣红的景象。我也只能按我的这个独特体验来写我的小说，所以还能保持一种不以物喜不以己悲的写作心境。当然，上述那个双重体验不断变化不断更新也不断深化，所以作家的创作风貌也就不断变化着。不仅是我，恐怕谁也难以跨越这个创作法规的制约。当你的双重体验不能达到某种高度的时候，你的创作也就不能达到某种期望的高度，如果视文友们的辉煌成果而压力在顶，可能倒使自己处于某种焦灼和某种心理的不平衡状态，反倒可能对自己的创作造成危害。

我的强大的压力发自生命本身。我在进入四十四岁这一年时清晰地听到了生命的警钟。我从初中二年级起迷入文学一直到此，尽管获了几次奖也出了几本书，总是在自信与自卑的矛盾中踟蹰。我突然强烈地意识到五十岁这个年龄大关的恐惧。如果我只能写写发发如那时的那些中短篇，到死时肯定连一本可以当枕头的书也没有，五十岁以后的日子不敢想象将怎么过。恰在此时由《蓝袍先生》的写作而引发的关于这个民族命运的大命题的思考日趋激烈，同时也产生了一种强烈的创造理想，必须充分地利用和珍惜五十岁前这五六年的黄金般的生命区段，把这个大命题的思考完成，而且必须在艺术上大跨度地超越自己。我的自信又一次压倒了自卑，感觉告诉我，这种状况往往是我创作进步的一种心理征兆。

三

近当代关中发生的许多大事件，在我还是孩提时代就听老人们讲过，诸如“围城”“年馑”“虎烈拉瘟疫”“反正”等，那时候只当热闹听，即使后来从事写作许多年也没有想到过要写这些，或者想这些东西还可以进入创作。回想起来，那几年我似乎忙于写现实生活正在发生的变化，诸如农村改革所带来的变化。直到八十年代中期，首先是我对此前的创作甚为不满意，这种自我否定的前提是我已经开始重新思索这块土地的昨天和今天，这种思索越深入，我便对以往的创作否定得愈彻底，而这种思索的结果便是一种强烈的实现新的创造理想和创造目的的形成。当然，这个由思索引起的自我否定和新的创造理想的产生过程，其根本动因是那种独特的生命体验的深化。我发觉那种思索刚一发生，首先照亮的便是心灵库存中已经尘封的记忆，随之就产生了一种迫不及待地详细了解那些儿时听到的大事件的要求。当我第一次系统审视近一个世纪以来这块土地上发生的一系列重大事件时，又促进了起初的那种思索进一步深化而且渐入理性境界，……[1]所有悲剧的发生都不是偶然的，都是这个民族从衰败走向复兴复壮过程中的必然。这是一个生活演变的过程，也是历史演进的过程。我不过是竭尽截止到一九八七年的全部艺术体验和艺术能力来展示我上述的关于这个民族生存、历史和人的这种生命体验的。

世界史中有一个细节可能被许多人忽视了，而《日本人》一书的作者号称日本通的赖肖尔却抓住这个情节解释了一个重大的历史过程，即：西方洋人的炮舰在第一次轰击我们这个封建帝国用土石和刀矛垒筑的门户的同时，也轰击了海上弹丸之国日本的门户，那门口的防御工事也是靠土石和刀矛垒筑的，那个不堪一击的防御工事所保护着的也是一个封建小帝国，而且这个封建小帝国的政治和经济制度几乎是依样画葫芦照我们这个大帝国仿建的。洋枪洋舰轰击的结果却大相径庭：日本很快完成了从封建帝制到资本主义的议会制的“维新”，而且可以说是和平的革命，既保存了天皇的象征又使日本社会开始了脱胎换骨式的彻底变革；中国却相反，先是戊戌六君子走上断头台，接着便开始了军阀大混战，直至我们这个泱泱大帝国的

① 此处有删减。

学生（日本自唐就以中国为师）占领了大半个中国。

我只能看作是老师比学生的封建文明封建制度更丰富，因而背负的封建腐朽的尘灰也更厚重，学生反倒容易解脱而先生自己反倒难了。绵延了两千年的一个封建大帝国的解体绝不会轻而易举。六君子的臂力和孙中山先生的臂力显然力不从心，扛倒了封建大墙也砸死了自己。从清末一直到一九四九年中华人民共和国建立，所有发生过的重大事件都是这个民族不可逃避的必须要经历的一个历史过程，所以我便从以往的那种为着某个灾难而惋惜的心境或企望不再发生的侥幸心理中跳了出来。

四

关于长篇创作的心理准备，适宜于所有作家的标准答案恐怕没有。回忆当初我所能意识到的需要做的心理准备，便是沉静。为此而立下三条约律，不再接受采访，不再关注对以往作品的评论，一般不参加那些应酬性的集会和活动。在我当时看来，此前的一切创作到此为止，对我的作品的评介已经够了，也应该到此截住。我的长篇将开始一种新的艺术体验的试验性实践，比以往任何创作阶段上都更清醒地需要一种沉静的心态；甚至觉得如不能完全进入沉静，这个作品的试验便难以成功甚至彻底砸锅。

三条约律就是为了保障整个写作期间能聚住一锅气，不至于零散泄漏零散释放，才能把这一锅馒头蒸熟。做到这三条其实也是给自己讲心理卫生的，既排除种种干扰也排除种种诱惑，甚至要冷着心肠咬紧牙关才能聚住那锅气，才能进入非此勿视的沉静心态。当我完成这部书稿以后，便感喟当初的三条约律拯救了我的长篇，也拯救了我的灵魂。

五

白嘉轩这个人物的写作确实得到过一句启示。正在酝酿这部书的时候，一位老人向我粗略地讲述了一个家族的序列。其中说到一位族长式的人时，他说这人高个子，腰总是挺得端直直的，从村子里走过去，那些在街巷里袒胸裸怀给娃喂奶的女人，全都吓得跑回街门里头去了。当时我的构思里已有白嘉轩的雏形，这几句话点出了一个人的精髓，我几乎一下子就抓住了这个人物的全部气性，顿然感到有把握也有信心写好这个人物了。至于他（白）的所有故事当然全是编出来的，关键是这位老人所说的简单到不过一百个字的介绍，给我正在构思中的族长注入了骨髓。

我对每一个重要人物在书中的出场和在生活的每一步演进中的命运转折，竭尽所能地斟酌只能属于这一个人的行动，包括一句对话。我过去遵从塑造性格说，我后来很信服心理结构说；我以为解析透一个人物的文化心理结构而且抓住不放，便会较为准确真实地抓住一个人物的生命轨迹；这与性格说不仅不对立也不矛盾，反而比性格说更深刻了一层，这就是我所理解的心理真实。我同样不敢轻视任何一个重要人物的结局。他们任何一个的结局都是一个伟大生命的终结，他们背负着沉重的压力经历了那么多的欢乐或灾难而未能实现自己的人生理想，死亡的悲哀远远超过了诞生的无意识哭叫。几个人物的死亡既有生活的启示，也是刻意的设计，设计的宗旨便是人物本身——那个人的心理结构形态。

六

可读性是我所认真考虑过的几个最重要的问题中的一个。

构思这部作品时，文坛上有一种“淡化情节”的说辞，以为要彻底否定现实主义的过时传统，其中重要的一点就是要“淡化情节”，写一种情绪或一种感觉，我至今也不敢否定那些相当有道理也相当新鲜的说辞，因为实践这种说辞所阐述的创作理想，尽管现在未能实现，而将来也可能会实现的。但我必须面对现实。

现实的情况是文学作品已经开始出现滞销的不景气现象。文学圈里包括我在内的许多人都惊呼纯文学出现危机，俗文学的冲击第一次伤了纯文学高贵尊严的脸孔，这是谁都能够感到威胁的，书籍出版没有订数的致命性威胁。在分析形成这种威胁的诸多因素和企图摆脱困境的出路时，我觉得除了商潮和俗文学冲击之外，恐怕不能不正视我们本身。我们的作品不被读者欣赏，恐怕更不能完全责怪读者档次太低，而在于我们自我欣赏从而囿于死谷。必须解决可读性问题，只有使读者在对作品产生阅读兴趣并迫使他读完，其次才可能谈及接受的问题。当时我感到的一个重大压力是，我可以有毅力有耐心写完这部四五十万字的长篇，读者如果没有兴趣也没有耐心读完，这将是我的悲剧。

谢尔顿的长篇小说给我很大启示，他的十几部小说总是畅销，被列为美国十大畅销书作家。这个人的作品总是几十万成百万地印刷，而且被翻译成多种文字，依然畅销。谢尔顿的作品不能称作俗文学，起码与中国当今那些俗文学不可同日而语，我选读的几部不仅可读性强，而且揭示相当深刻。所以抱怨当代人被电视或其他娱乐形式从小说前拉走的说辞也不尽准确，因为欧美那样的国家娱乐场合娱乐手段比我们丰富得多，而纯文学的作品仍然可以几十万几百万地出版印刷。一部优秀的长篇小说应该兼有吸引读者的强大魅力，这两者并不矛盾，许多古今中外的作品提供了成功的范例。我们需要一点否定自己的勇气，不要一味地抱怨市场鄙视读者，才能从文学自身寻找出路。

七

关于语言的重要性无须阐释，以我来说最现实的困难是，如何把半个多世纪里发生的较为错综复杂的故事和较多的人物既能淋漓尽致地表达出来，又不致弄得太长，为此必须找到一种适宜的语言形式和语言感觉。我在浏览一些杂志上的作品时感觉到一种语言现象，文学语言已被忽视了它的最基本要求，即社会沟通功能。语言对情感的自然表现应是写作者的最基本追求，而不应该是对情感的“陌生化”表现。这本来是一个基本要素而现在却成了问题，或者说人为地制造了糊涂。关于形式我试着写了两三个短篇，做那种语言形式的探索和实验，其中我比较满意的是《轱辘子客》。这个短篇在《延河》发出来后，几位看过的朋友首先看到了语言的变化和陌生，还是比较赞赏，于是我就心里有数了，把这种高密度的语言形式确定下来了。关于语言感觉，似乎不大说得清楚，它蕴含当时的社会气氛和不同人物的生活形态，而且蕴含着作家的情绪、气质和理智等。

我写下头一句“白嘉轩后来引以为豪壮的是一生里娶过七房女人”时，似乎没有经过特别的用心刻意，而是很自然地写下来的。当然从表面看是这样，其实，整个作品大的脉络大的框架和主要人物的重大人生转折都已基本酝酿成熟，重要人物的生命历程已经在心中搏动，只是把酝酿已久的构思找到一个“线头”就是了。当我打开大日记本写下草稿中这一句开头的时候，似乎找到了那种理想的语言感觉，而且自信这种感觉可以统领到文章结束。

八

在《白鹿原》动笔之前的几年里，我一直关注着中国当代文坛上关于写作方法的种种争论，也注意阅读当代作家的许多标示着新面貌的作品，我从那些争论和标新之作中得到过有益的启示，这对《白鹿原》的构思和写作有着决定性影响。尽管我没有参与争论，这主要是害怕陷入争论不能拔脱耗费生命；但我在别人的争论中得到的艺术启示是肯定的，可能比争论者双方获得的好处还要多；争论者只忙于争论甚至不惜把一种意见推向极端，我从争论双方那里都看到了也学到了长处。

《白鹿原》是现实主义的创作。在我来说，不可能一夜之间从现实主义一步跷到现代主义的宇航器上。但我对自己原先所遵循的现实主义原则，起码可以说已经不再完全忠诚。我觉得现实主义原有的模式或范本不应该框死后来的作家，现实主义必须发展，以一种新的叙事形式来展示作家所能意识到的历史内容和现实内容，或者说独特的生命体验。

柳青是我最崇拜的作家之一。在我小说创作的初始阶段，许多读者认为我的创作有柳青味儿，我那时以此为荣耀。因为柳青在当代文学上是一个公认的高峰。到八十年代中期我的艺术思维十分活跃，这种活跃思维的直接结果，就是必须摆脱老师柳青，摆脱得越早越能取得主动，摆脱得越彻底越能完全自立。我开始意识到这样致命的一点：一个在艺术上亦步亦趋地跟着别人走的人永远走不出自己的风姿，永远不能形成独立的艺术个性，永远走不出被崇拜者的巨大的阴影。譬如孩子学步，在自己没有能力独立行走的时候需要大人引导，而一当自己能站起来的时候就必须甩开大人的手，一个长到十岁的正常的孩子还牵着大人的手走路是不可思议的。艺术创作更是这样，必须尽早甩开被崇拜者的那只无形的手，去走自己的路。这一方面的教训有目共睹，不仅柳青的崇拜者没有在艺术上超出柳青的，荷花淀派的创始者孙犁的崇拜者也没有超出孙犁的，沈从文的学生们也没有弄出超过沈先生的作品。这是一个悲剧也是一个误区。凡是在艺术上背叛了被崇拜者的人倒是有不少人成了气候成了大家。这应该是一个很简单也很正常的现象，艺术创造的要害在于“创”新而忌讳模仿。

我决心彻底摆脱作为老师的柳青的阴影，彻底到连语言形式也必须摆脱，努力建立自己的语言结构形式。我当时有一种自我估计，什么时候彻底摆脱了柳青，属于我自己的真正意义上的创作才可能产生。但无论如何，我的《白鹿原》仍然属于现实主义范畴。现实主义者应该放开艺术视野，博采各种流派之长，创造出色彩斑斓的现实主义；现实主义者更应该放宽胸襟，容纳各种风貌的现实主义。

九

正面论说“性”这个问题很不容易摆脱说教。我在查阅三县县志的时候，面对无以数计长篇累牍的节妇烈女们的名字无言以对，常常影响到我的情绪。那时候刚刚兴起性解放说，这无疑是现代西方输入的一种关于人的自然性与社会性的说法。我在那些密密麻麻书写着节妇烈女的名字与现代西方性解放说之间无法逃避，自然陷入一种人的性的合理性思考。我把这种思考已经诉诸形象，我想读者是会理会的，由我出面解释反而别扭。

我决定在这部长篇中把性撕开来写。这在我不单是一个勇气的问题，而是清醒地为此确定两条准则，一是作家自己必须摆脱对性的神秘感羞怯感以及那种因不健全心理所产生的偷窥眼光，用一种理性的健全心理来解析和叙述作品人物的性形态性文化心理和性心理结构；二是把握住一个分寸，即不以性作为诱惑读者的诱饵。

敢于正视性而不再回避，是我艺术体验的一次跨越。其实，古今中外的优秀作品都没有回避，包括《红楼梦》和《水浒传》。如何把握其分寸不能说不重要，而关键在于所有对性的描写是否属于必须，这虽然是揭示人物文化心理结构的一个主要途径，但不是每一个人物都必须写性交。在必要性确定以后，如何把握恰当的分寸才能成为重要的一环。

因为这个问题容易敏感，弄不好会有贩黄之虞，所以在构思这部小说时所重点考虑的几个问题中，这个问题也成为其中之一，因此就定下“不回避、撕开写，不是诱饵”这两条准则。

中国人或者更准确一点说我们汉民族，几千年来读着一本大书，城里人读这本书，乡里人能出资读得起书的人也读的是这本大书，城里的文化层次高的知识人还是读这本大书长大的，所有人接受的是一个老师的关于修身做人关于治国安邦的教诲。他们从小小年纪就开始背诵那些不完全能理解得了的深奥的古汉语文字，接受熏陶，关于性文化的心理结构便开始形成。

更有一本无形的大书，从一代一代识字和不识字的父母亲友，以及无所不在的社会群体中的人那里对下一代人进行自然的传输和熏陶，这个幼小的心灵从他对世界有智能感应的时候起，便开始接受诸如“仁义礼智信”“男女有别，授受不亲”的性羞耻教导、制约和熏陶，他的心灵就在这样的甚至没有文化的社会文化氛围中形成一种特殊结构。及至他们有儿女的时候，又用这种心理结构制约下的关于男女关系的观念进行熏陶。于是便有一个共同的中国人的文化心理结构特征，它既区别于西方欧美人的心理结构，又不同于伊斯兰世界虔诚教徒的心理结构。

我在查阅县志时发现了一份“乡约”，那是一份由宋代名儒编撰的治理乡民的条约准则，是由那本大书衍化成的通俗易记的对乡民实行教化的乡土教材，而且身体力行付诸实施在许多村庄试点推广。这本乡约我后来才知道是中国的第一本乡约，作为范本被南方数省的儒学学士改编修订，在他们所在的那一方地域推广。

城里人文化层次比乡里人高，物质文明和精神文明也相对要高一些，性文明自然也会高一阶，但这仅仅只是程度的差异，而无本质差别。城里人的心理结构依然是传统的中国人的心理结构，与西方欧美人的心理结构的本质的差别没有改变。虽然解放后不读那本大书了且受到批判，但那本大书依然以无形的形态影响着乡里人，也影响着城里人。

克服种种心理障碍，坚持按原先构想写完作品的主导因素便是这部作品的主旨，性是重要的一个部分而不能或缺。中国在走向现代文明的同时，其中也仍然有一个性文明的问题。这样，我就获得了撕开写的勇气。

一九九三年五月

《白鹿原》创作散谈

一

一九八二年陕西省作家协会决定把我吸收为专业作家，从那以后我的创作历程发生了重要的转折，这个转折带来的一个重要的问题就是：这个专业作家怎么当？之前做业余作者的时候一年能写多少写多少，写得好写得差，评价高评价低，虽然自己也很关注，但总有个“我是业余作者”的借口可以作为逃遁之路。做了专业作家之后，浮现在我眼前的，国内国外以前的经典作家不要说，近处就有柳青、王汶石、杜鹏程、魏钢焰等小说家、诗人，无论长篇、短篇、诗歌，在当时都是让我仰头相看的。跟他们站在一块儿，我的自信心无疑将面临巨大的威胁。那我应该怎么做呢？也就在那前后，陕西省作协先后调进几个专业作家，他们先后都搬进了作协刚建好的一幢小住宅楼，我在这个时候的选择却是回到乡下，回到我的老家。当时我在区文化馆工作，是周六回去，周日晚上返回机关单位，做所谓“一头沉”干部——最沉的那一头在农村。做这样选择的主要原因有两点。我离开学校进入乡村社会，先当小学教师再到公社和区上的区县机关，整整二十年，有了很多生活积累。成为专业作家对我的意义，就是时间可以完全由自己来支配了，可以全身心投入到创作和学习上来了，回嚼我的生活。我希望找一个更安静、更少干扰的地方，因此就决定回到乡下。第二个回归老家的原因是我对自身的判断。四十岁的我和当时陕西起来的那一茬很有影响的青年作家们相比，年龄属于中等偏上，比我更年轻的有路遥、贾平凹等。尽管也有几位比我年龄大的，但更多的感觉还是年龄的压力和紧迫感，我已经四十岁，再也耽搁不起。我想充分利用这个时间把之前的农村生活提炼出来，形成一些作品。回到乡下去，离城市远一点，和文坛保持一种若即若离的关系，既可保持文坛信息的畅通，又可避免某些文坛上的是是非非，省得被一些闲话搞得心情不愉快，影响到作品构思和对生活的思考。当时想，一生的专业作家生活就在乡下度过了，没有做过进城的打算，心态很坦荡。

作协分给我的四十平方米房子，我只支了一张床，连个桌子都没放。回到乡下除了正常的工资外还有稿费收入，虽然很低，但对我来说也够了，于是就把三十、五十的稿费积攒下来盖房。就像高晓声的《李顺大造屋》，这个我是深有体会，李顺大怎么造屋我就怎么造，一根椽子、一块水泥板都要去讲价。我是我们村里较早几个盖新房子的户主，农民都说我的房子盖得阔气。其实不过就是砖头搭的水泥板。当时花了七千块钱，欠了三千块的债。家里面夫人和孩子的户口都迁到西安了，我建这个房就是打算永远在祖居宅院里生存下去。从筹备到盖起这个房的过程也是我创作最活跃的时期。

二十世纪八十年代初期、中期，我的短篇小说和中篇小说写得兴趣很足、劲头很大。写作短篇小说的意识还不太明确，就是有什么感觉、有什么体验赶紧把它写成一个短篇。到后来以中篇小说写作为主的时候，就略做调整，不是盲目随意去写，每一部的结构都不能重复前一部。我记得当时引发我的创作发生重大变化的是《蓝袍先生》。这个中篇小说开始时涉及一九四九年解放以前的乡村生活，好像突然打开我的生活记忆中从来没有触及过的一块。蓝袍先生的父亲从小施加给他的乡村传统文化的规范和教育，对他的个性产生了重要影响。一下子触发了我的很多生活记忆，由此而波及乡村社会里很多人和事给我留下的最初印象。但这些印象性的生活包容不进我要写的那个中篇小说《蓝袍先生》里去，因为这部小说在艺术结构上没有大的情节，是以人的心理和精神经历来建构的，和由此激发起的生活记忆、生活积累完全是两码事。长篇小说写作的欲念发生了。这个中篇小说发表后也引起过一些反响，然后就开始长篇小说创作的准备，记得那是一九八五年年末的事。一九八五年春夏之交，陕西省作协的老领导为了促进陕西省中青年作家长篇小说的创作，专门在延安召开了“陕西长篇小说创作促进会”。此前连续两届“茅盾文学奖”评奖，让各省的作协推荐作品时陕西都拿不出来，因为没有出版过一部长篇小说，全部陷在中短篇写作的热潮之中。省作协领导经过认真分析论证，认为一部分青年作家已经进入艺术的成熟期，可以开始长篇小说的创作了，所以就开了这个“促进会”。这个会我也参加了，开会时让大家谈写作长篇小说的计划。我记得我发言没超过两分钟，很坦率也很真诚，说我现在还没有写作长篇小说的考虑，因为我还需要以短、中篇小说的写作继续对文字功力、叙事能力做基本的训练。我当时的心态和意识里，长篇写作是一个很庄严的，甚至令人敬畏的事情，不是随意轻举妄动的事。始料不及的是，那年十一月左右写完《蓝袍先生》，写作长篇小说的欲念突然被激发出来了。

二

创作长篇的想法激发了我想了解自己生存的这块土地的欲望，顿然觉得之前一些生活经历太肤浅了。一九八六年春天，春节一过，我就离家去蓝田县查阅县志，当时计划查阅包围着西安这个古老城市的三个县的县志：蓝田、长安和咸宁（辛亥革命后撤销归并给长安县，但县志还在）。这些县志和后来各级党委以及人大、政协编的那些地方党史、回忆录等，让我对我生活的那块土地有了意想不到的更真实更贴切的了解。由于关中很大，我常说我是关中人，实际上是关中地区边沿的白鹿原下的一个小山村中的人。西安城在关中平原的东南角，整个平原部分是朝西朝北铺展开来的。我选择这三个县有一个基本考虑，就是它们紧紧包围着西安。应该说城市从古以来无论任何一个历史时期都是政治、经济、文化的中心，首先辐射到距离它最近的土地上。通过查阅县志了解这片土地近代以来受到的辐射和影响，让我有种震撼的感觉。我举个例子，一九二七年农民运动席卷中国一些省份的时候，我们都知道湖南农民运动闹得很凶，因为有毛泽东的《湖南农民运动考察报告》，恐怕很少有人知道陕西关中的农民运动普及到什么地步：仅蓝田一个县就有八百多个村子建立了农会组织。我当时看到这个历史资料后就感慨了一句："陕西要是有个毛泽东写个《陕西农民运动考察报告》，那么造成整个农民运动影响的可能就不是湖南而是关中了。"这里就有个很尖锐很直接的问题让人深思，关中是我们这个民族和国家封建文明发展最早的地区，也是经济形态落后、心理背负的历史沉积最沉重的地方，人很守旧，新思想很难传播，那它如何爆发出如此普遍的现代农民运动呢？在县志和相关资料的搜集过程中，有一些记忆是很令人震撼的。我在蓝田查阅县志时有个意料不到的收获，就是一九四九年解放前蓝田县志的最后一个版本，这个版本是蓝田县的一位举人牛兆濂编的。这二十多卷县志中，有四五卷全部是用来记载蓝田县有文字记载以来的贞妇烈女的事迹和名字的，我记得大概内容就是某某乡、某某村、某某氏，没有这个女人的真实名字，前面是她夫家的姓，后面是娘家的姓。比如一个女人姓王嫁给一个姓刘的，那就是刘王氏，这就是她的姓名。这个刘王氏十五岁出嫁、十六岁生孩子、十七岁丧夫，然后抚养孩子、伺候公婆，终老都没有改嫁，死时乡人给挂了个贞节牌匾。我记得大约就是这些内容，她成了贞妇烈女卷第一页的一个典型，第二第三个人大体与此类似。后面几卷没有记载任何事迹，把贞妇烈女们的名字一个个编进去，我没耐心再看下去，在要推开的一瞬，突然心里产生了一种感觉：这些女人用她们整个一生的生命就只挣得了县志上几厘米长的一块位置。悲哀的是牛先生把这些人载入县志，像我这样专程来查阅县志还想来寻找点什么的后代作家都没有耐心去翻阅它，那么还有谁去翻阅呢？这时有一种说不清什么样的感觉促使我拿着它一页页地翻、一页页地看，把它整个翻了一遍，我想由我来向这些在封建道德、封建婚姻之下的屈死鬼行一个注目礼吧。也就在这一刻，我萌生了一个想法：要写田小娥这么一个人物，一个不是受了现代思潮的影响，也不是受任何主义的启迪，只是作为一个人，尤其是一个女人，按人的生存、生命的本质去追求她所应该获得的。这是给我印象很深的一件事。第二件事就是通过翻阅资料，我心里最早冒出来的一个人物，就是后来小说中的朱先生，获得了活力。朱先生的原型就是县志的主编牛兆濂，清末的最后一茬举人。他的家离我家大概只有八华里远，隔着条灞河，他在灞河北岸，我在灞河南岸。我还没有上学时，晚上父亲叫我继续剥玉米的时候，就会讲牛先生的种种传闻故事。当地人都叫他牛才子，因为这个人从小就很聪明，考了秀才又考了举人，传说很多。在一个文盲充斥的乡村社会，对一个富有文化知识的人的理解，最后全部演绎为神秘的卜筮问卦的传说。我听我父亲讲，谁家丢了牛，找他一问，说牛在什么地方，然后去一找，牛就找着了。这样的传说很多，我也很想把他写到作品中去，但最没有把握，或者说压力最大的也是这个人，因为这个人在整个关中地区的影响很大。他在蓝田开设的芸阁学舍相当于现在的书院，关中很多学子都投到他的门下，在上世纪初还有韩国留学生。关于他的民间传说很多，反倒形成了创作这个人物的巨大压力。你要稍微写得不恰当，知情的读者就会说："陈忠实写的这个人不像牛才子。"他在编县志时严格恪守史家笔法，尤其对近代以来蓝田县发生的重大事变，不加任何个人观点，精确客观地叙述，都用很简练的文字一一记载下来。他写了一些类似于今天编者按的批注，表达了自己的观点。正是从那七八块编者按中，我感觉我把握到了这个老先生的心脉和气质，感觉到有把握写这个老先生了。这是查阅县志的一大收获，却是始料不及的。

在酝酿这部小说时，受到一个很重要的影响，来自一位作家写的理论文章，大致叫作“文化心理结构说”。估计也是从国外解读过来的，但这个给我很大启发，对于我正在构思的这部长篇小说具有很重要的启示意义。之前我一直遵循现实主义创作的基本手段，刻画人物尤其注意肖像描写、行为描写、语言个性化，等等。这个“文化心理结构说”给我揭开了另一条塑造、刻画人物的途径，就是探究所要写的人物内心的心理形态。不同的人的心理各有不同的结构形态，这个心理结构形态有多种结构与支撑点，是他的价值观、道德观、文化观，等等。接受这个理念以后，我在构思人物的时候，尤其是对从清末民初一直到一九四九年以前这段时间的乡村社会的人物的把握上，受到了很大的启示。特别是对几个作为我们传统文化代表的人物的心理形态的解析，为了准确把握他们的心理结构，我决定对人物不做肖像描写，这和我以前的中短篇写作截然不同。除了对白家、鹿家两个家族象征性的特点做了一个相应的点示以外，其他人物都没有个人肖像描写。由牛先生演绎过来的朱先生，也没有肖像描写。我想试试看能否不经过肖像描写，通过把握心理结构及其裂变过程写活一个人物。另外我要说的是关于小说的语言。最初构思的时候想到这么多的人物类型、这么多的内容、那样长的时间跨度，估计得写两三部书才可能充分展示。到二十世纪八十年代中期偏后那两年，即我要动笔之前，文坛上开始出现一种危机感。新时期文学一路繁荣昌盛，第一次危机感就是文学书籍出现滞销，连名家大家的集子也没有订数，由此引发“文人要不要下海”的争论。我对这个话题有个简单化理解，想下的就下，不想下的就继续写。除文人下海话题之外，一种不容简单化理解的危机感，就是一九八七年至一九八八年，甚至最严重的一九八九年直至一九九〇年这段时间，新时期以来长篇小说出版第一次遭遇市场的冷遇，这是我记忆很深刻的一件事。报纸上登过某某大作家新作仅征订八百册，一部长篇小说或一部中短篇小说集印数一两千册是普遍的，对于任何一个正在写作的作家都是一种巨大的威胁，起码对我是一种巨大的威胁。这个威胁直接影响到我正在构思的这部小说的篇幅问题。我原想写两三部，面对这样的图书市场环境，我决定压缩，一部完成，哪怕这部多写点字，也不要弄成两部三部。这个篇幅规模的大小直接影响到我的文字叙述。如果用以往白描的写法篇幅肯定拉得很长，我唯一能想到的就是以叙述语言统贯全篇，把繁杂的描写凝结到形象化的叙述里面去。这个叙述难就难在必须是形象化的叙述，就是人物叙述的形象化。作为写作者，我知道难度很大，当时自己心里没有底。在开始长篇写作之前，我先写了两三个短篇试验一下，我记得最清楚的是《轱辘子客》。这个短篇写了农村的一个赌徒，带有政治赌博色彩的一个赌徒，写这个短篇就是要试验一种叙述语言。这篇一万字的小说从开篇到结束不用一句对话，把对话压到叙述语言里头去完成，以形象化叙述完成肖像描写和人的行为细节。作为试验的几个短篇，我感觉还可以，发表以后给周围的评论家看，他们都说与我以前的写作风格很不相同，最直接的感觉就是语言叙述上的变化。我感觉这种形象化叙述是缩短篇幅、减少字数、达到语言凝练效果的途径。还有一点我觉得印象深的就是关于这部作品的结构。这部作品时间跨度比较长，事件比较多，人物也比较多，结构就成为一个很棘手也很重要的问题。当时，西北大学有个比较关注我写作的老师蒙万夫教授，我把长篇小说的构思第一个透露给他，他用一句话很真诚地指导我说："长篇的艺术就是一个结构的艺术。"我当时正担心结构问题，老教授就直接点到要害上了。这个结构该怎么结构呢？我静下心来读了十来部国外、国内比较有名的长篇，发现没有一部跟另一部结构是类似的。倒给我以最切实的启示：优秀的长篇、好的长篇都是根据题材和作家体验下的人物、事件来决定结构的，最恰当的结构就只有自己来创造。作家创造的意义中，这可能是重要的一点。

三

原来计划用三年完成的小说，实际上仅草稿就写了四十多万字，写作草稿的用意主要是把人物、事件和框架搭起来，把结构初步确定下来。草稿只写了八个月，接下来打算用两年时间写完正式稿。草稿我是用大笔记本子写的，写得很从容，不坐桌子，坐在沙发上把笔记本放在膝盖上，写得很舒服，一点也不急。正式稿打算两年完成，很认真，因为几十万字，那时又没有复印机，不可能写了再抄一遍，所以我争取一遍作数，不要再修改、再抄第二遍了。写正式稿的时候心里很踏实，因为草稿在那儿放着，写得还比较顺利，本来应该两年写完，不料此间发生了一些意想不到的事，影响了我，不得不停写了两个半年。一九八九年四月到八月正式稿就写了十二章，这书一共才三十四章。但到了一九八九年下半年整个半年就拿不起笔来了，因为发生了“风波”，几乎天天开会，我记得到离过年剩下一月多的时间这场“风波”才结束。而这时我基本把前面写的都忘了，还得再看一遍，重新熟悉，让白嘉轩们再回来，我就把之前写成的十二章又温习了一遍。春节前后写了几章，刚到夏天的时候，“整党”开始了，后半年写作又中断了，到春节前结束，又重新温习重新接上写。一九九一年从年头到年尾除了高考期间为孩子上学耽误了一两个月，这一年干了一年实活，到春节前四五天画上最后一个标点符号。如果没有那两个耽误掉的半年，应该在一九九〇年年末就完成了。写作的大体经过就是这样的。

后来我接受采访时常说“三句话”，一句话是说写这部小说的时候我基本处于一种“蒸锅”的状态。那几年中篇基本不写了，写长篇的空当插空写个短篇。大家都能猜到陈忠实可能在写长篇，不是我玩什么高深，完全是出于我个人的写作习惯。作家的写作习惯都不一样，各人有各人的特点。我在西安的一些作家朋友，有人心里刚有个构思就要找人交流，希望得到一点补充的东西，思路也会受到启发。我恰恰相反，我想到什么就不断地去想，一般不敢给人说。不敢给人说不是害怕别人把这个东西抢先写了，而是我正在兴趣盎然地酝酿着的构思，如果给谁一说，就如同把气撒掉了，兴趣减弱到甚至都不想写了。《白鹿原》完成的过程也是这种状态，别人问我，我说这个写作过程就跟蒸馍一样，不能撒气。我不知道南方人、江苏人蒸不蒸馍，不蒸馍就蒸米饭啊，不管蒸馍还是蒸米饭都必须把气聚足，不能跑气，跑了气馍蒸不熟，米饭也蒸不熟，夹生。我的创作习惯，包括长篇和前面的中短篇都是这样的，从开始写作到完成要把这口气聚住。这是一种写作习惯，无论好坏，反正对我适用。

另一句就是“给自己死的时候做枕头”的这句话。这是我在长安县查县志的时候，和一个比我年轻的作家朋友说的。那些县志都是很珍贵的版本，无论是县图书馆还是文史馆借给你的时候，只肯借到一到两本，看完两本还回去再给你换两本来，一套县志往往是几十本啊。我住在八块钱一晚的旅馆里，拿着本子把县志里重要的东西一条条抄下来，抄完了再去换。抄一天这种东西比写作要累，写作有激情，干起来没有抄写这么累。到晚上那个长安县的作家朋友赶来和我喝酒。酒喝多了人就有点张狂，我也是。他问：“你在农村几十年的生活体验和积累还不够吗？到底要写个什么东西，还把你难到跑上好几个县查阅资料。你到底想干什么？”我在农村工作了二十年，还不包括幼年青年上学时期，在农村生活积累上我比柳青深入得多。柳青在长安县兼职副书记，兼了两年就不兼了，我在公社乡镇里头整整干了十年，搞工程，学大寨，执行极“左”政策，收农民的猪和鸡。那个时候的积累是最实在的。尽管当时没有创作的打算了，特殊时期中间已经没有任何文学创作希望了，只把工作当工作干，然而生活积累和体验却存储着。想到这些，我随口说了一句：“老弟，我弄一个死了可以放在棺材里垫头的书。”当时喝得有点高，却没醉，说过以后就忘了。事隔两三年，我有幸参加中共十三大，需要在《陕西日报》上发一篇宣传基层党代表的文章，由长安那位朋友写了一篇，标题大致就是我酒后说的那句垫棺作枕的话。文章发了以后，影响不大，很快就过去了，并没有引起人在意。到《白鹿原》小说出版了以后，这句话才开始流行起来，到处都在说。后来我反省这句话似乎有点狂，但不是乱说狂话，完全是指向自己，我要为自己死的时候做一个枕头，与别人没有关系，完全是出于我对文学创作的热爱，以至我个人的生命意义和心理满足。从初中二年级在作文本上开始写小说，经历了二十世纪五六十年代极“左”政治的风风雨雨，我仍然不能舍弃创作。按当年的写作计划，完成这部小说我就四十九或者五十岁，在我习惯性的意识里，即村子里农民的习惯意识里，过了五十岁就是老汉了，人的生命中最具活力的时期就过去了。那么，我到五十岁的时候写的这个长篇小说，如果仍然不能完成一种自我心理满足，肯定很失落、很空虚，到死都要留下遗憾。出于这种心理，我说弄一本死的时候可以放在棺材里做枕头、让我安安心心离开这个世界的书。这是第二句话。

我再说第三句话。这部小说从萌生到写成历时六年，从草稿到正式稿两稿，大概有一百万字。写完的那一天下午，往事历历在目，想起来都有点后怕的感觉。历时六年，孩子从中学念到大学，我的夫人跟我在乡下坚守，给我做饭。年近八十的母亲陪着大孩子到西安去念书，直到一九九一年的最后几个月，母亲腿不行了，孩子和她都需要人照顾，于是夫人也进城去照顾她们了。祖居的空院子就剩下我一个人坚守写作，夫人在城里把馍蒸好送回乡下，最后一次离过年不到一个月了，我说这些馍吃完进城过年的时候，书肯定就写完了。腊月二十五的下午写完，我在沙发上呆坐半天，自己都不敢确信真的写完了，有一种眩晕的感觉。这四年时间，从早上开始写作到下午停止写作，按我们正常工作就应该休息下来了，但我的脑子根本休息不下来，手不写了，那些人物依旧在我脑子里头活跃着，过去写作从没有如此强烈的真实体验。我便想，必须把白嘉轩、田小娥等从我的脑子里驱赶出去，晚上才能睡好。作品中的主要人物结局都是悲剧性的，对我自己的情感来说，纠结得很厉害。要把这些人物情节排除和忘记，开始采取的方法是散步，时间稍长就不灵了，这个时候学会了喝酒。喝酒以后，我脑子好像就能放松，那些人物才能驱赶出去，然后好好睡一夜觉。第二天才能继续写。到腊月二十五写完以后，情绪好像一下子缓不过劲来，我在沙发上坐了好长时间，抽着烟，情感总是控制不住。傍晚的时候，我就到河滩上散步去了，一直走到河堤尽头。冬天的西北风很冷，我坐在那儿抽烟，直到腿脚冻得麻木、我也有了一点恐惧感才往回走。在家的小屋子里写了整整四年，突然对家产生了恐惧感，不想回去，好像意犹未尽。我又坐在河堤的堤头上抽烟，突然产生了一个荒唐的举动，用火柴把河堤内侧的干草点着了。风顺着河堤从西往东过去，整个河堤内侧的干草哗啦啦烧过去，在这一刻我似乎感觉到了一种释放，然后走下了河堤回家。回家以后，我把包括厕所灯在内的屋里所有灯都打开，整个院子都是亮的。村子里的乡亲以为家里出了什么事呢，连着跑来几个人问。我说没什么事，就是晚上图个亮，实际是为了心里那种释放感。第二天一早我就进城了，夫人说你来了我就知道你写完了。到吃饭的时候她问："你这个写完了要是发表不了、出版不了咋办？"我说如果发表不了、出版不了，我就回来养鸡。这是真话，我当时真是有这种打算。为什么呢？你投入了这么多的精力和心思的作品不要说出版不了，就是反应平平，都接受不了，我就决定不再当这个专业作家，重新把写作当成业余，专业应该是养鸡。因为四年期间没有稿费收入，生活很艰难，有一年，三个孩子相继上高中、上大学，暑假我拿不出三个孩子的学费钱，曾经跟我在乡下一块儿搞过文学的人闻讯送来了两千块钱，他搞了一家乡办企业赚了钱。我当时真是感觉到，农民企业家很厉害，两千块钱就给你摔在桌子上，多豪壮啊。后来我很踏实地对夫人说："这个小说要是能出版，肯定会有点反响。"因为我清楚作品里写的是什么。但是我在这里很坦率地跟大家讲，这本书出版后引起那么强烈的反响我从来就没有设想到，再给我十个雄心壮志我都料想不到。

四

这个书的出版过程也有点意思。书稿为什么给人民文学出版社，这完全是一种朋友间的友情和信赖。我在特殊时期发表了第一篇短篇小说，尽管国家还处在动荡之中，但已经开始恢复刊物，逐步恢复文艺创作、培养文学新人，人民文学出版社也开始恢复出版。该社的一个编辑何启治到陕西来，找了几位老作家，有人就说陈忠实写了一个短篇小说，大家都反映不错。我当时正在郊区区委开什么生产会，这个编辑就到区上来找到我，他对我说："你这个短篇我已经看了，再一扩展就是二十万字的长篇。"我当时给他吓得几乎不敢说什么了，能发表一个短篇我当时就很欣慰了。但这个何启治的动人之处就是由此坚持不懈。回到北京以后，不断给我写信，鼓励我写长篇。半年之后，我被派到南泥湾五七干校接受劳动锻炼半年，几乎同时他也被派到西藏去做援藏干部，我们还保持着书信联系，他虽然已经不在岗位上，但还鼓励我写长篇。新时期以后，何启治跟我有一次相遇时说："我现在再不逼你写长篇了，但咱们约定一点，你的第一个长篇，你任何时候写成，你给我。"我就答应了。所以《白鹿原》写完之前，几家出版社闻讯我有长篇，先后来找我，我都说已经答应给别人了。写完以后一个月我就给何启治写了信，按我说的时间来了两个编辑。这两个人来西安以后还等了两天，我把最后两章梳理完，把改好的长篇稿交给他们以后，他们下午就离开了，到四川开个什么会，然后再回北京。因为当时出版程序不像今天，一个礼拜就可以印刷出一部长篇小说来，我预计最少得两个月以后才会有消息，心里倒很坦然。出乎预料的是，大概不到二十天，我从乡下再回到城里就见到了人民文学出版社的回信。我当时以为肯定不会有什么结论，打开一看，我几乎都不敢相信，大叫一声就跌坐在沙发上了。我夫人从灶房里跑过来，吓得脸都青了，我躺在那儿一句话都说不出来。这两个人从西安把稿子拿上以后，在去四川的火车上就看完了。他们回到北京就给我写了这封信，评价之好之高，大出我的意料。我心里一下子就踏实下来，出版肯定没有问题。对一部五十万字的长篇小说表态如此之快，在我看来是非常少有的。在此之前也有一件让我感觉欣喜的事。我曾把《白鹿原》的复印稿给作家协会的一位年轻评论家李星看过，让他给我把握一下。他跟我是同代人，是朋友。我从乡下回到作家协会，在院子里撞见李星，问他看过了没有，他说看完了。我说我都不敢问你感觉如何。李星拽着我的手说："到我家里去说。"刚一进他家的门，李星转过身就跳起来说："这么大的事，咋叫咱们给弄成了！"我听完了以后也愣在那儿。后来我调侃李星，我说："李星第一次用非文学语言评价文学作品。"

二〇〇七年四月十三日讲于南京

二〇〇七年六月六日修订于二府庄

意料不及的写作欲念

至今确凿无疑地记得，是中篇小说《蓝袍先生》的写作，引发出长篇小说《白鹿原》的创作欲念的。

这部后来写到八万字的小说是我用心着意颇为得意的一次探索。它是写一个人的悲喜命运的。这个人脱下象征着封建桎梏的“蓝袍”，换上象征着获得精神解放和新生的“列宁装”，再到被囚禁在极“左”的心理牢笼之中，他的心理结构形态的几次颠覆和平衡过程中的欢乐和痛苦，以此来探寻这一代人的人生追求、生存向往和实际所经历的艰难历程。在作为小说主要人物蓝袍先生出台亮相的千把字序幕之后，我的笔刚刚触及他生存的古老的南原，尤其是当笔尖撞开徐家镂刻着“读耕传家”的青砖门楼下的两扇黑漆木门的时候，我的心里瞬间发生了一阵惊悚的战栗，那是一方幽深难透的宅第。也就在这一瞬，我的生活记忆的门板也同时打开，连自己都惊讶有这样丰厚的尚未触摸过的库存。徐家砖门楼里的宅院，和我陈旧而又生动的记忆若即若离。我那时就顿生遗憾，构思里已成雏形的蓝袍先生，基本用不上这个宅第和我记忆仓库里的大多数存货，需得一部较大规模的小说充分展示这个青砖门楼里几代人的生活故事……长篇小说创作的欲念，竟然是在这种不经意的状态下发生了。

这确实是一次毫无准备，甚至可以说是不经意间发生的写作欲望。

这是一九八五年的秋天。按我当时的写作状态，对中篇小说的多种结构形式兴趣正浓，短篇小说也还在写，只是舍不得丢弃适宜写作短篇的题材，而更重的用心已经无可逆转地偏向于中篇小说的谋划。我写中篇小说较之短篇写作只明确了一点，即每一部中篇小说都必须找到一个各个不同——起码区别于自己此前各篇的结构形式，而短篇写作几乎是随心所欲。这一次的《蓝袍先生》，不着重故事情节，以人物生命轨迹中的生活琐事来展示人物，当然不是那些无足轻重的扯淡事儿，而努力寻找有心理冲击力的细梢末节。我当时想通过各种不同的中篇小说结构，来练习写作的基本功力，似乎还不是很明确地为未来的长篇写作做准备。可以确定地说，我在一九八五年夏天以前，把长篇写作尚作为较为遥远的事。主要的一点，在我对写作的意识里，长篇小说是一种令人畏怯的太大的事，几乎是可望而不敢想的事。我想唯一能使我形成这种敬畏心理的因由，是过去对诸多优秀长篇包括世界名著阅读造成的畏怯心理。我此时写中篇小说正写到热处，也正写到顺手时，我想至少应该写过十个中篇小说，写作的基本功才可能练得有点眉目。

仅仅在此之前的一个月，我和陕西刚刚跃上文坛的一批青年作家参加过一次别出心裁的笔会，名曰“陕西长篇小说创作促进会”。连续两届“茅盾文学奖”评奖组织部门要求各省推荐参评作品，陕西省都推荐不出一部长篇小说，不是挑选过于严厉，而是截止到一九八五年夏天，陕西新老作家尚无一部长篇小说正式出版（一九七八年文艺复兴以来）。引发当时以胡采为首的作协领导核心重视，开会研究讨论，对陕西新冒出的青年作家的创作状况进行认真分析，结论是：起码有一部分人的艺术修养和思想能力已达到长篇写作的火候，可以考虑进入长篇小说创作，需要“促进”一下。于是便很认真地策划和筹备了这次会议，在延安和榆林两地连续举办。我参加了这次会议，有几位朋友当场就表态要写长篇小说了。确定无疑的是，路遥在这次会议结束之后没有回西安，而是留在延安坐下来起草《平凡的世界》第一部。实际上路遥早在此前一年就默默地做着这部长篇小说写作的准备了。我在会议上有一个很短却很明确的表态发言，尚无长篇小说写作的丝毫准备，什么时候产生长篇写作的欲望，没有任何考虑。我这次到陕北，除了想聆听各位朋友的意见，还偏重于想看陕北榆林的毛乌素沙漠。我还没见过真正的沙漠。当我和同辈作家朋友在大沙漠上打滚，才发现那里的沙子不仅不给人沾尘土，还把我布鞋上从黄土路上带来的黄土吸附得一丝不剩了。我登上残存的古长城“镇北台”的殿楼，一望无际的草原，匈奴和蒙古人的铁蹄在眼前如骤风般卷来……无论如何料想不到，当关中的酷热稍有转机，秋天的凉意在清晨和夜晚发生了，我坐下来写《蓝袍先生》这部蓄意已久的中篇小说时，却撞击出长篇小说的欲念，几乎把自己都吓了一跳。

尤其是写到第三章“萌动的邪念”时，蓝袍先生与杨龟年家寡居的年轻儿媳在学堂和村巷有三次邂逅，为这个女人的美貌所惊扰，邪念刚萌而未生，就被父亲察觉了，遭遇到严厉的绝不留情面的训示。我意识到这个门楼里的故事不会因一场训示而了结，还会更热闹更富戏剧性地演绎下去。然而这些故事已不属于蓝袍先生。《蓝袍先生》仍按原先的构想耐心地写下去，长篇创作的契机就在此时确定下来。蓝袍先生刚刚萌动的邪念被父亲掐灭杜绝了，我的长篇小说创作的欲念却在此时萌生。

我自然最清楚不过，这个长篇小说尚无任何一个具体的影像。如果要找最初的影像，就是原上一幢镂嵌着“读耕传家”的四合院的门楼，我想探知这门楼里神秘的故事。我也清楚不过，这个长篇小说不仅不是中篇小说的写作，更不是一般线条较单的长篇的写作，况且如前述的我对长篇小说写作的那种畏怯，都使我以一种“急不得”的心态来处理这个欲念。事实上，我在写完《蓝袍先生》之后做短暂休整时，从一家报纸上看到一个乡村女人创办养鸡场的事迹报道，竟十分激动，冒着关中数九后的严寒，搭乘汽车几经打听找到户县一个苹果园里，见到了这位女性。令我感兴趣的是她不甘囚禁屋院的开创型性格，更令我震惊的是红火的养鸡场破产的过程，不是经营的失措，也不是市场动荡导致的经营的亏损，而是家族利益致成的无可挽救的破败。我那时候正关注着乡村世界的变化。我写了约五千字的报告文学，随之又写了八万字的中篇小说《四妹子》。我已从生活原型的正宗关中腹地女人身上跳脱出来，写了一个陕北女子。我想探究不同地域人的文化心理结构，相处时引发的关于生活和亲情的冲突。

《四妹子》是一九八六年的八月写成的。这一年的春节过后，我苦心筹备了三年的新房动工开挖地基。我在近一个月的盖新房的劳动中，常常想到高晓声的小说人物李顺大，他造起新屋的艰难和欢乐，与我的感受几乎一致。我在把工匠送出门的第二天，便迫不及待地背起挎包，蹚过家门前的灞河，四月的春水还有点刺骨的感觉，再穿过对岸的村庄，到公路上搭乘通往蓝田县城的班车。左边是骊山的南坡，右边是白鹿原的北坡，中间是一道狭窄的川道。灞河从东往西流过去，一个个或大或小的村庄坐落在灞河两岸。我乘坐的公共汽车还是那种最简易设备的老公交车，所幸有一个右首靠窗的空位。我临窗而坐，第一次以一种连自己也说不准要干什么的眼光瞅住了白鹿原的北坡。坡地上的杂树已披上绿叶。麦苗正呈现出抽穗前的旺势。间杂着一坨一坨一溜一溜金黄的油菜花。荒坡上的野草正从陈年的枯干灰黑的蒙盖里呈现出勃勃的绿色。历经风雨剥蚀，这座古原的北坡被冲刷成大沟小沟。大沟和大沟之间的台地和沟梁，毫无遮蔽地展示在我的眼前，任我观瞻任我阅览。我在沉迷里竟看出天然雕像，有的像奔突的雄狮，有的像平滑的鸽子，有的像凶残暴戾的鳄鱼，有的像醉卧的老牛……我此前不知多少回看见过这些景象，而且行走其中，推车挑担或骑自行车不知有几十几回了，春草夏风秋雨冬雪里的原坡和河川，在我早已司空见惯到毫不在意，现在在我眼里顿然鲜活起来生动起来，乃至陌生起来神秘起来。一个最直接的问题旋在我的心里，且不说太远，在我之前的两代或三代人，在这个原上以怎样的社会秩序生活着？他们和他们的子孙经历过怎样的生活变化中的喜悦和灾难……以这样的心理和眼光重新阅读这座古原的时候，我发现这沉寂的原坡在我心里不单发生响动，而且弥漫着神秘的诗意。

我住进供销社办的一家旅馆，八元一晚的住宿费是全县的最高标准，也是全县最豪华的旅馆，至今我都不忘当时的作家协会领导为我提供的资金支持。我立即询问有关蓝田县历史资料保存在什么部门，以及借阅需得经过什么手续……

二〇〇七年七月

卡彭铁尔的到来，和田小娥的跃现

促使我这回到蓝田查阅资料的举动，大约有两个因素，一是如前所述，因为无意间瞅见蓝袍先生家那幢门楼里幽深的气氛，所引发的长篇小说写作的欲念，并因此而直接意识到我对生活了知的浮泛。长久以来，我很清醒，因为没有机会接受高等文科教育，所得的文学知识均是自学的，也就难以避免零碎和残缺，……①我既缺乏系统坚实的文学理论基础，也受限制而未能见识阅览更广泛的文学作品。新时期以来，偏重于这方面的阅读和补缺就是很自觉也很自然的事了。至于对生活的了解和体验，我向来是比较自信的。我生在农村长在农村。我在解放后的一九五〇年入学识字。我看见过邻近的东西两个村子斗地主分田产的场面，我们村里没有一户够划地主成分的人

① 此处有删减。

家。我亲眼看着父亲把自家养的一头刚生过牛犊的黄牛，拉到刚刚成立的农业生产合作社的大槽上。到合作社变公社吃大锅饭的时候，我亲身经历过从公社食堂打回的饭由稠变稀由多变少直到饿肚子的全过程。我由学校高考名落孙山回到村子，进入一个由三个小村合办的初级小学做民办教师，另一位是年近六旬的老教师。学校设在两个村子之间的平台上，两个人合用的办公室，是一幢拆除了不知哪路神灵泥像的小庙。教室旁边是生产队的打麦场。社员出工上地下工回家经过教室门口，嬉笑声议论声和骂架声常常传进教室。后来我调入公社办的农业中学，校址也在一个村庄的前头，四周是生产队的耕地，我看着男女社员秋天播种麦子夏天收割麦子、播种苞谷再到掰（折）苞谷棒子的整个劳动过程。再后来我被借用到公社帮助工作，又调动到公社当干部，整整十年。十年里，我把公社大小三十多个村庄不知走过多少回，其中在几个村庄下乡驻队多至半年，男女老少都叫得出名字，谁家的公婆关系和睦与否都知晓。直到我最后驻到渭河边一个公社，看着农民把集体畜栏槽头的牛骡拉回家去饲养，把生产队大块耕地分割成一条一块，再插上写着男人或女人名字的木牌，便意识到我在公社十年努力巩固发展的人民公社制度彻底瓦解了。

我对乡村生活的自信，不仅在于生长于兹，不仅是看着我的父亲怎样把黄牛归集体，而且我是作为最基层的一级行政管理干部，整整在其中干了十年，又把土地和牲畜分到一家一户。我不是旁观者的观察体验，而是实际参与者亲历的体验。我崇拜且敬重的前辈作家柳青，他在离我不过几十华里远的终南山下体验生活，连同写作《创业史》历时十四年，成为至今依然树立着的一种榜样。我相信我对乡村生活的熟悉和储存的故事，起码不差柳青多少。我以为差别是在对乡村社会生活的理解和开掘的深度上，还有艺术表述的能力。恰是在蓝袍先生家门楼下的一瞅一瞥，让我顿然意识到对乡村社会的浮泛和肤浅，尤其是作为标志的一九四九年以前的乡村，我得进入一九四九年以前已经作为历史的家乡，我要了解那个时代乡村生活的形态和秩序。我对拥有生活的自信被打破了。

大约在这一时段，我在《世界文学》上读到魔幻现实主义的开山之作《王国》，这部不太长的长篇小说我读得迷迷糊糊，却对介绍作者卡彭铁尔创作道路的文章如获至宝。《百年孤独》和马尔克斯正风行中国文坛。我在此前已读过《百年孤独》，却不大清楚魔幻现实主义兴起和形成影响的渊源来路。卡彭铁尔艺术探索和追求的传奇性经历，使我震惊更使我得到启示和教益。拉美地区当时尚无真正意义上的文学，许多年轻作家所能学习和仿效的也是欧洲文学，尤其是刚刚兴起的现代派文艺，卡彭铁尔专程到法国定居下来，学习现代派文学开始自己的创作，几年之后，虽然创作了一些现代派小说，却几乎无声无响，引不起任何人的注意。他失望至极时决定回国，离开法国时留下一句失望而又决绝的话：在现代派的旗帜下容不得我。我读到这里时忍不住“噢哟”了一声。我当时还在认真阅读多种流派的作品。我尽管不想成为完全的现代派，却总想着可以借鉴某些乃至一两点艺术手法。卡彭铁尔的宣言让我明白一点，现代派文学不可能适合所有作家。更富于启示意义的是卡彭铁尔之后的非凡举动，他回到故国古巴之后，当即去了海地。选择海地的唯一理由，那是在拉美地区唯一保存着纯粹黑人移民的国家。他要“寻根”，寻拉美移民历史的根。这个仍然保持着纯粹非洲移民子孙的海地，他一蹲一深入就是几年，随之写出了一部《王国》。这是第一部令欧美文坛惊讶的拉丁美洲的长篇小说，惊讶到瞠目结舌，竟然找不到一个合适的词汇来给这种小说命名，即欧美现有的文学流派的称谓都把《王国》框不进去，后来终于有理论家给它想出“神奇现实主义”的称谓。《王国》在拉美地区文坛引发的震撼自不待言，被公认为是该地区现代文学的开山之作奠基之作，一批和卡彭铁尔一样徜徉在欧洲现代派光环下的拉美作家，纷纷把眼睛转向自己生存的土地。许多年后，拉美成长起一批影响欧美也波及世界的作家群体，世界文坛也找到一个更恰当的概括他们艺术共性的名词——魔幻现实主义，取代了神奇现实主义……我在卡彭铁尔富于开创意义的行程面前震惊了，首先是对拥有生活的那种自信的局限被彻底打碎，我必须立即了解我生活着的土地的昨天。

我顿然意识到连自己生活的村庄近百年演变的历史都搞不清脉络，这个纯陈姓聚居只有两户郑姓却没有一户蒋姓的村庄为什么叫作蒋村。我的村子紧紧依偎着的白鹿原，至少在近代以来发生过怎样的演变，且不管两千多年前的刘邦屯兵灞上（白鹿原）和唐代诸多诗人或行吟或隐居的太过久远的逸事。我生活的渭河流域的关中，经过周秦汉唐这些大的王朝统治中心的古长安，到封建制度崩溃民主革命兴起的上个世纪之初，他们遗落在这块土地上的，难道只有鉴古价值的那些陶人陶马陶瓶陶罐，而传承给这儿男人女人精神和心理上的是什么……我不仅打破了盲目的自信，甚至当即产生了认知太晚的懊悔心情，这个村庄比较有议事能力的几位老者都去世了，尤其是我的父亲，他能阅读古典小说也写得一手不错的毛笔字，对陈姓村庄的渊源是了解得最多的人之一；至于我们家族这一门更是如数家珍，我年轻时常不在意他说那些陈年旧事和老祖宗的七长八短的人生故事。父亲已谢世了。我既想了解自己的村子，也想了解原上那些稠如爪蔓叶子的村庄，更想了解关中。经过一番认真的考虑，我选择了蓝田、长安和咸宁三个县作为了解对象，因由只出于一点，这三个县包围着西安。咸宁县号称陕西第一邑，曾是我的家乡隶属的县，辛亥革命完成后撤销又合并到长安县了。正是西安四周的这三个县，当是古长安作为政治经济中心辐射和影响最直接的地区，自然也应该是关中最具代表性的地区了。我首先走进蓝田，当我打开蓝田县志第一卷的目录时，我的第一感觉是打开了一个县的《史记》，又是一方县域的百科全书。县志上分类着历史沿革，县域划界的伸缩变化（咸宁和长安多所变更名称，唯独蓝田自秦设县以后一直沿用到现在）；山川河流平原坡岭沟峪谷地，不仅有文字叙述，而且有图示；历代的县官名称简历和重要政绩，典型的三两位在调任离开时，沿路百姓蜂拥送行，跪拜拦轿者呼声震野；记载着蓝田地域自古以来的名人，最响亮的是宋朝的吕氏四兄弟，先后都考中状元，都有文集著作，其中吕大临创造的哲学“合二而一”论，被杨献珍在上世纪六十年代初发掘出来，遭到毛泽东点名批评，形成一次关于“合二而一”与“一分为二”的哲学大辩论大批判运动。其时我刚刚从学校进入社会，在一所两人为教的初级小学任教，按上级指示，全乡（公社）的中小学教师开过专题批判会。我久久地注视着绵薄发黄到几乎经不起翻揭的纸页，一种愧疚使我无言，我在对“合二而一”和“一分为二”几乎无知的情况下也做过“表态”发言，现在近距离面对这位尊贵的哲学家乡党的时候，领受到真正的学问家对浅薄的讽刺，也领会到人类从哲学角度认识世界的漫长和艰难。这些县志还记载着本地曾经发生过的种种灾难，战乱地震瘟疫大旱奇寒洪水冰雹黑霜蝗虫，等等。造成的灾难和死亡的人数，那些数以百万计的受害受难者的幽灵浮泛在纸页字行之间，尤其是看到几本“贞妇烈女”卷时，我意料不到的事发生了。

…………[①]

我住在蓝田县城里，平心静气地抄录着一切感兴趣的资料，绝大多数东西都没有直接的用处，我仍然兴趣十足地抄写着，竟然有厚厚的一大本，即一个硬皮活页笔记本的每一页纸

① 此处有删节。

抄了正面又抄背面，字迹比稿纸上的小说写得还工整。我说不清为什么要摊着工夫抄写这些明知无用的资料，而且显示出少见的耐心和静气，后来似乎意识到心理上的一种需要，需要某种沉浸，某种陈纸旧墨里的咀嚼和领悟，才能进入一种业已成为过去的乡村的氛围，才能感应到一种真实真切的社会秩序的质地。在我幼年亲历过的乡村生活的肤浅印象不仅复活了，而且丰富了。

我在这一年还写着中篇和短篇小说。在查阅县志和写作的间隙里，穿插着对我生活的这个村庄历史的了解。我找了村子里几位是我的爷辈的老汉，向他们递上一支雪茄烟。或在他的家里，或在我的刚刚启用的写作间里，我让他们讲自己所记得的村子里的事，记得什么便讲什么。许是年岁太大记忆丧失，许是耽于种种顾虑，谈得很浅，可以想到不是害怕已经逝去的歪人劣事，而是怕得罪他们活在村子里的后人。然而也不是没有收获，我和近门的一位爷爷交谈时，把范围缩小到他和我的这个陈姓的门族里。他约略记得也是从老人嘴里传下来的家族简史，这个门族的最早一位祖先，是一个很能干的人，在他手上，先盖起了这个陈姓聚居的村庄里的第一个四合院，积累囤攒了几年，又紧贴在西边建起了第二个四合院，他的两个儿子各据一个，后来就成为东门和西门。我是东门子孙无疑。到我略知火烫冰寒的年纪，我的东门里居住着两位叔父和我的父亲。西门人丁更为兴旺，那个四合院已经成为名副其实的八家院，这位说话的爷就是西门的。东门西门后来再未出现过太会经营治家的人，因为后人都聚居在这两个四合院里，没有再添一间新房，也就无人迁出老宅，直到一九四九年解放。……[①]

也就在这一刻，我从县志上抄录的《乡约》，很自然地就融进这个人的血液，不再是干死的条文，而呈现出生动与鲜活。这部由吕氏兄弟创作的《乡约》，是中国第一部用来教化和规范民众做人修养的系统完整的著作，曾推广到中国南北的乡村。我对族长这个人物写作的信心就在这一刻确立了，至于他的人生际遇和故事，由此开始孕育。骑自行车或散步，吃饭或喝茶，在村长赐给我的二分地上锄草、培土和浇水，或在小院里栽树植花，只要是一个人独处而又不着纸笔的环境里，白嘉轩这个族长的形象就浮现出来，连同他周围的那些他喜欢的敬重的或讨厌的不屑的人，逐渐清晰起来丰满起来，故事也由单线条到网络似的复杂起来，竟有两年多时间，一个怀得过久的胎儿。

① 此处有删减。

我在断断续续的两年时间里，进入近百年前的我的村子，我的白鹿原和我的关中；我不是研究村庄史和地域史，我很清醒而且关注，要尽可能准确地把握那个时代的人的脉象，以及他们的心理结构形态；在不同的心理结构形态中，透视政治的经济的道德的多重架构；更具妙趣的是，原有的结构遭遇新的理念新的价值观冲击的时候，不同心理结构的人会发生怎样的裂变，当是这个或欢乐或痛苦的一次又一次过程，铸成不同人物不同的心灵轨迹，自然就会呈现出各个人物的个性来……我对以西安为中枢神经的关中这块土地的理解初步形成，不是史学家的考证，也不是民俗学家的演绎和阐释，而是纯粹作为我这个生于斯长于斯的一个子民作家的理解和体验。我把这种理解全部融注到各色人物中，几乎在此前（小说写成前）没有做过任何阐述和表白。到一九九〇年年初，在中断了半年写作，而重新进入写作氛围之时，我为我的家乡一本《民间文学集成》作的序文中，第一次比较透彻或直率地袒露了我对关中这块土地的理解和体验——“作为京畿之地的咸宁，随着一个个封建王朝的兴盛走向自己的历史峰巅，自然也不可避免随着一个个王朝的垮台而跌进衰败的谷底；一次又一次王朝更迭，一次又一次老帝驾崩新帝登基，这块京畿之地有幸反复沐浴真龙天子们的徽光，也难免承受王朝末日的悲凉。难以成记的封建王朝的封建帝君们无论谁个贤明谁个残暴，却无一不是企图江山永铸万寿无疆，无一不是首当在他们宫墙周围造就一代又一代忠勇礼仪之民，所谓京门脸面。封建文化封建文明与皇族贵妃们的胭脂水洗脸水一起排泄到宫墙外的土地上，这块土地既接受文明也容纳污浊。缓慢的历史演进中，封建思想封建文化封建道德衍化成为乡约族规家法民俗，渗透到每一个乡社每一个村庄每一个家族，渗透进一代又一代平民的血液，形成一方地域上的人的特有文化心理结构。在严过刑法繁似鬃毛的乡约族规家法的桎梏之下，岂容那个敢于肆无忌惮地呼哥唤妹倾吐爱死爱活的情爱呢？即使有某个情种冒天下之大不韪而唱出一首赤裸裸的恋歌，不得流传便会被掐死；何况禁锢了的心灵，怕是极难产生那种如远山僻壤的赤裸裸的情歌的。”

这应该是我正在写作《白鹿原》时的最真实的思绪的袒露。我的白嘉轩、朱先生、鹿子霖、田小娥、黑娃以及白孝文等人物，就生活在这样一块土地上，得意着或又失意了，欢笑了旋即又痛不欲生了，刚站起来快活地走过几步又闪跌下去了……

二〇〇七年九月

朱先生和他的“鏊子说”

朱先生是这部长篇小说构思之初最早产生的一个人物。或者说，《白鹿原》的创作欲念刚刚萌生，第一个浮到我眼前的人物，便是朱先生。原因很简单也很自然，这是这部长篇小说比较多的男女人物中，唯一一个有比较完整的生活原型（生活模特）的人物。

朱先生的生活原型姓牛，名兆濂，是科举制度废除前的清朝最末一茬中举的举人。我在尚未上学识字以前就听到这个人的诸多传闻。传闻里的牛先生是人更是神，他的真实名字民间知之甚少，牛才子的称谓遍及乡间。我父亲是牛才子的崇拜者。解放前后我刚到能够解知人事的年龄，每年秋收时会收获很多苞谷棒子，堆在大房的明间里，高过人头的一大堆，晚上点着昏昏暗暗的煤油灯，一家人围看苞谷堆子剥苞谷穗子上的黄皮，干不了多大一会儿我就打盹了。父亲便讲《三侠五义》，讲《薛仁贵征东》，讲包文正刀铡陈世美，似乎都止不住我的瞌睡。父亲又讲牛才子的神话，说他站在院子里观测满天星斗，便能断定明年种何种作物，就会获得丰收；一个丢了牛的乡民求到他的门下，牛才子掐指一算，便指出牛走失后的方位，循此途径果然找到了牛，如此等等。我听得津津有味兴趣陡涨，忍不住连连发问。父亲也回答不了，只说牛才子眼力通天。这个带着神秘色彩的牛才子，从童年起便成为我一个永久性的生活记忆。

我后来上了学，从小学念到高中毕业，接受的是新中国教育体制规定的内容，其中包括常识性的辩证唯物主义哲学，也包括无神论。从我粗浅的理论认识到心理感受的真实性上说，在高中时期就接受并信服了这些哲学观点，不仅不信神不信鬼，连掐八字算卦也觉得是毛鬼神的无聊瞎说了。这样，对于被父亲神化了的牛才子的那些传闻里的神秘色彩，很自然地就淡释了。我相信牛才子是一个学问家，因为文举人不是轻而易举可以获得的。在我的简单推理中，一个学问太高太深的牛才子，他的言论和行为，他对社会事象的看法和对日常俗事的判断，在文盲占百分之九十以上的乡村人群的眼里，是很难被理解的。理解不了便生出神秘感，以至演变到神话，还有一个心理崇拜为基础。我在此前几十年里，没有搜集过牛才子的资料，更说不到研究，印象仍然停留在父亲所讲述的那个浅层面上……[①]

这是截止到二十世纪八十年代中期《白鹿原》书创作欲念萌发时，有关朱先生的生活原型牛才子的全部资料记忆。当这个人物成为《白鹿原》书构思里第一个浮出的形象时，我的畏怯心理同时就发生了，这个牛才子的影响太广泛了，我把他写得让人感到不像或歪曲怎么办？没有生活原型的人物尽由我去刻画塑造，读者尽可以指点写得好与不好，却不存在像与不像的事，而朱先生所依赖的牛才子的原型，就构成一个像与不像的很具体的压力，乃至威胁。揣着这样的畏怯心理，我走进蓝田县档案馆，怎么也料想不到的意外惊喜发生了，我借到手的《蓝田县志》，是牛才子牛兆濂先生作为总撰编写完成的，是蓝田县在解放前最后一个版本的县志，也是牛兆濂谢世前的最后一部著作，由他挂帅和八个编者共同完成的一部完整的蓝田县志。

且不赘述查阅这部县志的诸种收获，只说和牛才子相关的

① 此处有删减。

一件事，也是意料不及的重大惊喜。牛总撰编撰家乡《蓝田县志》的总体指导思想，是严格而又严密的史家笔法，一种纯客观的文字叙述，稍一触及便能感觉得到。我发现写到近代蓝田的史实时，尤其作为县志附录的“民国纪事”篇时，对县域内发生的重大事件，在用客观的史家笔法记述之后，牛总撰加了几则类似于“编者按”的小段文字，表述的是牛总撰自己对这些社会或生活事件的看法。读到牛总撰的这几则“编者按”式的附言，我兴奋得忍不住心颤，一个被神化了的牛才子剥除了神秘的虚幻的光环，一个活生生的可触可感的牛才子站在我的眼前。我可以感知到他眼里的神光，也能感知到他出气吸气的轻重缓急，以及沉静里的巨大愤怒。我感到我已切住了牛才子的脉象。我对以他为生活原型的朱先生写作的畏怯心理，就在这一刻被排除，涨起自信和强烈的欲望来。

我后来还搜集到牛才子一些真实事件，其中对我震撼最大的一件事，是他联合了南方北方几位旧知识分子，在上海一家发行量最大的报纸上发表抗日宣言（他称日寇为倭寇），响应者众，可见他的影响绝不局限于关中。他不仅发言立誓抗击日寇侵略，而且身体力行，要到山西中条山抗战前线去，走到潼关正待过黄河时，被部队派人力劝强拉回来。在民族和国家的危亡时刻，牛才子疾恶如仇的骨气品格，真可谓惊天地泣鬼神。民间传闻里的神秘神话的色彩，已是荡然无存，一个铮铮铁骨的老知识分子，巍然如山立在我的眼前。我常常于傍晚时分站在家门前的灞河堤岸上，眺望河北边七八华里远的一道黄土高崖，高崖下有一个小小的名曰新街的村子，是牛先生的生身和归葬之地。我和他的地理距离不过七八华里，一种天然的亲近把历史时序的距离缩小到几近于无，自然还在于崇敬仰慕基础上的心理贯通。

牛才子是程朱理学关中学派的最后一位传人，是对关中学派的继承和发展有重要建树的一位学人。关中学派的创始者张载，有四句宣言式的语录流传古今：为天地立心，为生民立命，为往圣继绝学，为万世开太平。无论做学问，无论当官从政，这样的抱负和这样的胸襟，至今读来仍令我禁不住心跳血涌。从这四句语录就可以感知关中学派的精髓，也就可以更深刻地理解我的灞河北岸的老乡党牛才子的精神内质了。我也就可以更切近地理解他冒着生命危险劝说企图反扑已经“反正”（辛亥革命）了的西安的清兵总督，也就理解了他以耄耋之躯亲赴抗日前线驱逐倭寇的举动。然而，到二十世纪之初及至三十年代，辛亥革命和共产党革命兴起的时候，关中学派的某些具体理念的局限难以适应新的社会潮流，在牛才子身上也很难回避。他坐馆的曾经影响甚远的书院很快冷落，弟子走失，红火时曾有韩国留学生。先后有西安和蓝田两家新兴学校聘他为师，他都不能适应而告辞，回到书院编起了县志。我努力理解他在这个急骤的社会革命浪潮里的心态，他的超稳定的心理结构面临种种冲击时的痛苦，等等。

我以牛先生为生活原型，创作了朱先生。朱先生已不再等同于牛先生。道理属于创作常识，前者是生活真人，后者是一个艺术形象；艺术形象从精神心理上已摆脱了生活原型的局限和束缚，给作者以再创造的绝对而宽阔的自由空间，把作者的理解和体验浇铸进去，成为我的“这一个”。

对于朱先生这个人物，我的态度是不做任何注释，由读者和评论家去审判。这也不光是我对朱先生这个人物的态度，更是我对《白鹿原》小说里所有人物的态度。事实是，《白鹿原》书发表出版十五年来，我基本不做作品人物的解释，只在对某一些访谈提问时偶有涉及。令我感佩的是，大量的评论文章对包括朱先生在内的几乎所有人物，都有甚为精到的解析和评说，有些甚至超出了我的期待。自然，也免不了一些令我意料不到的评论视角，包括个别误读，我基本能保持平静的心态，当作一种观点来看取，也有鉴示的意义。我在这里想说一下朱先生的“鏊子说”，算是坚守十五年不做人物阐释的一次破例。

我在蓝田查阅县志和许多史料时，看到一些老革命回忆当年“农民运动”的文章，大为震惊。渭南地区的华县和华阴县，是陕西农民运动的中心，运动开展的广泛程度和卷入的农户人数，当是北半个中国闹得最红火的地区，与毛泽东在湖南发动的“农民运动”遥相呼应。尚不属于渭南中心地区的蓝田县，绝大部分村子都成立了“农民协会”，建立了农民武装，包括地理上的白鹿原地区。我在中学语文课上学习毛泽东《湖南农民运动考察报告》时，更多地领受毛泽东看取这场运动的独立观点，以及他生动而雄辩的文字，至于那场农民运动本身，已经是遥远的过去，又是发生在遥远的南方。几十年后我突然感到一种切近的冲击，竟然忍不住心跳，就在我的生身之地白鹿原上，曾经发生过如此红火的乡村农民革命运动。

我家住在白鹿原北坡根下，出门便上坡上原，我到原上蓝田辖区的集镇赶过集，到几个大村看过壮观的社火和秦腔戏剧演出，却从来没有听说过六十年前那些大村小寨曾经发生过的轰轰烈烈的“农民运动”。我在手抚那些资料时感慨连连，自言自语着一句调侃的话：渭南地区的农民运动就规模和人数而言，不比湖南差多少，只可惜没有人写出一篇类似毛泽东的“报告”，竟然无声无息被历史淡忘了。这场运动骤起骤灭，国共合作破裂之后，“农民运动”遭到残酷的镇压，反动派习惯上被称为“还乡团”。报复性镇压的残酷性是不难想象的。《白鹿原》书写了这个过程。朱先生在他的白鹿书院里，也听到杀伐的声音，嗅到了血腥气儿，说了一句话：“白鹿原成了一个鏊子啦。”正是朱先生的这句“鏊子说”，发生了一些误解和误读。恕我不再重复赘述那些误读误解的话。

“鏊子”，是朱先生面对白鹿原上“农民运动”被残酷镇压时的一个比喻。鏊子是北方乡村烙锅盔烙煎饼的铁制炊具。我在写到朱先生面对原上正在发生的“还乡团”的报复事件时，很自然地让他说出这个比喻来。或者说，是我意识里的朱先生自己说出的这个颇为形象的喻体。我曾谈到过，我以人物的文化心理结构把握我正在写作的各个男女人物，朱先生是我体验较深也自以为把握较准的一个重要角色。以他的文化所架构的心理形态，面对白鹿原上“农民运动”骤起骤灭的现实，说出“鏊子”的比喻，表示着他的看法和判断，这是作者我所严格把握的朱先生这个人物角度所决定着的，更是他独独禀有的心理结构所主导着的性格化语言表述方式，形象也含蓄。

这里有一个常识性的界线，作品人物对某个事件的看法和表态，是这个人物以他的是非标准和价值判断做出的表述，不是作者我的是非标准和意义判断的表述。作为作者我的写作用心，说明了只有一点：努力把握各个人物不同的文化心理结构形态，才能把握住他们不同的角度，才可能写出真实的性格差异来。这些人物对同一事件大相径庭的判断和看法，只属于他们自己，而不属于作者。读者可以审视、评点作者对各个人物把握得准确与否。只有准确了才能谈到合理，才能谈到真实，也才可能进一步谈到人物的深度和典型性。如果连最基本的准确都做不到，就无合理和真实，更遑论人物的深度和典型了。读者和评论家可以严格挑剔朱先生等人物的刻画过程里的准确性和合理性，包括他的“鏊子说”，是否于他是准确的和合理的，而不应该把他的“鏊子说”误认为是作者我的观点。再者，朱先生的“鏊子说”，错了对了或偏了，更具体点说，是对“农民运动”和“还乡团”报复行为的大是大非的判断是否正确，即使如此，也是属于朱先生的判断，不是作者我的判断。单就“农民运动”这个事件，《白鹿原》里不同的人物都有截然不同的态度和判断，革命者鹿兆鹏自不必说，田福贤等从根本上就说成革命者煽动的作乱。如果可以把朱先生的“鏊子说”看成作者观点的糊涂，同样可以类及田福贤的反动观点给作者，鹿兆鹏的革命观点也应该是作者的。这种常识性的笑话，我在写作过程中是丝毫也不曾预料得到的。

某些不了解创作的人对朱先生的“鏊子说”发生误读以至指责，我都以平静的心态表示理解。我还听到行家指点说作者缺乏智慧，为什么要让朱先生说出“鏊子”这样的比喻来，让朱先生换一种说法不是不惹事吗，等等。我有限的智慧只把握到朱先生的“鏊子说”才合他的文化心理结构形态，只有他才能说出“鏊子”的比喻体。如果会料到惹事的后果，进而让朱先生说出另一种不惹事的话来，那么朱先生的面目就会是另一番景象了。这样一来，作者有限的智慧不仅专注不到人物的准确把握上，反倒耗费到如何逃躲误读的机巧上去了。把智慧耗费到机巧上，且不说合算不合算，恐怕创作都难以继续了，如果还有作家的道德和良知的话。

二〇〇八年七月

寻找一种叙述

在一九八六年到一九八七年《白鹿原》书构思的这两年里，新时期文艺复兴发展到真可谓百花齐放的红火时段，欧美以及拉美几乎所有流行过和正在流行的文学流派，都被引进中国文坛来了。无论学得像或不像，似乎没有谁太在意，或者尚来不及细究，全都陶醉在新鲜乃至稀罕的感觉里。我也是陶醉者之一，眼花缭乱应接不暇，尽管未必都能读得懂，未必都能进入欣赏的愉悦，却仍然兴趣十足地阅读，基本的收获是大开眼界甚为鼓舞。即使有人调侃这样的文坛景观说“各领风骚十来天”，也遏制不住我想长见识的兴致，依旧兴味十足地阅览文学杂志上新发表的标新立异之作。我当然不可能看到某个新流派就学写某个流派的小说，但我起码想知道世界上和中国有这种和那种文学流派。这如同牛仔裤引进中国，我不想穿它却想欣赏这种服装样式，看到别人穿起来还挺风光。

和这种五彩缤纷的文学景观不大匹配，或者说不大协调的事，已经悄然出现，就是出书有点难了。作家们正忙着追求新的文学流派和别致的写作方式，不太留意出版业已经完成了一次体制改革，由政府支配的计划经济性质，改为纯商品运作的市场经济体制了。一本书能否出版，商品利润的判断已成为一条硬杠子，具体到征订数目，如同一道判决书。出版社最基本的一条原则是要出能赚钱的书，赔本的买卖再不做了。道理很简单也很冷酷，政府不再给出版社拨款，过渡性的补贴也取消了，编辑的工资得靠编书出书赢得利润赚到钱才能获得，想靠人情和长官意志出书，在这个冷冰冰的硬杠子面前都开不了口了。一些意料不及的现象随即出现了，按习惯性思维和习惯性心理一时很难适应，纯粹的雅文学遭到市场的冷脸，出书难了；一些在文坛上颇得风光的作品，在非文学读者的更广大的读者群里不买账，出书也难了。在作家和出版社编辑之间传递着令人丧气心凉的逸闻，某名牌大家的集子的征订数居然不到一千册，令约稿的编辑骑虎难下。我自己出书的经历才是最可靠的体验，一本颇得好评的中篇小说集征订不足三千册，迟迟不得开印，据说此订数在不赔也不赚的及格线上，后来还是侥幸面世了。另一部中篇小说集收入的作品，被转载或得过发表刊物优秀作品奖，征订数仍然不景气。至于短篇小说，全部堆在书柜里，没有哪家出版社问津，据说短篇小说和散文随笔最难赢得市场效益了。自以为还算是中国实施改革的拥护者，不料市场经济的观念和意识，竟是以这种切身压迫的方式让我领受的，而且别无选择，而且正值这头一回试笔的长篇小说快要定型的时候。

你写的小说得有人读，你出的书得有人买。出版社刚刚实行的市场经济理论和运作方式，无论多么深奥多么陌生多么冷硬，具体化对象化到我头上的时候，就变得如此简单。唯一的出路，必须赢得文学圈子以外广阔无计的读者的阅读兴趣，是这个庞大的读者群决定着一本书的印数和发行量。此前也不是没有想到这个层面的读者群体，却确凿没有形成至关致命的心理压迫和负担。

这种心理压迫的直接效应，使我很快确定这部小说的规模。构思的近两年的时间里，就其规模而言，虽然尚未完全确定，却一直偏重于写成上下两部。我是就已经酝酿着的较多的人物和他们较为复杂的人生故事，需得上下两部才能完成，每部三十万至四十万字。唯一犹豫未决的因素，是我的阅读习惯不喜欢多部规模的小说，这是长期形成的不大说得清道理的阅读习性，包括某些声誉颇高的翻译小说。我既然有这样的阅读习性，自然也不想弄出上下部或多部这样规模的小说，却想到这部小说的内容和人物，一部很难装得下。当市场经济运作的无情而冷硬的杠子横到眼前的时候，我很快就做出决断，只写一部，不超过四十多万字。之所以能发生这种断然逆转，主要是对这本书未来市场的考虑，如果有幸顺利出版，读者买一本比买两本会省一半钞票，销量当会好些。

我便重新审视一个个业已酝酿着的人物，重新审视每个重要人物的每一个重大情节和细节，合理性和必要性为审视的尺码，舍弃某些可以舍弃的情节和细节。即使如此，我仍然觉得四十万的字数很难装得下已经难以再做舍弃的内容。这样，我便把自己逼到语言方式这条途径上来。采用叙述语言，也几乎就在此时做出决断。在我的语言感受和意识里，仅就篇幅而言，叙述语言比之描写语言，是可以成倍节省字数和篇幅的。同样出于以往写作的语言感觉，叙述语言较之白描语言，难度也要大很多，尤其是一部几十万字的长篇小说，要做到通体不松懈更不露馅儿的形象化叙述，就我已不算少的文字实践的感受和理解，完全能估计到这是非同一般的难事。然而，我已经确定要用叙述语言来表述已经意识和体验到的那一段历史生活内容，或者说必须寻找到和那一段乡村历史生活内容最相称的语言方式，即叙述，而且必须是形象化的叙述。从我的写作实践看，尽管能充分感知这种叙述语言的难度，心头涨起的却是一种寻找新的语言形态的新感觉，甚至贴切地预感到这种叙述语言的成色，将直接影响乃至决定着内容呈现的成色。这次由小说规模引发的语言选择，很快就摆脱了最初为缩短小说篇幅的诱因，导致成对这部小说语言形态的严峻课题。

我很自然地发生对以往写作中语言演变的检索。我是由描写语言开始小说写作的，生动和准确的描写成为那个时期的语言追求，这大约在我热衷短篇小说写作的时段。这个时候对语言似乎没有太明显的刻意，完全凭着对要写人物的某种感觉去写作，是一种含糊盲目的尽兴式写作，我对小说语言的自觉，发生在随后的中篇小说写作的时候，说来不单纯是语言自觉，而是由对小说创作新的理解引发的。我在中篇小说写作开始，意识到以人物结构小说，从此前的故事结构里摆脱出来。我发现一个很简单也很直白的问题，面对不同的写作对象，性格和心理形态差异很大的人物，很难用同一种色调的语言去写他们，包括他们各自不同的生活氛围和社会氛围，必须找到一种适宜表述不同人物的相应的语言形态。尤其是在写乡村知识分子的《蓝袍先生》和乡村农家院里两代人生活的《四妹子》，仅语言而言，差异是很大的。我自己回看这几部中篇小说，每一部都有相应的语言选择，各不相同。那个时候对语言的这种探索，也依赖着我的阅读感受，我发现，有的作家的主要作品，基本保持着一种语言结构形态和语言色调，形成一种固定的语言风格，让读者不看署名就能感知到这是谁的文字。另有一类作家的小说作品，语言差异很大，譬如鲁迅，《阿Q正传》和《祝福》的语言形态是太截然了，还有《狂人日记》《药》《在酒楼上》等，可以说无论篇幅大的或小的，每一部和每一篇都呈现着独有的语言形态。从纯粹的写作实践上来理解，我便推想到鲁迅肯定也面临过语言选择的事，用写阿Q的语言无法写祥林嫂，用写祥林嫂的语言也写不成酒楼上的男女。很显然，作家面临不同质地的写作对象选择最恰当的语言形式，才能把自己体验到的生活内容，完成一次最充分也最富有个性化的独特表述。我几乎是很自然地倾向于这种语言选择的实践的，中篇小说的写作，还处于自觉和不大自觉的过程。

我这次对语言检索的更侧重的一个课题，就是由描写语言到叙述语言的过渡。对叙述语言的喜爱和倾倒，也是由阅读中充分感受其魅力而发生的。最直观的一点，一句凝练的形象准确的叙述，如果换成白描语言把它展开描写，可能要用五到十倍乃至更多的篇幅才能完成，而其内在的纯粹的文字魅力却不存在了。再一点是叙述语言的内在张力和弹性，又不仅是一个外在的语言形态，而是作家对他的人物的透彻理解和掌握，获得了一种言说和表达的自由，才可能有叙述的准确和形象，才能恣意纵横而不游离各个人物的气脉，也才能使作者的语言智慧得以展示，充分饱满而又不过不及，废话就不可能落到某个人物身上。我对叙述语言的理解，是一个渐次加深的过程，在此之前的一些中篇小说写作中，自觉不自觉地试用过，用一句话说，火候不够也达不到完美。我已深切体会感知到叙述语言的难度，尤其难以掩饰的是，很难用叙述语言从头至尾把一部几万字的小说写下来，总有几处露出描写的馅儿来。这既是一种语言功力的欠缺，也是对作品人物心理演变准确合理把握得不到位，表象的标征却是语言。

为了一种新的语言形态——形象化叙述——的追求，我唯一能想到的办法就是试验。我在长篇《白鹿原》书开笔起草之前，写了短篇小说《窝囊》和《轱辘子客》，用意十分明确，就是要试验一种纯粹的叙述，选择这两个题材的人物和故事，自然也是适宜使用叙述的语言的。我确定尽量不写人物之间直接的对话，把人物间必不可少的对话，纳入情节发展过程中的行为叙述；情节和细节自不必说了，把直接的描写调换一个角度，成为以作者为主体的叙述。印象最深的是《轱辘子客》，近万字的一篇小说，通篇都是以形象化的叙述语言完成的，只在结尾处有几句对话。我切实地体验了叙述语言的致命之处，不能留下任何干巴巴的交代性文字的痕迹，每一句都要实现具体生动的形象化，把纯属语言的趣味渗透其中，才能展示叙述语言独有的内在张力，也才可能不断触发读者对文字的敏感性，引发他读下去直至读完的诱惑力。记得《轱辘子客》在《延河》杂志发表不久，我从乡下赶到城里去买粮和买煤球，在作协院子里碰到几位同事，都说到这个短篇的语言，对熟悉我以往语言的他们来说，感到新鲜，也感觉到了明显的变化，似乎都以为这种语言形态不错。我大受鼓舞，却不便说出这种变化的深层因由。在《白鹿原》书已经草拟过半的一九八八年夏天，关中的三伏天热到近四十摄氏度，空调还只是传说中的高档器物，屋里屋外都热得汗流不止，再加上孩子高考升学的麻烦事，迫使我的草拟停止下来。偶遇下雨得着短暂的凉爽，我又写了两个短篇小说《害羞》和《两个朋友》，继续着叙述语言的演练。我又为纯粹的叙述里加入人物对话，意在把握对话的必要性，自然是对对话的内容再三斟酌和锤炼，以个性化的有内涵的对话语言，给大段连接大段的叙述里增添一些变化，避免大段叙述语言阅读过程中可能产生的累。因为《白鹿原》的人物和主要情节已经基本确定，草拟过半程的感觉挺不错，叙述语言就成为承载和展示作品内容的一个关键。其实，正在草拟着的《白鹿原》的语言，也是以叙述的形态展示着，主要把握着作者叙事主体的角度，形成叙述语言的架构和形态，尚不能顾及语言的细部，也顾不及字词的推敲。道理在我很清醒，草拟的主要用意在于把这部跨越半个世纪的小说的框架搭起来，把白鹿原上那些人物命运遭际的粗线条勾勒出来，叙述语言的精确斟酌，那是写正式稿时要做到的事，我计划的草拟时间为一年，正式稿预计两年，多一倍的时间预算，其中一条因素就是花给叙述语言的……我得着机会就想写个短篇，既在增添收入补贴已现窘迫的家庭经济，更在叙述语言文字的练习，意图很实际，到半年后摊开稿纸下笔正式稿时，便能进入完全自如的文字叙述。

草拟稿进行得超出预料的顺畅。到一九八九年元月，超过四十万字的草拟稿完成了。一九八八年四月动笔，到次年元月完成，刨除暑期近两个月的停笔，实际写作时间只有八个月，这大约是我自专业创作以来写作量最大的一年，也是日出活量最高的一年。这年过了一个好春节，心头的鼓舞和踏实是前所未有的。春节临近的时候，我已经从《白鹿原》的历史烟云中彻底摆脱出来，和村里的乡党搭帮结伙去赶集，挑选猪肉和蔬菜，进城买面粉、大米、清油和煤球，这些东西都是凭票定点供应给我这个住在乡下的城市居民的，今年办起这些啰唆事来的心情都是前所未有的舒悦。动笔草拟之前的种种担心，都在画上最后一个句号时彻底化解了，既比我起初预想的顺利，也比我草拟之前的感觉更好，起草之前某些思路，竟在写作过程中得到扩展和深化；更有许多自以为得意的细节，竟是在写作过程中不断蹦出来的。我或进城或赶集办年货往来的路上，常常面对白鹿原北坡的沟壑台梁久久注目，这原坡已不是我小时候割草砍柴捉蚂蚱的那个原了。我已经把家乡的这个古原写成小说了，尽管是草拟，依然抑制不住心头的兴奋。

一个无比快乐的新年过完了，待把三个孩子一个一个送进学校，再把家庭这样那样的杂事处理过手，又到清明了。我摊开稿纸，竟是一种前所未有的沉静和舒展，这也是以往写作短篇中篇小说时几乎没有过的一种心境，当是因为草拟稿摊开在桌子左首，白嘉轩们的人生际遇里的大事小事已失去了草拟时的情感冲动，多了重新审视和斟酌的冷静；更深层的原因，我想还是已经草拟出来的那些内容，容不得激情，也更容不得随意，沉静几乎是在摊开稿纸时必然形成的写作心境。当我在稿纸上写下“白嘉轩后来引以为豪壮的是一生里娶过七房女人”的开篇语句时，我的心境更沉静了，一种进入近一个世纪前的原上社会特有的沉静。我开篇叙述的感觉是空前的自在，对于叙述语言的把握也是空前的自信。我后来才意识到，此前用几个短篇小说练习叙述的功夫没有白做，更重要的甚至是决定性的因素，在于对那个历史时段原上人物的理解和体验的程度。

二〇〇八年九月

复活了的呻唤声

记不准确是在构思基本成型，或是在已经开始动笔草拟《白鹿原》稿的某一天深夜，我确凿无疑听到从上房西屋传出的沉重却也舒缓的呻唤声，且不止一声。这是我的厦屋爷的呻唤声。我不由得战栗。家人早已进入梦乡。我在前院的书房里磨蹭着我的事，也许只是抽烟喝茶，无意中就听到不止一声的沉重却也舒缓的呻唤。上房的东屋和西屋至少有两年不住人了，西屋放着柴火。我透过窗户看了看上房模糊的檐墙和瓦檐，静谧无声。我走出屋子站到院子里，看着即使在朦胧的夜幕里也掩饰不住的上房老屋残破颓败的景象，顿然意识到，这沉重却也舒缓的呻唤声，是从我记忆的心底发出的。

我的祖父辈有兄弟三人，属于两股的堂兄弟。我的祖父为一股，单传一个，到我父亲仍是一个单传，我的这个嫡系爷爷在我出生前已经谢世。另一股的两个爷爷是亲兄弟，老大也去世早，我未见过面未听过声，老二这个爷爷在分家时住着上房和门房之间西边的厦屋，后辈的我们这一茬孙子便叫他厦屋爷了，叫顺了也不觉得拗口。厦屋爷有两个儿子，据说都属于不安分守己种庄稼过日子的人，跟着外边来的一个人走了，先后各回来过一次又走了，此后再无声息踪影。老大也有两个儿子，都是我的叔父，便把小叔父过继给厦屋爷了。小叔父是个孝子，当即把厦屋爷从厦屋搬到上房西屋。在我稍有辨识本领的时候，看到的是出出进进于上房西屋的告别了厦屋的厦屋爷了。我爷爷和我父亲都是同辈兄弟中的老大，分家的格局至晚在曾祖父那一代就形成事实，我父亲便继承着上房东屋和中院东边的厦屋。东为上，分家归属长子是族规里天经地义的规矩。上房东屋和西屋之间隔着一间明室，作为共有的通道，东屋和西屋是窗户对着窗户门对着门，中间的距离不过三大步四小步。我家的两间厦屋用土坯隔开，南边作厨房北边养牛做牛圈，一家人住在上房东屋。我沉在心底几十年的厦屋爷的呻唤声，就是从他住着的上房西屋的门窗传进我住的东屋的门窗的。

厦屋爷的呻唤，似乎不能等同于呻吟，更不是打鼾声。我的父亲睡熟时鼾声跌宕起伏，我常常被突然暴出的一声如炸雷般的鼾声惊醒，半天难得重新入睡。恰是在这种夜半惊醒或是被尿憋醒爬下炕在瓦盆里尿尿的时候，往往会听到从对面窗户传来厦屋爷深沉而又舒缓的呻唤声。那种呻唤声一般只有一声，偶尔还有连接着的较短也更轻的一声，好像第一声的余韵或回声。厦屋爷在解放后的第二或是第三年就去世了。我顶大不过十岁。我连他说过的一句话也没有记下，更不要说他曾经有过什么英雄壮举或遭遇过怎样窝囊的事了。他很少搭理我那样年龄的孙子，从来也没有像村子里那些爷爷和孙子的亲昵举动。我也记不得有过什么亲近他的行为。他的面貌早已模糊，我唯一的印象是他手里总捏着一根超长的旱烟杆儿，抽烟时需得伸直一只胳膊，才能把燃烧的火纸够到装满烟末儿的旱烟锅上。唯一见过的祖父辈里的一个爷爷，就是这样粗浅到有点陌生的印象。大半生跌跌撞撞走过来，仅仅只记得作为厦屋爷象征的那根超长的烟袋杆儿，无论如何也料想不到，在我心底最深的一隅，还储存着厦屋爷呻唤的声音，竟然在这一夜的更深人静的时刻响了起来。

我从院子回到小书房坐下来，也就准确无误地解开了这个始料不及的现象，这是我业已构思成型即将动笔或刚刚开笔草拟的《白鹿原》书里的人物，白嘉轩朱先生鹿三甚至包括鹿子霖这一茬白鹿原上的男人，把我的厦屋爷在夜深时的呻唤声，从我的心底记忆里感应而出了。我坐在沙发上推想，我的厦屋爷的年龄，大约和原上白鹿两家的当事人属于一茬儿。原上原下属于这个年龄茬儿的人，不知有多少万，然而距离我最近——近到夜半可以听见他呻唤的人，却只有厦屋爷一个，我的亲爷和门族里的二爷（厦屋爷的哥哥）都在我出生之前去世了。我用两年时间营造或者说编排的白鹿原上那一茬男人和女人的故事，让白鹿原北坡坡根下的我的厦屋爷留在我心底的呻唤，感应而出了。依我当时有限的关于人的神秘的生理和心理现象来理解，在我尚不解人世人事的幼年时期，厦屋爷夜半的呻唤，是我直接感受直接纳入的白嘉轩鹿三们富于生命质感的声音。

我在小书房里骤然间兴奋起来，甚至有点按捺不住的心颤。我在这一瞬，清晰地感知到我和白嘉轩鹿三鹿子霖们之间一直朦胧着的纱幕扯去了，他们清楚生动如活人一样走动在我的小书房里，脚步声说话声咳嗽声都可闻可辨。这是厦屋爷的呻唤声，扯开了那道朦胧的纱幕，打通了我和白嘉轩那一茬人直接对视的障碍。我的创作依赖对生活的直接感受和直接体验，这在此前的中短篇写作中不存在障碍，我的作品几乎都是与生活同步发生发展的。我在《白鹿原》书里构思的人物和生活背景，是我的厦屋爷这一茬人的生活历程，离我有些远了。我无法获得直接的感受和体验。无论我做了自以为多么认真和切实的准备工作，却总也不像我写解放后亲历过的时段里的小说那样心底踏实。厦屋爷的呻唤声，让我获得了弥足珍贵的踏实感。在我学习创作的已不算短的历程中，越来越相信创作需要想象，想象力愈丰富作品就愈出奇制胜，甚至可以说想象力贫乏的作家，是很难实现思想和艺术的突破的，我不仅相信这个理论，也有自己创作实践的切实感知。但在我个人的创作实践里，还有一个不可或缺的东西，就是对生活的直接感受和直接体验。如果既保持活跃丰富的想象，又对具体一部小说所描写的生活背景和人物生存环境有直接的体验和感受，我就会进入最踏实最自信也最激情的写作状态。缺失几十年前白鹿原上或原下乡村生活氛围的直接感受和体验，在我构思《白鹿原》书的两年里，一直是无法实现填补的一个亏空。愈是接近构思完成即将草拟，这个亏空造成的不踏实乃至不自信的阴影，愈是一直徘徊于心。我曾经努力搜寻儿时的记忆，我曾经跟着父亲，大年初一早晨到敬奉着陈姓族谱的人家（小村子建不起祠堂），由父亲上完点燃的香支，毕恭毕敬地抱拳作揖，再跪拜三磕头；我记得父亲在厦屋北间养的一头黄牛，他每天几次添草拌料，还要垫黄土，用铡刀铡断苜蓿或青草时的“嚓嚓嚓”的声响，重新在我耳朵里响起。这些在幼年看到的乡村生活太细碎，不能形成一种总体的直接的心理印象，为此我曾经几次走上白鹿原，在那些规模较大的村子里转悠，尤其是那些老房子和老街巷，企图感受到遗存在这里的旧时的气氛，虽不无收益，却难以形成良好的感受。无论如何也料想不到，厦屋爷的呻唤声，把我欠缺的那种直接感受和直接体验填充起来了。

连着几个夜晚，我都在回嚼厦屋爷的呻唤声。这是厦屋爷睡到最沉最熟乃至睡死的状态下发出的呻唤，他自己肯定是无意识无知觉的，然而却是生理身体和心理身体的深处倾泻而出的，没有忧愁没有怨愤没有悲伤没有凄楚更没有痛苦，我所能找到的基本恰当的形容词汇，就是深沉而舒缓。我幼年被父亲的鼾声惊醒而一时难以入眠的时候，听到厦屋爷的这声呻唤，反而让我很快进入睡眠。当我即将动手写作《白鹿原》的时候，才反复咀嚼这呻唤声的内涵，这是我们家族中即将走到生命尽头的最后一个爷爷辈老人的呻唤声。我很自然地展开想象，无论人生信条人生理想的坚守和追求，无论财产的聚集或丧失，无论婚姻家庭的可心或别扭，无论行为里的端正或龌龊，无论亲族乡友相处中的亲了疏了乃至仇恨，等等。其中伴随一生的成功和得手时的巨大欢乐和得意，还有遭遇挫折和丧失时的难以承受的煎熬和悔恨，现在都淡释了烟散了，只剩下衰老躯体睡熟时发出的深沉而又舒缓的呻唤。

我的不大丰富的想象力竟然活跃起来，把厦屋爷的呻唤想象成白鹿原发出的呻唤的声音。我坐不住了，便走出小书房，再走出大门，站在场边上面对村庄依靠着的白鹿原的北坡。突出的峁梁和凹进去的大小沟壑，在早春的星光下都呈现着模糊却也柔和的轮廓，稀疏的杂树撑立在坡坎上，静无声息。坡根下自东至西排列着一幢幢或排场或寒酸的房屋，以陈姓为绝对多数的这个只有五六十户人家的小村庄，……[①]焚烧了族谱，我问过许多老人都说不清有多少年的历史了。一茬一茬的娃娃在这家那家的土炕上落生，能逃过种种疾病存活长大，女娃嫁到外村，男娃在村前的灞河河滩地和村后的坡地上春种秋收，死了再由儿子埋到原坡上属于自家的某一块土地里。我自小在这原坡上割草挖柴逮蚂蚱，总是躲避那些长着荒草和荆棘的坟堆，它们有一种本能的阴森。我现在站在门外的平场上，看着

---

① 此处有删减。

星光下静谧的原坡，不仅不再有任何阴森冷气，倒是耳畔不断萦绕着一种深沉舒缓的呻唤。我感觉已经开始融入这个原了。

由厦屋爷引发到白鹿原的这种呻唤，不仅扯开了我与白嘉轩们之间的朦胧纱幕，也使我获得一种前所未有的沉静的写作状态，这也是不曾预料得到的。在草拟和正式稿写作的四年时间里，常常有这样的情况发生：某些章节写得太顺利也太得意，往往使我不自觉地进入一种太过兴奋状态，句子往往粗疏，把可能找到的更准确更形象也更耐得咀嚼的词汇和句式丢失了，甚至连稿纸上的钢笔字也潦草了。尤其是在写得不顺，甚至遇到怎么也跨不过的沟坎的时候，烦躁以至气馁。我往往是在夜静时分挪一小凳，坐在中院的破烂不堪的两幢厦屋之间，寻觅捕逮厦屋爷的呻唤，不仅使我过分兴奋的情绪归于沉静，更使我烦躁丧气的心境渐次恢复起来，明天早晨可以以一种沉静的心态打开稿纸。还有社会生活不断潮起的热闹，杂以文坛开始兴起的炒作的热闹，能使我看见权当没看见，听见权当没听见而依旧坐在原下祖屋的屋院里，也是厦屋爷那深沉舒缓的呻唤给我的调节和镇静。我如果也学着自炒他炒赢得文坛的某些虚名，到厦屋爷那种年龄的时候，还能发出纯粹到无意识的深沉而舒缓的呻唤吗？

我从小小年纪喜欢文学并开始在作文本上涂鸦，尤其到新时期的文艺复兴，不断见识着也接受着种种关于写作的新鲜观点，还有不少成就卓著的中外作家的写作经验，作品如何既具有深刻性，又有独自的发现，如何实现艺术的独创又能被普遍接受，种种观点和种种经验，有的给我以启发，有的给我以借鉴，至少也给我开阔艺术视野的好处。然而，在我三十多年的习作历程中，第一次感知到幼年无意听到的一种声音——厦屋爷睡熟时同样无意发出的呻唤，却影响着我的生活思考，也影响着我的写作情绪。我至今难以判断，这是一种什么体验。

二〇〇八年十一月

寻找自己的创作方法[1]

对我影响比较深的是拉丁美洲的魔幻现实主义作品。我最早读的是《百年孤独》，觉得形式很新颖，甚至急忙还读不懂，特别是那种叙述形式。

我随后在《世界文学》上读到魔幻现实主义的创始人卡彭铁尔的《人间王国》，那是一部大约十万字的小长篇。我从介绍卡彭铁尔的文章中，了解到魔幻现实主义这种文学形式的起因和发展。拉丁美洲原来没有自己的文学，只有一些民间传说，一些文人（所谓的作家）把民间传说改写成作品。二十世纪二三十年代拉美开始觉醒，很多有条件的文学爱好者到欧洲去留学，寻求新的思维。魔幻现实主义创始者卡彭铁尔是其中之一，在法国留学两年，他学习欧洲现代派作品的写法发表了

---

① 节选自《〈白鹿原〉之外》一文。

一些作品，却没有任何反应，最后他反省自己的路子，决定离开欧洲。在他离开欧洲的时候留下一句话："在欧洲现代派的旗帜下容不得我。"这个反省是多么深刻！卡彭铁尔回到拉美后选择了海地那个弹丸之地去深入生活。选择海地的唯一理由，它是保存着纯黑人移民的一个拉美国家。卡彭铁尔去了解黑人的移民史、社会形态和各种人的生活状态，各个社会层面上人的生活形态，后来他写了一部长篇小说《人间王国》。

《人间王国》一经发表，当即引起欧洲文坛的强烈反响，他写的海地人的生活形态、情感世界，很独特的带有魔幻色彩的生活方式，譬如人变成甲虫等。尤其是别开生面到陌生的叙述形式，引起欧洲文坛的惊讶，已有的所有文学流派都归类不了卡彭铁尔的作品，欧洲评论家就给《人间王国》起了个"神奇的现实主义"。

《人间王国》在欧洲产生重大影响，也为拉美那些正在追求着的作家们找到了一条发展的道路，就是面向自己的民族和国家的现实和历史，寻找自己的创作方法。之后每个国家很快脱颖出来两三个很有成就的作家，竟然形成了一股拉美文学浪潮。欧洲评论家为这些风格比较相近的作品找到了一个更为恰当的名字"魔幻现实主义"。后来的《百年孤独》，震惊世界文坛，把魔幻现实主义这种艺术形式推到了一个高峰。

“魔幻现实主义”对我的启示很大，主要倒不在说这些作品如何，包括《百年孤独》，而是魔幻现实主义创始者卡彭铁尔寻求创作出路的精神和行为，给了我以振聋发聩的启示。我突然意识到我也应该对此前的创作做一次深刻的反省。面对我生长和生活的这块土地，我一直很自信，我了解乡村生活，因为我出生在农村，工作在农村，在农村做基层工作二十年，搞了专业创作我还住在农村。我既是农村生活直接体验者，又是农村社会工作直接参与者，在公社工作的时候直接面对的就是农民，一年有四分之三的时间都住在这个或那个村子里，所以我一直很自信我了解农村生活，也拥有生活。我搞专业创作以后从机关搬回老家住，其中一个很重要的原因，就是把我拥有的生活逐渐形成作品。

我既需要用阅读扩大艺术视野，同时需要对生活理解的穿透力，然后才能实现创作的突破。受魔幻现实主义创始人卡彭铁尔创作道路的启发，我马上意识到我了解的仅仅是六十年代后的乡村，尤其是一九四九年以前的乡村我根本就不了解，包括我生活着的那块土地的历史渊源都搞不清，灞桥区在清朝的时候叫啥县名？那个时候是个什么状况？我想了解这块土地的昨天，恰好那时候写中篇小说《蓝袍先生》，由于《蓝袍先生》的写作牵涉到解放前的一些生活形态，我仅有的一些解放前的生活记忆被激活了，就动了写长篇小说的念头，随后就下决心要到蓝田去查询资料、了解这块土地的昨天。于是，就有了作品《白鹿原》。

魔幻现实主义作品中把人变成甲虫，如果我们仅仅是再模仿把人变成狗，这不是艺术学习和艺术借鉴，照猫画虎的创作不可能有任何出路。关键是人家的创作道路对你的启发，来寻找适宜自己的一条创作路子，才能获得进步和突破。

二〇〇八年一月十一日

突破自己

××同志：

你好。上月初的来信收读后，心里很不安。你因为坚持较长时间的业余文学创作而“一无所获”“在一次又一次的退稿面前，不得不承认自己‘先天的基因’不足这个事实了”，因而决定罢手，再不做这样的“无效劳动”。你不是因为兴趣转移，也不是因为其他原因，恰恰是被天才的神话吓住了，怀疑了，动摇了，放弃了自己对文学事业的追求。我感到遗憾，深深的遗憾。

我不想说天才的有无，因为我至今也搞不清这个神秘而又吓人的字眼里究竟包含着怎样的意思。我只是确信我自己没有“先天的基因”，更与“天才”没有缘分儿；我只是深知在处女作发表之前，经受一封封退稿信的痛苦是一个较为普遍的现象，许多活跃于当代文坛的令人景慕的中青年作家都不能逃脱这种“残酷的现实”。无须举证，几乎每人“都有一本血泪账”。我想，如果这些当代文坛的健儿在一鸣惊人之作发表之前的痛苦磨炼中，突然被“天才”这个魔鬼迷了心窍，从而中止了创作，那么对于当代中国的文坛，该是一个多大的损失！相信“天才”而终于被吓倒了的，可能正是许多“天才人物”。据说有个别“天才作家”没有经受过这种痛苦，非常轻松，一写即能发表，一发表即引起震动，连本人甚至也觉得竟是意想不到的容易。这样的“天才”，我不敢说一定没有，但一定很少。既然我们都不是“天才”，都不具备“先天的基因”，那么我们就不能循着“天才”的足迹走，宁可少看或不看“天才”们扬扬自得的面孔，免得灭了自己的志气。多读一些“先天基因”甚微乃至完全没有“天才”、在通过艰苦卓绝的奋斗中对人类有所贡献的人的事迹，对我们将是一种鼓舞，使我们受到启发，增加奋斗的志气和追求事业的韧劲。

我以为问题的要害在于，人在理想和事业的追求过程的各个阶段，对自己的实际能力应有一个认真的客观的估计。这种估计不是猜摸“天才”成分的多寡，而是自己此时或彼时对于自己所钻研的学问所实际达到的把握。自己在某几个方面强些，在某几个方面弱些。对于强的一面或几面如何进一步巩固和发挥，对于弱的一点或几点如何加强。而尤为重要的是，能在诸种因素中，找到致命的关键的薄弱环节，作为这一阶段学习和攻占的目标，作为前进的突破口。这一薄弱环节被突破，其他的薄弱环节中又有一点相对地变成新的至为关键的薄弱环节，又成为新的突破口。我以为，突破首先是打破自己的局限。

文学创作是一种复杂的劳动，甚至带有某些神秘色彩。我以为不论如何复杂，如何神秘，还是不外乎柳青生前所讲的作家要经过“三个学校”的总概括，即生活的学校、艺术的学校和政治的学校。作家为什么要深入生活，理解生活，从而达到对生活的艺术概括，创造形象的理论；作家为什么要学习政治，提高思想以强化自己对生活的现实内容和历史内容的独到而新鲜的认识，深化作品的主题；作家如何加强艺术素养而提高自己对于所了解的生活的表现能力；等等。对这些问题，柳青都有独到而精辟的见解。我这里所要说的正确估计自己，从而不断地找到突破口的意见，仅仅局限于艺术表现能力的学习范围之内，或者更具体地说，就是在成为大作家之前，练习文学的基本功力的过程中应该注意的事。

即以短篇小说这种文学形式的创作来说，有主题的提炼、人物塑造、结构、情节的铺展这些大家所常说的几个方面。再进一步说，文学语言的锤炼，细节的选择和描绘，人物对话如何恰如其分而又绘声绘色，叙述语言怎样避免干巴巴的事件或过程的介绍，变成一种形象的叙述，何处适宜浓墨重彩细致描绘，何处又必须一笔带过而绝不应多写一句……这些文学表现能力的基本功夫，全部都得经过实际的练习而后才能有所提高。从优秀作品的阅读中得到启示，在自己的实际写作中得到磨炼，不断提高。而在这个过程中最害人的是某些小说作法——各种变换花样的小说作法。所有这些文学表现的基本功夫，只有在写作中——无数次失败中——去获得。

我在发过三四个短篇之后，有一次小结。这三四篇小说，篇幅都在二万字以上，好多同志都说那实际已经是中篇的架子了。在短篇的结构问题上，我不是千方百计，仅仅是一方一计，太单调太笨拙了——我找到了自己的突破口。我集中阅读了一批国内和国外的优秀短篇，最终选定了莫泊桑的短篇小说，重点学习莫氏的许多优秀短篇的结构手法。从而打破了自己的局限，从篇幅上一下子缩小了，此后的习作大多数在万字以内，多有六七千字的习作。后来一次找到自己的突破口，是语言。一批作品发表了，有的同志说我的文学语言生活气息浓，好得很；有的说那语言简直不堪一读。我觉得这些话都有可取之处。我的语言实际所达到的程度，不是至善至美，也不是不堪一读，而是有待于进一步锤炼和提高，使其更富于美感。语言的美有各种内涵，有人欣赏华丽，有人喜欢淡泊。我喜欢一种刚健而富于弹性的生动活泼的语言。一种对活泼的生活语言经过提炼的优美朴实的文学语言，成为我追求的目标。

第三次有意识地寻找到自己的艺术表现能力的突破口，是感情色彩。这是听到评论家和读者的评论和意见之后，归结出来的。写小说是写人，写人是要写这个人的典型性、形象性，这是老生常谈的话。但写人的什么？形象而逼真的肖像吗？历尽艰辛的生活道路吗？可歌可泣的英雄行为吗？是的，这些都要写。但这仍然不够，应该更进一步明确地意识到，在他或她的生活道路的艰辛历程中、英雄行为中，准确而生动地写出他或她在此时此景或彼时彼境下的感情色彩、感情波澜，以情动人。作品与读者之间是以人物的感情进行交流的，人物的感情色彩出不来，读者就觉得乏味了。某一段叙述或描写（乃至风景环境描写）一旦离开作品人物的感情的纽带，读者立即就想跳过去。在人物感情的描绘中，我觉得首先是准确。准确排斥虚假。所谓把握人物性格，在很大程度上是把握人物的感情波动的浪潮。意识到这一点，我在尔后的习作中努力争取写准确（不足或过分都不算准确）人物的感情。

这种不断地找到自己的“突破口”的办法，是我近几年间在业余创作实践中自己摸索的，我以为是切合我的实际的。要找到自己的“突破口”，并不是一件容易的事，需要冷静，甚至需要对自己的近于严酷的态度。完全凭自信而觉得不必遇伯乐，不行；完全自卑而觉得“先天基因”不备，也不行。要自信而又不自信，自信——经过学习和磨炼，敢于肯定自己已经具备了一定的文学素养；不自信——更重要的是看到自己还有许多薄弱环节需要突破。这样，我们就能始终踏实地去学习，去摸索，去积累自己失败的和成功的经验，不以误有“天才”而自喜，不以自己无“天才”而却步。扎扎实实地进行文学基本功的练习，走完处女作发表之前这一段较为漫长、较为痛苦的创作道路。

处女作发表以后又怎么样呢？仍然继续着新的痛苦。处女作发表之后而连续发了十几篇乃至几十篇作品，反应平平，评论的冷漠（不是因“风”而致的偏见），急于提高和突破的痛苦绝不轻于处女作发表之前。即令有一篇“震世”之作发表了，尔后又出现一批平庸之作，又会陷入不能突破（这种突破已不同上文所说的突破口）的痛苦深渊。我的体会是，在创作这项事业中，欢乐是短暂的，痛苦是永恒的。痛苦中有追求，有不满足现状，有新的渴盼，因此永远不会完结。痛苦没有了，希望也就没有了。

无论我们能否在文学事业中有所建树，或建树的大小如何，既然从事这个迷人而又复杂的令人痛苦的事业，首先必须打破某些玄而又玄的关于“天才”的吓人的宣传，排除一切轻易取得成果的侥幸心理，而把自己的脚跟站在艰苦奋斗、努力登攀的基地上。柳青有一句名言传世：文学是愚人的事业。

以上说了这些很肤浅的话，愿共勉。

祝进步。

致以敬礼

一九八三年十一月二日

米兰·昆德拉的启发[①]

米兰·昆德拉热遍中国文坛的时间，大约稍晚加西亚·马尔克斯几年。从省内到省外，每有文学活动作家聚会，无论原有的老朋友或刚刚结识的新朋友，无论正经的会议讨论或是三两个人的闲聊，都会说到这两位作家的名字和他们的作品，基本都是从不同欣赏角度所获得的阅读感受，而态度却是一样的钦佩和崇拜。谁要是没接触这两位作家的作品，就会有一种落伍的尴尬，甚至被人轻视。

我大约是在昆德拉的作品刚刚进入中国图书市场的时候，就读了《玩笑》和《生命中不能承受之轻》《生活在别处》等。先读的哪一本后读的哪一本已经忘记，却确凿记得陆续出版的几本小说都读了。每进新华书店，先寻找昆德拉的新译

---

① 原题《米兰·昆德拉的启发——我的读书故事之七》。

本，甚至托人代购。我之所以对昆德拉的小说尤为感兴趣，首先在于其简洁明快里的深刻，篇幅大多不超过十万字，在中国约定俗成的习惯里只能算中篇。情节不太复杂却跌宕起伏，人物命运的不可捉摸的过程中，是令人感到灼痛的荒唐里的深刻，且不赘述。更让我喜欢昆德拉作品的一个因由，是与马尔克斯《百年孤独》截然不同的艺术气象。我正在领略欣赏魔幻现实主义的兴致里，昆德拉却在我眼前展示出另一番景致。我便由这两位大家截然各异的艺术景观里，感知到不同历史和文化背景里的作家对各自民族生活的独特体验，以及各自独特的表述形式，让我对小说这种艺术形式发生了新的理解。用海明威的话说，就是要“寻找属于自己的句子”。这个“句子”不是指通常意义上的文字，而是作家对生活——历史和现实——独特的发现和体验，而且要有独立个性的艺术表述形式。仅就马尔克斯、昆德拉和海明威而言，每一个人显现给读者的作品景观都迥然各异，连他们在读者我的心中的印象也都个性分明。然是，无论他们的作品还是他们个人的分量，却很难掂出轻重的差别。在马尔克斯和昆德拉的艺术景观里，我的关于小说的某些既有的意念所形成的戒律，顿然打破了；一种新的意识几乎同时发生，用海明威概括他写作的话说就是“寻找属于自己的句子”。只有寻找到不类似任何人而只属于自己独有的“句子”，才能称得上真实意义上的创作，才可能在拥挤的文坛上有一块立足之地。

在昆德拉小说的阅读过程中，还有一个在我来说甚为重大的启发，这就是关于生活体验与生命体验的切实理解。似乎是无意也似乎是有意，《玩笑》和《生命中不能承受之轻》这两部小说一直萦绕于心中。这两部小说的题旨有类似之处，都指向某些近乎荒唐的专制事项给人造成的心灵伤害。然而《玩笑》是生活体验层面上的作品，尽管写得生动耐读，也颇为深刻，却不像《生命中不能承受之轻》那样让人读来有某种不堪承受的心灵之痛，或者如作者所说的“轻”。我切实地感知到昆德拉在《生命中不能承受之轻》里进入了生命体验的层面，而与《玩笑》就拉开了新的距离，造成一种一般作家很难抵达的体验层次。这种阅读启发，远非文学理论所能代替。我后来在多种作品的阅读中，往往很自然地能感知到所读作品属于生活体验或是生命体验，发现前者是大量的，而能进入生命体验层面的作品是一个不成比例的少数。我为这种差别找到一种喻体：生活体验如同蚕，而生命体验是破茧而出的蛾。蛾已经羽化，获得了飞翔的自由。然而这喻体也容易发生错觉，蚕一般都会结茧成蛹再破茧而出成蛾，而能由生活体验进入生命体验的作品却少之又少。即使写出过生命体验作品的作家，也未必能保证此后的每一部小说，都能再进入生命体验的层次。

二〇〇八年五月六日　二府庄

第三章　散文其实有技巧

心灵独白[①]

这应该是我的第四本散文集。

第一本散文集是《生命之雨》，陕西教育出版社一九九六年夏天出版。编辑王喆是我的小乡党，正在中学念书时，曾到我所供职的灞桥区文化馆找过我，记得是一帮喜好文学的中学生，叽叽喳喳地问个没完没了。多年以后她以一个出版社编辑的姿态寻访我的时候，我没有想到这就是那一帮喜好文学的中学生中的一位。腼腼腆腆地向我说明来意，希望能经她的手为我出一本书。我不好意思把过去已经出过书的小说再重新组合出版，尤其是面对这个小乡党腼腼腆腆纯洁真诚的眼睛。我便向她提出出散文集的申求。

关于散文，也是我很喜欢的一种文体。我的处女作发表

① 本文为《陈忠实散文精选集》序言，北京：新世界出版社，二〇〇八年九月。

的首先是散文，那是特殊时期前一年多时间的事，而第一个短篇小说的写作和发表却是八年以后的事了。新时期文艺复兴以来，我以小说写作为主，其间也抽空写一些散文。八十年代中期以前，我在乡村基层工作岗位上，散文选材多是面对急骤变化的生活而抒发一点感触，或者记取一点人与事的变迁，形式不自觉地就类似特写的形式。八十年代中期以后的散文，且不说它像不像散文，却是脱离了特写的模式。还有几篇篇幅较长的报告文学，尽管有的篇章曾获过国家大奖，但在中国文学关于散文意义限定很窄的大环境下，把这些东西结集出版，我自己首先不大自信，主要是担心书的发行数量。这类书读者会感兴趣吗？让出版社赔钱出书，我就有了诸多的心理障碍。出版社属于企业性质，不仅要上缴利税，而且要给职工发工资奖金，要造住宅楼，要买汽车，等等。尤其是让小王乡党约我出版的第一本书就赔钱，想来真是既不好说出口更不好拿出手。既然已经说出口了，便把如上的诸多不自信的障碍因素都和盘托出。小王似乎比我自信，说她的出版社老总根本不凭这类书赚钱，赚钱的书有别的渠道，出这类书纯粹是对文学事业尽一点心意，据说他们老总陈绪万本身就是一位文人、作家。

这样，我便编成了第一本散文集《生命之雨》。我最关心的仍然是征订数量，得知有六千余册，我才暂告安慰，这个数字的印行量起码可以不赔钱。不赚不赔，我也就可以不再有亏欠别人的块垒了。

第二本散文集《告别白鸽》，是湖南文艺出版社出的。我在《生命之雨》中严格挑选，把只属于散文规范的篇章挑拣出来，把那些特写和报告文学悉数舍弃，再编入后来未曾入选过的新写的一些散文，虽然字数不多，书本也不够厚，也不能动摇我的入选准则。这本散文设计淡雅精当，拿起来便有点不忍释手，且不顾“敝帚自珍”的客套。每有朋友索要书时，自我推荐的便是这本《告别白鸽》；自己想给新朋老友送点礼物时，仍然想到的还是这一本散文集。

还有一本《走出白鹿原》的散文集，是陕西旅游出版社出版，集中收编了我几次走出国门的见闻和感慨，且不细述。

华夏出版社出的这本散文集，当是第四本。编辑要求八万字，我便在原有的散文文本里面再度挑选，又加入几篇新写的短文。这几本散文集出版的过程，我不自觉地都经历了一次又一次的挑选和舍弃的过程，便有了一点感受。这感受属于一种自生的反省心理，还是不能写得太多，更不能见什么写什么，尤其是感受平平甚至感受无聊的时候更不能写。

散文是什么？这个话题至今还在探讨着、争论着，虽然仍无一个大家都能信服的条律或定义，然而每个写着散文的人，心里都有自己关于散文的理解，都在创造着自己的散文的形态，都在培育着自鸣得意的散文的百草园，似乎任何人在写任何一篇散文时都很难想起关于散文的定义来。

就我自己而言，散文就是一种心灵的独白，心灵对于现实对于历史的一种感悟，需要抒发，需要强辩，需要呜咽，有时候也需要无言的抽泣。感天感地感时感世感人感物，总而言之在于一个感，有感触有感想有感慨有感悟而需要独白，需要交流，需要……于是就想写散文了。至于散文不应该写什么，或者说读者最讨厌过去的什么样的散文和时下的什么样的散文，且不赘言，让生活和文学那个无形的又是铁硬的法则去作用为好。

我喜欢散文，自然既指阅读，也指写作；我企盼读到别人的精美的散文，也努力地去创造自己的起码不要让读者骂声“扯淡”的货色。

一九九八年八月十七日

人生笔记的笔记[①]

天卿电话约我编一本“人生笔记”的集子，乍一听到，心里竟然不轻不重地有一点响动。按说已经出版过三十余种书了，二十多年前头一次出版作品集时的新鲜感兴奋劲儿以及某些难以隐蔽的得意，早都不再潮起了。那么，这回在我心里引发的这种响动，无疑是这本书的题旨“人生”撞击出来的。

人生，在我的意识里是一个太大的话题，更是一个令我敏感到几近恐惧的话题。

我至今没有以文字来系统地面对自己的人生，截至目前也没有写作自传之类的打算。我谢辞过好多家出版社朋友至诚的邀约，我都没有应承，心里隐隐着对于这种自传写作的实际意义的怀疑。我近年间多以散文写作为兴趣，有意无意间涉及

① 本文为陈忠实散文随笔集《凭什么活着——我的人生笔记》序言，长春：时代文艺出版社，二〇〇七年一月。

人生历程中的点点滴滴的往事，也仅仅是点点滴滴而已。我的散文写作和我的小说写作一样没有预设性规划，都是随感而出，即在生活世相里耳濡目染，触发到心灵里的某一根神经，或兴奋或灼痛到释之不去，便会把那一点感受和体验诉诸文字，便有了一篇篇或长或短的小说和散文。过去以小说创作为主是依着兴趣，近十年来以散文写作为主也还是依着兴趣。除了少数命题作文的篇章，绝大多数都是由兴趣激发的感受和体验，随有随写，原始森林如海涛涌动的绿浪令我的心潮也跟着起伏，荒凉高原上孤立的一株柳树更令我感到了自己的软弱和轻。家乡灞河重新归来的鹭鸶让我久久不忍离去，和我的白鸽告别却留下永久的伤情。我和父亲一样喜欢栽树，却不再是为了卖钱添补家需，纯粹是一种心理习性。我在意大利国家博物馆看到用钢铁打制的禁缚女人性事的贞节带时，当即联想到中国女人的小脚和“守志”法则，人类从野蛮走向文明的过程大同小异，无非是一方地域觉醒得快完成得早，某一方地域完成得慢些迟些。我在美国街头看到坦克驮载着口红的雕塑时，顿然涨起对任何杀人武器的蔑视，包括挥舞它的总统。我在茶几下发现了三岁的孙子遗丢的小鞋，竟然抑制不住心跳；我在祖居老屋一人独处时，半夜里似乎听到沉重而又舒缓的呻吟，只是无法辨别是从哪一代祖宗的深喉里泄出的声音。我对那些为我的稿件一字一句阅审、连一个错误的标点符号也不放过的编辑，以文字雕刻下他们的形象，存储到我的作品集里，也雕记在我的记忆深处。还有那些为民族和国家复兴复壮而义无反顾地走出顶天立地魄势的人，我虽无缘一面却要表述一缕崇敬之情……我在遵照天卿“人生笔记”的题旨挑选以往的散文随笔的时候，既重新阅览了这些人生体验的篇章，更在完成一次自我的人生检验和人生阅审。

这次编选中的温习式阅读，我发现有好几处写到动情落泪的文字；过去零零散散写下这些涉及个人情感的文字时，只是随着性情即兴写来，只想记下真实的感受；今天笼统一览下来，落泪和暗伤的细节似乎太多了，倒使我顿然惊觉自己是不是太脆弱了。有一个细节清晰地呈现在眼前，我在离开祖居老屋八年后重新回归的第一夜，天微明中被鸟叫声惊醒，睁开眼睛透过窗玻璃看到后屋房脊上一对咕咕咕叫着的斑鸠，竟然忍不住动心落泪。这样的情感能被读者理解和接受吗？然而我却真实地发生了。我的散文写作的基本守则，首当真实，既不容许妄说，更不添附虚伪之词。时过几年的今天，我对自己也有了一层认识，可能在遭遇丑恶和虚伪时扭转头去，却承受不住一丝一缕美和善的浸润，我的粗糙且已老化的躯壳里，还存活着对大美至善尤为敏感尤为脆弱的一根神经。

这是我赖以活得踏实自信的一根神经。

我依赖这根神经发出自己的声音，是无声的文字的声音。

这些无声的文字里记述的人生感受生命体验的点点滴滴，构成这本“人生笔记”，期待我的读者的交流和批评。这肯定有益于验证和校正我日后的生活观察和情感体验，为着这种“人生笔记”继续下去，且能获得更高境界的进步。

二〇〇六年十二月九日　雍村

自在的抒写

读山云的散文，能感觉到作者自在的生活情态和舒朗滋润的心态。散文无论怎样定义，都避不过作者所见所闻所得所感的真实抒怀这一特质。了解一个作家最简捷的途径，便是阅读他的散文和随笔，这是作家关于世界关于历史关于现实的最真实的言说。或者说，作品的形态形成了，作家的心思和情怀也就展示出来了。山云是一位尚未谋面的作家，我没有任何印象，作品也是初次拜读，自然就只有依赖文字窥视透析其内了。

集子里有一组写亲人亲情的散文，写了父亲母亲大姑妻子和儿子等有血缘关系的亲人，读来令人动情。作者从村里走进已趋繁华的都市，生命之脐还联结在乡村的血管上，又能以一个当代文化人的视镜和情怀回嚼已逝的和正在运动的生活。亲情在任何人的情感世界里都是最敏感最黏稠的一块，也因各自的生活形态的差异而有不同的感受和体验。山云和他的亲人们是在灾难重重的乡村生活里体验这种亲情的，便透现出艰难困苦中人的情感人的美德和普通劳动者的人格。许是秦晋地理相近习俗也相近的缘故吧，我读到这些篇章时更感受到一种切近的温馨。

山云的散文视野很散漫，涉猎面十分宽泛。写他的家乡侯马市的文物遗存历史典籍，描绘生动准确，考据凿凿，在大的历史背景里叙说一人一事一物，让人惊讶小小一方地域所经历的历史演进中遗留的鳞爪。这一组散文，把真实的历史事件和民间传说融为一体，写得十分活泼，如数家珍，如说沧桑，如道古经，可见作者知识的丰厚，亦可见对故乡历史人文的关爱之情。写山西传统风味食品的一组散文，形象逼真，风趣盎然，情态百生，既富于知识性，又可见民风民俗中所隐含的晋地文化演变。有诸多篇章写到读书的种种感受，其妻其子其女以及作者本人，多年来读书选择中的变化，互相推荐互相讨论，其情其态，构成一个令人羡慕的氛围，也让人感动在浮躁的俗世中，居然有这样一块读书自淘的福地。我正是在这些文字的叙说中，首先感受到山云自在的生活情态和舒朗滋润的心态的。这无疑是人生的一种绝佳的生存形态，也是最佳的心理状态。用古人话说，叫拥书自雄。

山云的语言变化灵动，多姿多彩。直抒胸臆，无遮无掩，尽兴写来，时见率真。我看到的语言，大略可以感知作者的性情。明快时短句排出，沉郁时长句缠绵，抒情时柔若水漫，动情时字颤句抖，真性情之人也。

二〇〇二年十月二十七日　原下

唯有真情才动人[1]

新年的喧嚣常常使人陷入一种烦腻的深渊里，我甚至很畏怯这个持续时间最长的节日。当于此际，翻开友人肖重声送我的《肖重声散文选》，诵读品尝一篇散文，窝聚在心头的那种莫名的阴霾便于不知不觉中散释净尽，空寂烦腻的心绪渐渐稳定下来充实起来。这本洋溢着美好感情的书陪伴我度过了漫长的“年”。

在这本装帧朴实而精美的书里，我感受最深的是作者的真诚，那种真切美好的感情像春雨一样浸润着读者的心扉。这种真挚的感情贯穿在整个集子的三十篇作品里，尽管每一篇作品的手法各异，语言冷暖色彩迥然，写作年代前后拉了十多年，唯有作者真挚的感情的潮水流贯始终。我在阅读《俺婆》时，

① 原题《唯有真情才动人——读〈肖重声散文选〉》。

心里顿然潮起难以自控的波澜，那位备受艰辛的刚强慈爱的老奶奶的形象，与我记忆中的祖母重叠了混淆了或者说融合了。她的形象唤醒了也印证了人对一切善良的作为普通人的亲人的记忆。作者完全沉浸在虔诚的奠祭气氛里，宣泄对亲人的思念之情，语言的选择自然归于朴实无华的自然状态，甚至连形容词也附加不进去。真实的感情需要宣泄的时候就只想着如何宣泄，容不得丝毫的矫饰和忸怩，这些东西破坏奠祭者心灵里的神圣气氛。

与《俺婆》一样同是写作者自己生活记事的《鸟枪换炮的时候》和《移山前奏曲》，读来更使人触景感世。以与作者同代的知识分子坎坷人生为题材的作品可以说稠如烟海，具体到诸如住房的困窘和著作出版的难这些普遍性的问题，更是屡见不鲜虱多不痒账多不愁。肖重声在这两篇散文里，用调侃幽默的笔触写出了无房的难场和分到新房的雀跃般的欢悦，写了结集出书的欣慰和自销著作的尴尬之状，这些方面都写得逼真逼肖。如果仅仅如此，肖重声不可避免地也要落入同类题材的窠臼而不值得特别称道。他的不同凡响正在于他的真诚。真诚的难场与真诚的欢悦，真诚的欣慰与真诚的尴尬，这些揭示人的心理中矛盾对立的情绪，奇妙地和谐地统一于他的宽厚的胸怀里。在得到新房后作者有一段慨叹：我清楚地知道，在这人口暴溢的大城市里，作为一个普普通通的中年知识分子，既没有深长的资历，也没有重大的贡献，而终于能有这么一套住房——一个能够安身立命的窝儿，真可谓“天已降大福于斯人也”！我能不庆幸……我们不至于把这直率流露的欣喜理会为作者的容易满足吧？真真切切隐含着作者的宽厚胸襟和达观的生活态度。这里显然不具备杜甫“吾庐独破受冻死亦足”的博大胸襟，却也确实显示出这一代知识分子高尚的道德良心。这是一种人格的力量。这种显示着人格力量的咏叹同样体现在《移山前奏曲》里。

与以上这些牵涉作者自己家境生计的篇章比较起来，其他那些游记式的散文，同样是以其真诚贯穿筋脉的血肉之躯。《在咸亨酒店》对鲁迅笔下的孔乙己的回嚼，《越王台上的疑问》里对几乎家喻户晓的卧薪尝胆的历史故事的严峻思考，在陆游终生梦牵魂系的《沈园的残角》的吟惋，作者无论是调侃，无论是深刻的诘问，抑或是情意绵绵的吟惋，都是以坦诚的真情感染读者。《牧麝记》在这本集子里算是风格迥异的篇章，写尽了野生麝到人工饲养过程的全部艰难，却写得入情入理妙趣横生引人入胜，我以为这是极见功夫的一篇。

以情动人是艺术创造中的真谛，是基本点也是致命点，这是很不容易做到的。作家通过自己的作品体现他对生活的感知，也是通过作品达到与读者的交流的。读者阅读文学作品观众看戏看电影，也是通过艺术家创造的人物来交流的。维系艺术家和读者（观众）之间达到感情交流的唯一的东西是真情，是作家艺术家的真诚和他创造的形象的真实。形象的真实在很大程度上取决于感情的真实，人物的喜怒哀乐在情节进展中的分寸的准确把握，可以说严格到一丝一毫不能夸张也不能不及的程度，过或不及都不是准确，都会造成不真实的伪情。需知读者（观众）可以接受离奇的情节乃至荒诞不经的故事，也能够从不习惯到习惯逐渐接受各种艺术流派的艺术形式，唯一不能接受的是虚假感情的人物。道理很简单，虚假的感情与读者（观众）达不到交流的效果。心理健全的人既然不能容忍实际生活中的虚伪，更难接受艺术作品中的伪情，书籍在人的意向里总带着圣光。近年来读者对某些忸怩作态搔首弄姿油腔滑调嗲声嗲气的作品的冷漠，恐怕根本的毛病就出在这里。我对肖重声散文的喜爱，最起码的一条就是：我在直觉上没有受骗没有被愚弄被耍笑的感觉。我以为他严格恪守着奉献真情尊重读者这至关重要的一条，于今已经很了不起很值得我敬重了。

十几年前我在报刊上频频见到肖重声的名字，觉得这名字极富诗意。及至见到他时已是略显臃肿的中年人了。他是长安人，自幼聪灵，上小学高年级时就有诗歌发表，而且极富孝道，用第一次得到的一点五元稿费为祖母买了一包点心，看来爱心在他幼稚时期已刻骨铭心。他现在愉快地做着编辑工作，工余写着散文。我殷切地企盼于他的是，如同这本集子里的质朴真诚的散文，能够更多地创造出来。

一九九〇年三月九日　白鹿园

生命的审视和哲思[1]

一

初知李汉荣，确应了俗话说的未见其人先闻其声，而且是令我惊乍又惊喜的如雷贯耳的宏声。

前年省作协搞诗歌评奖，全省评出十本优秀诗集，应该是陕西五十年来健在着的新老诗人的代表作。评委会又从十本诗集里评出一部最佳作品，是李汉荣的《驶往星空》。评委会把这个评选结果告诉我时，加重语气强调了评出李汉荣的《驶往星空》为本届最佳作品是一致推举。既为一致，就是评委们英雄所见略同，没有异议而一致看好。潜台词自然

① 原题《生命的审视和哲思——〈李汉荣诗文选〉阅读笔记》。

可以想象为目标显著，出类拔萃。我在惊喜的同时也意识到我的麻木，十本诗集中的九位新老诗人大多数我都很熟悉，个别不大熟悉的年轻诗人，名字却早已知晓。恰恰是这个最佳诗集的诗人李汉荣，既没见过面，也几乎没听到过名字。这回才知道，李汉荣早已是蜚声诗坛的岭南诗人（秦岭南边的汉中）。

我在心里感叹的同时也有所反省，多年来很少读诗，未必是对现代诗歌有什么畏怯，主要是阅读面的狭窄所致。再，李汉荣据说是很重诗道的一个年轻人，很少在文坛上游走，亦不善交际，据于秦岭南边的汉水之滨吟天咏地，大有屈子、太白的遗风。这样，我竟不知晓秦巴山系之间汉中坝子的这位青年诗人。我反而更为心地踏实，还是酒好不怕巷子深，作家靠作品和读者交流，交流的面越宽泛，佐证着作品的魅力，在读者中的影响自然越来越大，还是不愁“养在深山人未识”的，只要坚信自身是“丽质”，终究会越过崇山峻岭走向广阔的世界。

李汉荣的诗好，散文也好。不断有钟情他的散文的人把他的佳作推荐给《散文选刊》等刊物，连发专辑。而推荐者和刊物的编辑都是陌生人，又应了俗语所说的“张飞卖板栗——

人硬货扎实”的话。不靠关系，不走邪门，以自己精彩的华章美文征服读者，打开刊物的大门，是为文学正道，亦为长久计，是作家创造自己的艺术世界，成就文学事业的别无选择的途径。

二

读李汉荣的诗歌和散文，随处都可以感受强烈而饱满的生命意识。我可以想象那肥胀的绿豆羹，跃上墙头的小公鸡的第一声啼鸣。生命的感悟和生命的升华，生命深层体验中的独特的领受，毕竟成为独特而又清新鲜活的吟诵，自成卓尔不群的绝唱。

关于李白，汉荣竟然写成了一本诗集；关于母亲，汉荣也写成了一本诗集；而《与天地精神往来》的散文集，单凭书名就可以猜想作者心灵所感悟到的关于生命体验的质地了。《登高》中有这样的句子：“树木老得令人肃然起敬，想扑上去唤它几声祖父。”大约只有李汉荣才会产生如此令人战栗的生命感知，某些心底猥琐龌龊而又贪婪狂狷之徒，永远也不可能面对山水草木产生这样深沉的亲情。在《草帽》一诗中读到这样的诗句时，我心底的波澜就涌动起来了：“整个原野浓缩成这朴素的一轮/这是母亲昨夜用麦秆编的”“整个原野浓缩成这浑圆的一轮/大自然的语言单纯得/就像这一圈一圈的波纹”“整个原野浓缩成这黄金的一轮/起伏的波浪拍打着我的心胸”。一顶麦秸秆儿编织的草帽的辫条里，注入了多少大自然和人生亲情的意蕴，大地和母亲融为一顶鲜亮的草帽了。

“唐朝暗了许多/一多半月光被李白/灌进了愁肠”“放开我，我要到山顶上去/敲敲那北斗/看看我前世的酒杯里/盛着多少愁”。读这些绝妙的诗句，不由得击节称绝，直慨叹“怎一个愁字了得”。这个愁是人生的大境界里的一种愁，是生命深层里的寂寞和孤独，只有李白和李汉荣这样的诗家才能触摸得到，绝非仕途受阻、小车档次不高、情人反目等庸常的那个愁。

三

在我有限的阅读印象里，古今中外的大文豪、小文人有多少抒写母亲、歌颂牛的精神的诗文辞章，无以计数。李汉荣作为当代诗人，在这类早被前人写过又为当代人继续写着的同题对象上，依然写出了自己的发现，无论视角，无论切入点皆成独辟且不说，关键在于能开掘出怎样的哲理来，我正是在这一点上发生了钦佩的感觉。在最常见的生活流里，一棵树一座山一条河一方高原一片草地，乃至一爿中药铺店一头牛一根拐杖，作家都追寻到富于哲理的诗魂，渗透着历史关涉着政治蕴藏着文化透视着人生，那样超拔的想象，那样卓越的联想，那样犀利的鞭辟，读来真是令人感到酣畅淋漓，又冷峻通达。文章能写到这种境界，一般故作摇头晃脑无病呻吟矫情娇气的作秀者是难望其项背的。

在《牛的写意》中，由牛的蹄印的大气、深刻和浑厚，突然调侃到帝王印章的小气、炫耀、造作、狂妄和机诈。显然已经不是我们见惯了的那些歌颂牛的精神的平庸诗文。牛在这里成了一种象征，一种关于历史和人的永恒性的假借。“如果圣人的手接近牛粪，圣人的手就会变得圣洁；如果国王的手捧起牛粪，国王的手会变得干净。”这不是一般的生活哲理，而是圣殿与茅屋这一对历史性对立物的大命题了。被许多人深情吟诵过的、爷爷手中的那根《拐杖》，李汉荣却捣弄出一层人生形态的哲理，启迪人生活在这种形态时不要忘记可能出现的彼时，含蓄而又深远，非同于仅只浮表于爷孙亲情的那根拐杖了。

显然，这里不是通常的联想丰富与否，而是思想。当作家不易，成为有思想的作家更不易。而要达到具备开掘深层生活，造成哲思奇峰能力的作家，不可缺乏思想。

四

读李汉荣的诗和散文，我总也不能宁静，无法达到那种欣赏或者品味的闲适境地，而是被感染，被撞击，被透视，被震撼，常常发生灵魂的战栗。不是一般轻才小慧者的文字游戏，不是看似潇洒随意而其实什么也没有的闲淡寡情，而是一种逼人灵魂的审视。

在散文《手》一文中，李汉荣把对自己的良知和灵魂晾摆到一双手上来诘问、来审视。这双已经“告别了镰刀、锄头，告别了大地上的耕作和收割”而操起了“黑色水笔的手”，在主人连续的反诘之下，发出了令人惊慑的声音：“你握的那支笔写了些什么？真理？真情？真心？真爱？因感动而书写？因忏悔而书写？因发现而书写？……你写的那些文字，无关乎真理，无关乎文学，更无关乎永恒，你写的只是一些被人重复过无数次的废话，你排列的只是一具具语言的尸体。如果还要写，就写‘手的忏悔’吧。”我记不清哪年看过一篇文章，某位成了点浮名的人看着自己的手，那手上的纹路和掌形和指头的长短粗细，都宿命着一只与众不同的天才的手，对着镜子看自己的脸和头发时，惊叹这简直是一副伟人的头颅啊！这种自恋和自吹以至自我造神的荒诞也不无好处，可以使底虚内空的人增加混世的信心。然而李汉荣在审视自己那双手时，审出了忏悔的警示。作家在认识世界揭示世界解剖世界，以求深刻地反映世界的时候，很需要思想做解剖刀；而这把解剖刀应该是双刃的，一面恰恰应该指向自己的内里；不断地审视、解剖自己的灵魂，才可能获得解剖世界解剖历史解剖现实解剖别人的思想和力量，才是可靠的。鲁迅先生早已做出坦诚的表白，他在解剖别人的同时，更严厉地解剖着自己。大约以此法，鲁迅才获得了人生和文字的硬气和力度。

审视的归结无非是两点，舍弃和守护。舍弃肮脏，舍弃平庸，舍弃投机，舍弃虚妄；守护清纯，守护锐进，守护真诚，守护尊严。没有舍弃就难得守护。舍弃和守护的过程是灵魂搏击的过程。在生活出现某些复杂现象的时候，舍弃和守护的灵魂搏击就愈显得严峻，艺术家的良心、道德、人格、尊严存在着或被淤没或更强壮两种可能性。当然，首先是审视意识的苏醒。

五

李汉荣是位诗人，写起散文来也是诗的韵律和诗的情怀。无论诗或散文或随笔，都飞扬着诗人丰富的想象和联通，文字背后透现出诗人鲜活的气质和性情。

爷爷遗落的拐杖，竟然长出了一棵柳树。司空见惯的中药房里，李汉荣却呼吸到“辽阔大地经久不绝的气息，是万水千山亘古弥漫的气息……每一服药都是一片云水襟怀。中药是苦的，这是大地的苦心”。中药是扶正祛邪，进行五脏六腑血脉以至皮毛全面的清理扫除，是为祛邪；带着天地江河雨雪露珠的中药融入人体，可谓天地精华天地正气，是为扶正。作者终于在病除之后庆祝“天地正气重又回到我的身体和心魂”，而作者隐喻给我们的社会生活何尝不如是！健全的社会乃至健康的心理，也是一个扶正祛邪的反复不断的过程。融入天地江河的精华吧，让我的血脉注入天地正气。

面对星空，作者联想到宇宙、历史和生与死："生是节日，死也是节日；生，以鲜花欢迎；死，以鼓声相送。"我读至此，当即想到了电影《水车村》。这个大约半个小时的短片演绎的就是李汉荣的这几句诗样的生死体验。那个水车村的人敲锣打鼓奏着祥和的乐曲送逝者入土，没有孝服，没有哭泣，整个水车村的男女都身着民族传统的彩色服装送死者上路。这是黑泽明的关于生命的哲思的表述，与李汉荣竟然如此一致。显然这不是一般常说的超脱，也非那种"活着干死了算"的无所谓的简单化表白，而是关于人的生命的本来意义的哲学思考。

李汉荣用一本诗集吟诵母亲，显然不是单指他的那位可亲可敬的具体的母亲，而是维系诗人生命脐带的大地和人民。"你可以嘲笑补丁，但你不能嘲笑补丁后面那一双眼睛，那一双手。"这种情怀表述着诗人的立足点和人格。有这样的情怀，诗人才飞扬起自由浪漫的翅膀，才产生精绝的哲学思考，才显示着这位岭南汉子的风骨。这一点，在大量的写李白的诗中就更坦诚了："安能披狼皮入狼窟与狼共舞/安能折腰摧眉侍奉小人/安能学苍蝇狂欢于垃圾堆上""大唐江山/是我腰间一只酒壶”——作者是在写李白，同时也在写自己。

抒写自己的情怀，浇铸的是自己的人格。

二〇〇一年六月

附录一　陈忠实经典短篇小说选

日子

一

发源地周边的山势和地形，锁定了滋水向西的流向。那些初来乍到的外地人，在这条清秀的倒淌河面前，常常发生方向性迷乱。

在河堤与流水之间的沙滩上，枯干的茅草上积了一层黄土尘灰，好久好久没有降过雨了。北方早春几乎年年都是这种缺雨多尘的景象。

两架罗筛，用木制三脚架撑住，斜立在掏挖出湿漉漉沙石的大坑里。男人一把镢头一把铁锨，女人也使用一把镢头一把铁锨；男人有两只铁丝编织的铁笼和一根水担，女人也配备着两只铁丝编成的铁笼和一根水担。

铁镢用来刨挖沉积的沙石。

铁锨用来铲起刨挖松散的沙石，抛掷到罗网上。石头从罗网的正面“哗啦啦”响着滚落下来，细沙则透过罗网隔离到罗网的背面。

罗网成为男人和女人劳动成果的关键。

铁丝编织的笼筐是用来装石头的。

水担是用来挑担装着石头的铁笼的。

从罗网上筛落下来的石头堆积多了，用铁锨装进铁笼，用水担的铁钩钩住铁笼的木梁，挑在肩上，走出沙坑，倒在十余米外的干沙滩上。

男人重复着这种劳作工序。

女人也重复着这种劳作工序。

他们重复着的劳动已经十六七年了。

他们仍然劲头十足地重复着这种劳动。

从来不说风霜雨雪什么的。

干旱的冬季和早春时节的滋水是水量最稳定的季节，也是水质最清纯的季节，清纯到可以看见水底卵石上悠悠摆动的絮状水草。水流上架着一道歪歪扭扭的木桥。一个青年男子穿着军大衣在收取过桥费，每人每次五毛。

我常常走过小木桥，走到这一对刨挖着沙石的夫妇跟前。我重新回到乡下的第一天，走到我的滋水河边就发现了河对面的这一对夫妇。就我目力所及，上游和下游的沙滩上，支着罗网埋头这种劳作的再没有第二个人了。

在我的这一岸的右边河湾里，有一家机械采石场，悬空的输送带上倾泻着石头，发出震耳挠心的响声。

沙坑里，有一个大号热水瓶，红色塑料皮已经褪色，一只多处脱落了搪瓷的搪瓷缸子。

二

早春中午的太阳已见热力，晒得人脸上烫烫的，却很舒服。

“你该到城里找个营生干，”我说，“你是高中生，该当……”

“找过。也干过。干不成。”男人说。

“一家干不成，再换一家嘛！”我说。

“换过不下五家主儿，还是干不成。”女人说。

“工作不合适？没找到合适的？”我问。

“有的干了不给钱，白干了。有的把人当狗使，呼来喝去没个正性。受不了啊！”他说。

“那是个硬熊。想挣人家钱，还不受人家白眼。”她说。

“不是硬熊软熊的事。出力挣钱又不是吃舍饭。”他说。

“凭这话，老陈就能听出来你是个硬熊。”女人说，“他爷是个硬熊。他爸是个硬熊。他还是个不会拐弯的硬熊——种系的事。”

“中国现时啥都不缺，就缺硬熊。”他说。

“弓硬断弦。人硬了……没好下场。”她说。

“这话倒对。俺爷被土匪绑在明柱上，一刀一刀割，割一刀问一声，直到割死也不说银圆在哪面墙缝里藏着。俺爸被斗了三天两夜，不给吃不给喝不准眨眼睡觉直到昏死，还是不承认‘反党’……我不算硬。”

“你已经硬到只能挖石头咧！你再硬就没活路了。硬熊——”

“唤！好腰——”

我看见男人停住了劳作，一只手叉在腰间，另一只手拄着铁锨木把儿，两眼专注地瞅着河的上方。我转过头，看见木桥上走着一位女子。女子穿一件鲜红的紧身上衣，束腰绷臀，许是恐惧那座窄窄的独板桥，一步一扭，腰扭着，臀也扭着，一个S身段生动地展示在凌水而架的小木桥上。

“腰真好。好腰。”男人欣赏着。

“流氓！”女人骂了一句，又加一句，“流氓！”

那个被男人赞赏着被女人妒忌着的好腰的女子已经走过木桥，坐上男友摩托车的后座，“呜噜噜”响着驰上河堤，眨眼就消失了。

“好腰就是好腰。人家腰好就是腰好。”男人说，“我说人家腰好，咋算流氓？”

“好人就不看女人腰粗腰细腰软腰硬。流氓才贼溜溜眼光看女人腰……”

“哈呀！我当初瞅中你就是你的腰好。”男人嘻嘻哈哈起来，“我当初就是迷上你的好腰才给你写恋爱信的。我先说你是全乡第一腰，后来又说中国第一腰，你当时听得美死了，这会儿却骂我流氓。”

女人羞羞地笑着。

男人顺着话茬说下去。他首先不是被她的脸蛋儿而是被她的腰迷得无法解脱。他很坦率又步入迷津地悄声对我说，他也搞不清自己为什么偏偏注意女人的腰，一定要娶一个腰好的媳妇，脸蛋嘛，倒在其次，能看过去就行了。

他大声慨叹着，不无讨好女人的意思：“农村太苦太累，再好的腰都给糟践了。”

男人把堆积在罗网下的石子铲进笼里，用水担挑起来，走上沙坑的斜坡，木质水担“吱呀吱呀”响着，把笼里的石头倒在石堆上。折身返回来，再装再挑。

女人对我说：“他见了你话就多了。嘎杂子话儿也出来了。他跟我在这儿，整晌整晌不说一句话。猛不丁撂出一句，‘日他妈的！’我问他你日谁家妈哩。他说，‘谁家妈咱也不敢日，干乏了干烦了撒口气嘛！’”

男人朝我笑笑，不辩白也不搭话。

三

“把县委书记逮了。”

“哪个县的县委书记？”

“我妹子那个县的。”

“你怎么知道？”

“我晌午听广播听见的。”

“犯了啥事？”

“说是卖官得了十万。”

我已不太惊奇，淡淡地问：“就这事？还有其他事没有？”

“广播上只说了卖官得钱的事。”男人说，“过年时我到我妹子家去给外甥送灯笼，听人说这书记被‘双规’了。当时我还没听过‘双规’这名词。我妹家来的亲戚都在说这书记被‘双规’的事，瞎事多多了。广播上只说了受贿卖官一件事。”

“老百姓早都传说他的事了？”

“我给你说一件吧。县里开三级干部会，讨论落实全县五年发展规划。书记做报告。报告完了分组讨论，让村、乡、县各部门头头脑脑落实五年计划。书记做完报告没吃饭就坐汽车走了，说是要谈‘引资’去了。村上的头头脑脑乡上的头头脑脑县上各部局的头头脑脑都在讨论书记五年计划的报告。谁也没料到，书记钻进城里一家三星宾馆，打麻将。打了三天三夜。第三天后晌回到县里三干会上来做总结报告，眼睛都红了肿了，说是跟外商谈‘引资’急得睡不着觉……”

“有这种事呀？”

“我妹子那个县的人都当笑话说哩。你想想，报告念完饭都不吃就去打麻将。住在三星宾馆，打得乏了还有小姐给搓背洗澡按摩。听说‘双规’时，从他的皮包里搜出来的净是安全套儿壮阳药。想指望这号书记搞五年计划，能搞个屎……”

“你生那个气弄啥？”女人这时开了口。

“我听了生气，说了也生气。我知道生气啥也不顶。”

“那就甭说。”

“广播都说了，我说说怕啥。”

“广播上的人说是挣说的钱哩，你说是白说，没人给你一分钱。”

“你看看这人……”

“书记打麻将，你跟我靠捞石头挣钱；书记不打麻将不搞小姐，咱还是靠淘沙子捞石头过日子。你管人家做啥？”

男人翻翻白眼，一时倒被女人顶得说不上话来。闷了片刻，终于找到一个反驳的话头：“你呀你，我说啥事你都觉得没意思。只有……只有我说哪个女人腰好，你就急了躁了。”

“往后你再说谁的腰好我也不理识你了，”女人说，“我只操心自家的日子。”

“你以为我还指望那号书记领咱奔‘小康’吗？哈！他能把人领到麻将场里去。”男人说，“我从早到黑从年头到年尾都守在这沙滩上掏石头，还不是过日子嘛！我当然知道，那个书记打麻将与咱屎不相干，人家就不打麻将还与咱屎不相干喀！他被逮了与咱屎不相干，不逮也屎不相干喀！”

“咱靠掏挖石头过日子哩！”女人说。

“我早都清白，石头才是咱爷。”男人说。

听着两口子无遮无掩的拌嘴，我心里的感觉真是好极了。男人他妹家所在县的那个浪荡书记，不过是中国反腐风暴中荡除的一片败叶，小巫一个。我更感兴趣的，或者说更令我动心的，或者说最容易引发我心灵深层最敏感的那根神经的，其实是这两口子的拌嘴。

他们两口子拌嘴的话所涉及的内容和范围，我都不大在意。我只是想听一听本世纪第一个春天我的家乡的人怎样说话，一个高考落榜的男人和一个曾经有过好腰的女人组成的近二十年的夫妻现在进行时的拌嘴的话。我也只是到现在终于明白，我频频地走到河滩走过小木桥来到这两口子劳动现场的目的，就在于此，仅在于此。我头一次来到他俩的罗网前是盲目的，两回三回也仍然朦胧含糊，现在变得明白而又单纯了：看这一对中年夫妻日常怎样拌嘴。

“呃！这书记而今在劳改窑的日子可怎么过呀！”男

人说。

“你看你这人！老陈你看他这人——就是个这！”女人说，“刚才还气呼呼地骂人家哩，这会儿又操心人家在劳改窑里受苦哩！”

“享惯了福的人呀！前呼后拥的，提包跟脚的，送钱送礼的，洗澡搓背的，问寒问暖的，拉马坠镫的，这会儿全跑得不见人影了。而今在号子里两个蒸馍一碗熬白菜，背砖拉车可怎么受得了？”男人说。

“你是闲（咸）吃萝卜淡操心。”女人说。

“他这阵儿连我都不如。我在这河滩想多干就多干想少干就少干不想干了就坐下抽烟喝水，运气好时还能碰见一个腰好的女子过河，还能看上两眼。他这阵儿可惨了，干不动得干不想干也得干，公安警卫拿着电棍在尻子后头伺候着哩！享惯了福的人再去受苦，那可比没享过福只受过苦的人要难熬得多吧？”

没有人回答他的发问。我没有。他的她也没有。他突然自问自答——

“我说嘛人是个贱货！贱——货！”

……

太阳沉到西原头的这一瞬，即将沉落下去的短暂的这一瞬，真是奇妙无比景象绚烂的一瞬。泛着嫩黄的杨柳林带在这一瞬里染成橘红了。河岸边刚刚现出绿色的草坨子也被染成橘黄色了。小木桥上的男人和女人被这瞬间的霞光涂抹得模糊了，男女莫辨了。

四

应办了几件公务，再回到滋水河川的时候，小麦已经吐穗了。

我有点急迫地赶回乡下老家来，就是想感受小麦吐穗扬花这个季节的气象。我前五十年年年都是在乡村度过这个一年中最美好、最动人的季节的。我有七八年没有感受小麦吐穗扬花时节滋水河川和白鹿原坡的风姿和韵致了。

太阳又沉下西原的平顶了。河堤和石坝的丁字拐弯的水潭里，有三个半大小子在游泳戏水。我看见对岸的沙滩上支撑着一架罗网。女人正挥动铁锨朝罗网上抛掷着沙石。石头撞击的“唰啦唰啦”的声音时断时续，缺乏热烈，有点单调。

男人呢?

那个尤其喜欢欣赏女人好腰又被嗔骂为流氓兼硬熊的男人呢?

我脱了鞋袜，涉过浅浅的河水。水还是有点凉，河心的石头滑溜溜的。我走到她的罗网前的沙梁上，点燃一支烟。

“那位硬熊呢？”

“没来。”

我便把通常能想到的诸如病啦、走亲戚啦、出门办事啦这些因由一一询问。她只有一个字回答：没。

我就自觉不再发问了。她的脸色不悦。我随即猜想到通常能想到的诸如吵架啦与邻居村人闹仗啦亲戚家里出事啦等这些令人烦心丧气的事，然而我不敢再问。

她轻轻叹了一口气。

我还是决定发问：“咋咧？出什么事了？”

她停住手中的铁锨，重重地深深地吁出一口气：“女子考试没考好。”

“就为这事？”我也舒了一口气，“这回没考好，下回再争取考好嘛！”

她苦笑一下：“这回考试不是普通考试。是分班考试。考好可进重点班，考得不好就分到普通班里。分到普通班里就没希望咧。”

这是我万万没有料想到的事。

她这时话多了：“女子自个儿不敢给她爸说。

“他听了就浑身都软了，连镢头铁锨都举不起来了。

“他在炕上躺了三天了，只喝水不吃饭，整夜整夜不眨眼不睡觉，光叹气不说话。我劝了千句万句，他还是一句不吭。”

“女子在哪儿念书？高中还是初中？”

“县中。念高一。这学期分出重点班。”

我也经历过孩子念书的事。我也能掂出重点班的分量。但我还是没有估计到这样严重的心理挫败。

她伤心地说：“这娃娃也是……平时学得挺好的，考试分数也总排前头，偏偏到分班的节骨眼上，一考就考……

“直到昨日晚上他才说了一句话：‘我现在还捞石头做啥！我还捞这石头做啥……’”

“你不是说他是个硬熊吗？这么一点挫折就软塌下来了？”我说。

“他遇见啥事都硬，就是在娃儿们上学念书的事上心太重。他高考考大学差一点分数没上成，指望娃儿们能……

“他常说，只要娃儿们能考大学，他准备把这沙滩翻个个儿……

“他现时说他还捞这石头做啥哩！”

“我去跟他说说话儿能不能行？”我问。

“你甭去，没用。”

我自然知道一个农民家庭一对农民夫妇对儿女的企盼，一个从柴门土炕走进大学门楼的孩子对于父母的意义。我的心里也沉沉的了。

“他来了！天哪！他自个儿来了！”

我听见女人的叫声，也看见她随着颤颤的叫声涌出的眼泪。

我随即看见他正向这边的沙梁走来。

他的肩头背着罗网，扛着镢头铁锨，另一只肩头挑着担子，两只铁丝编织的笼吊在水担的铁钩上。

他对我淡淡地笑笑。

他开始支撑罗网。

“天都快黑咧，你还来做啥！”她说。

“挖一担算一担嘛。”他说。

我想和他说话，尚未张口，被他示意止住。

“不说了。”他对我说。

女人也想对他说什么，同样被他止住了。

“不说了。”他对她说。

“再不说了。”他对所有人也对自己说。

“不说了。”他又说了一遍。

我坐在沙梁上，心里有点酸酸的。

许久，他都不说话。镢头刨挖沙层在石头上撞击出刺耳的噪声，偶尔迸出一粒火星。

许久，他直起腰来，平静地说：

“大不了给女子在这沙滩上再撑一架罗网咯！”

我的心里猛然一颤。

我看见女人缓缓地丢弃了铁锨。我看着她软软地瘫坐在湿漉漉的沙坑里。我看见她双手捂住眼睛垂下头。我听见一声压抑着的抽泣。

我的眼睛模糊了。

二〇〇一年五月十二日　原下

李十三推磨[1]

“娘——的——儿——”

一句戏词儿写到特别顺畅也特别得意处，李十三就唱出声来。实际上，每一句戏词乃至每一句白口，都是自己在心里敲着鼓点和着弦索默唱着吟诵着，几经反复敲打斟酌，最终再经过手中那支换了又半秃了的毛笔落到麻纸上的。他已经买不起稍好的宣纸，改用便宜得多的麻纸了。虽说麻纸粗而且硬，却韧得类似牛皮，倒是耐得十遍百遍的揉搓啊翻揭啊。一本大戏写成，交给皮影班社那伙人手里，要反复背唱词对白口，不知要翻过来揭过去几十几百遍，麻纸比又软又薄的宣纸耐得揉搓。

“儿——的——娘——”

---

① 原题《李十三推磨——三秦人物摹写之三》。

李十三唱着写着，心里的那个舒悦那份受活是无与伦比的，却听见院里一声呵斥：

“你听那个老疯子唱啥哩？把墙上的瓦都蹭掉了……”

这是夫人在院子里吆喝的声音，且不止一回两回了。他忘情唱戏的嗓音，从屋门和窗子传播到邻家也传播到街巷里，人们怕打扰他不便走进他的屋院，却又抑制不住那勾人的唱腔，便从邻家的院子悄悄爬上他家的墙头，有老汉小子有婆娘女子，把墙头上掺接的灰瓦都扒蹭掉了。他的夫人一吆喝，那些脑袋就消失了，他的夫人回到屋里去纺线织布，那些脑袋又从墙头上冒出来。夫人不知多少回劝他，你爱编爱写就编去写去，你甭唱唱喝喝总该能成嘛！他每一次都保证说记住了再不会唱出口了，却在写到得意受活时仍然唱得畅快淋漓，甭说蹭掉墙头几片瓦，把围墙拥推倒了也忍不住口。

“儿——啊——”

“娘——啊——”

李十三先扮一声妇人的细声，接着又扮男儿的粗声，正唱到母子俩生死攸关处，夫人推门进来，他丝毫没有察觉，突然听到夫人不无厌烦倒也半隐着的气话：

“唱你妈的脚哩！”

李十三从椅子上转过身，就看见夫人不愠不怒也不高兴的脸色，半天才从戏剧世界转折过来，愣愣地问："咋咧吗？出啥事咧？"

"晌午饭还吃不吃？"

"这还用问，当然吃嘛！"

"吃啥哩？"

这是个贤惠的妻子。自踏进李家门楼，一天三顿饭，做之前先请示婆婆，婆婆和公公去世后，自然轮到请示李十三了。李十三还依着多年的习惯，随口说："黏（干）面一碗。"

"吃不成黏（干）面。"

"吃不成黏（干）的吃汤的。"

"汤面也吃不成。"

"咋吃不成？"

"没面咧。"

"噢……那就熬一碗小米米汤。"

"小米也没有了。"

李十三这才感觉到困境的严重性，也才完全清醒过来，从正在编写的那本戏里的生死离别的母子的屋院跌落到自家的锅碗灶膛之间。正为难处，夫人又说了："只剩下一盆苞谷糁子，你又喝不得。”

他确凿喝不得苞谷糁子稀饭，喝了一辈子，胃撑不住了，喝下去不到半个时辰就吐酸水，清淋淋的酸水不断线地涌到口腔里，胃已经隐隐作痛几年了。想到苞谷糁子的折磨，他不由得火了：“没面了你咋不早说？”

“我大前日格前日格昨日格都给你说了，叫你去借麦子磨面……你忘了，倒还怪我。”

李十三顿时就软了，说：“你先去隔壁借一碗面。”

“我都借过三家三碗咧……”

“再借一回……再把脸抹一回。”

夫人脸上掠过一缕不悦，却没有顶撞，刚转过身要出门，院里突响起一声嘎嘣脆亮的呼叫：“十三哥！”

再没有这样熟悉这样悦耳这样听来让人从头到脚从里到外都感觉到快乐的声音了，这是田舍娃嘛！又是在这样令人困窘得干摆手空跺脚的时候，听一听田舍娃的声音不仅心头缓过愉悦来，似乎连晌午饭都可以省去。田舍娃是渭北几家皮影班社里最具名望的一家班主，号称“两硬”班子，即嘴硬——唱得好，手硬——耍皮影的技巧好。李十三的一本新戏编写成功，都是先交给田舍娃的戏班排练演出。他和田舍娃那七八个兄弟从合排开始，夜夜在一起，帮助他们掌握人物性情和剧情演变里的种种复杂关系，还有锣鼓铙钹的轻重……直到他看得满意了，才放手让他们去演出。这个把他秃笔塑造的男女活脱到观众眼前的田舍娃，怎么掂他在自己心里的分量都不过分。

“舍娃子，快来快来！”

李十三从椅子上喊起来站起来的同时，田舍娃已走进门来，差点儿和走到门口的夫人撞到一起，只听“咚”的一声响，夫人闪了个趔趄，倒是未摔倒，田舍娃自己折不住腰，重重地摔倒在木门槛上。李十三抢上两步扶田舍娃的时候，同时看见摔撂在门槛上的布口袋，“咚”的沉闷的响声是装着粮食的口袋落地时发出的。他扶田舍娃起来的同时就发出诘问：“你背口袋做啥？”

“我给你背了二斗麦。”田舍娃拍打着衣襟上和裤腿上的土末儿。

“你人来了就好——我也想你了，可你背这粮食弄啥嘛！”李十三说。

“给你吃嘛！”

“我有吃的哩！麦子豌豆谷子苞谷都不缺咯！”

田舍娃不想再说粮食的事，脸上急骤转换出一副看似责备实则亲畅的神气："哎呀我的老哥呀！兄弟进门先跌个跟斗，你不拉不扶倒罢了，连个板凳也不让坐吗？"

李十三赶紧搬过一只独凳。田舍娃坐下的同时，李夫人把一碗凉开水递到手上了。田舍娃故作虚叹地说："啊呀呀！还是嫂子对兄弟好——知道我一路跑渴了。"

李十三却以不容置疑的口气对妻子说："快，快去擀面，舍娃跑了几十里肯定饿了。今晌午吃黏（干）面。"

夫人转身出了书房，肯定是借面去了。她心里此刻倒是踏实，田舍娃背来了二斗麦子，明天磨成面，此前借下的几碗麦子面都可以还清了。

田舍娃问："哥吔，正谋算啥新戏本哩？"

李十三说："闲是闲不下的，正谋算哩，还没谋算成哩。"

田舍娃说："说一段儿唱几句，让兄弟先享个耳福。"

"说不成。没弄完的戏不能唱给旁人。"李十三说，"咋哩？馍没蒸熟揭了锅盖跑了气，馍就蒸成死疙瘩了。"

田舍娃其实早都知道李十三写戏的这条规矩，之所以明知故问，不过是无话找话，改变一下话题，担心李十三再纠缠他送麦子的事。他随之悄声悦气地开了另一个话头："哥呀，这一向的场子欢得很，我的嗓子都有些招不住了，招不住还歇不成凉不下。几年都不遇今年这么欢的场子，差不多天天晚上有戏演。你知道咯——有戏唱就有麦子往回背，弟兄们碗里就有黏（干）面吃！”

李十三在田舍娃得意的欢声浪语里也陶醉了一阵子。他知道麦子收罢秋苗锄草施肥结束的这个相对松泛的时节，渭河流域的关中地区每个大小村庄都有“忙罢会”，约定一天，亲朋好友都来聚会，多有话丰收的诗韵，也有夏收大忙之后歇息娱乐的放松。许多村子在“忙罢会”到来的前一晚，约请皮影班社到村里来演戏，每家不过均摊半升一升麦子而已。这是皮影班社一年里演出场子最欢的季节，甚至超过过年。待田舍娃刚一打住兴奋得意的话茬儿，李十三却眉头一皱眼仁一聚，问：“今年渭北久旱不雨，小麦歉收，你的场子咋还倒欢了红火咧？”

“戏好嘛！咱的戏演得好嘛！你的戏编得好嘛！”田舍娃不假思索张口就是爽快的回答，“《春秋配》《火焰驹》一个村接着一个村演，那些婆娘那些老汉看十遍八遍都看不够，在自家村看了，又赶到邻村去看，演到哪里赶到哪里……”

“噢……”李十三眉头解开，有一种欣慰。

“我的十三哥呀，你的那个黄桂英，把乡下人不管穷的富的老的少的男的女的都看得迷格瞪瞪的。”田舍娃说，“有人编下口歌，‘权当少收麦一升，也要看一回黄桂英’。人都不管丰年歉年的光景咧！”

说的正说到得意处，听的也不无得意，夫人走到当面请示：“话说完了没？我把面擀好了，切不切下不下？”

“下。”李十三说。

“只给俺哥下一个人吃的面。我来时吃过了。”田舍娃说着已站立起来，把他扛来的装着麦子的口袋提起来，问，“粮缸在哪儿，快让我把粮食倒下。”

李十三拽着田舍娃的胳膊，不依不饶非要他吃完饭再走，夫人也是不停嘴地挽留。田舍娃正当英年，体壮气粗，李十三拉扯了几下，已经气喘不迭，厉声咳嗽起来，长期胃病，又添了气短气喘的毛病。田舍娃提着口袋绕进另一间屋子，揭开一只齐胸高的瓷瓮的木盖儿吓了一跳，里边竟是空的。他把口袋扛在肩上，松开扎口，哗啦一声，二斗小麦倒得一粒不剩。田舍娃随之把跟脚过来的李十三夫妇按住，扑通跪到地上：“哥呀！我来迟了。我万万没想到你把光景过到盆干瓮净的地步……我昨日格听到你的村子一个看戏的人说了你的光景不好，今日格赶紧先送二斗麦过来……”说着已泪流不止。

李十三拉起田舍娃，一脸感动之色里不无羞愧：“怪我不会务庄稼，今年又缺雨，麦子长成猴毛，碌碡停了，麦也吃完了……哈哈哈。”他自嘲地撑硬着仰头大笑。夫人在一旁替他开脱：“舍娃你哭啥嘿？你哥从早到晚唱唱呵呵都不愁……”

田舍娃抹一把泪脸，瞪着眼说：“只要我这个唱戏的有的吃，咋也不能把编戏的哥饿下！我吃黏（干）面决不让你吃稀汤面。”随之又转过脸，对夫人说：“嫂子，俺哥爱吃黏（干）的汤的尽由他挑。过几天我再把麦背来。”

田舍娃抱拳鞠躬者三，又绽出笑脸：“今黑还要赶场子，兄弟得走了。”刚走出门到院子里，又折回身：“哥呀！我知道你手里正谋算一本新戏哩！我等着。”

“好！你等着。”李十三嗓门亮起来，说到戏，他把啥不愉快的事都掀开了，“有得麦吃，哥就再没啥扰心的事了。”

李十三和他的夫人运动在磨道上。两块足有一尺多厚的圆形石质磨盘，合丝卡缝地叠摞在一起，上扇有一个小孩拳头大小的孔眼，倒在上扇的麦粒，通过这只孔眼溜下去，在转动着的上扇和固定着的下扇之间反复压磨，再从磨口里流出来。上扇磨石半腰上捆绑一根结实的粗木杠子，通常是用牲口套绳和它连接起来，有骡马的富户套骡马拽磨，速度是最快的了；一般农户就用自养的犍牛或母牛拽磨，也很悠闲；穷到连一条狗都养不起的人家，就只好发动全家大小上套，不是拽而是推着磨盘转动了。人说“拽犁推磨打土坯”是乡村农活里头三道最硬茬的活儿，通常都是那些膀宽腰圆的汉子才敢下手的，再就是那些穷得养不起牲口也请不起帮手的人，才自己出手硬撑死扛。年届六十二岁的李十三，现在把木杠抱在怀里，双臂从木杠下边倒钩上来反抓住木杠，那木杠就横在他的胸腹交界的地方，身体自然前倾，双腿自然后蹬，这样才能使上力鼓上劲，把几百斤重的磨盘推动起来旋转起来。他的位置在磨杠的梢头一端，俗称外套，是最鼓得上力的位置，如果用双套牲口拽磨，这位置通常是套犍牛或儿马子的。他的夫人贴着磨道的内套位置，把磨杠也是横夯在胸腹交界处，只是推磨的胳膊使力的架势略有差异，她的右手从磨杠上边弯过去，把木杠搂到怀里，左手时不时拨拉一下磨扇顶上的麦子，等得磨缝里研磨溜出的细碎的麦子在磨盘上成堆的时候，她就用小木簸箕揽了。离开磨道，走到罗柜跟前，揭开木盖，把磨碎的麦子倒入罗柜里的金丝罗子，再盖上木盖，然后扳动摇把儿，罗子就在罗柜里咣当咣当响起来，这是磨面这种农活的象征性声响。

“你也歇一下下儿。”

李十三听见夫人关爱的声音，瞅一眼摇着拐把的夫人的脸，那瘦削的肩膀摆动着。他抬起一只胳膊用袖头抹一抹额上脸上的汗水，不仅没有停歇下来，反倒哼唱起来了：“娘——的——儿——”一句戏词没唱完，似乎气都堵得拔不出来，便哑了声，喘着气，一个人推着磨扇缓缓地转动，又禁不住自嘲起来：“老婆子哎！你说我本该是当县官的材料，咋的就落脚到磨道里当牛做马使唤？还算不上个快马，连个蔫牛也不抵……唉！怕是祖上先人把香插错了香炉……”

“命——”夫人停住摇把，从罗柜里取出罗子，把罗过的碎麦皮倒进斗里，几步走过来，又回到磨道里她的套路上，习惯性地抱住磨杠推起来，又重复一遍，“命”。

李十三似接似拒的口吻，沉吟一声：“命……”

李十三推着石磨。要把一斗麦子的面粉磨光罗尽，不知要转几百上千个圈圈，称得上“路漫漫其修远兮”了。他的求官之路，类如这磨道。他十九岁考中秀才，令家人喜不自禁，也令乡邻羡慕；二十年后的三十九岁省试里考中举人，虽说费时长了点儿，却在陕西全省排在前二十名，离北京的距离却近了；再苦读十三年后到五十二岁上，他拉着骡子驮着干粮满腹经纶进北京会试去了。此时嘉庆刚主政四年，由纪昀任主考官，录取完规定的正编名额后，又拟录了六十四名作为候补备用的人。李十三的名字在这个候补名单里。按嘉庆的考制，拟录的人按县级官制待遇，却不发饷银，只是虚名罢了。等得牛年马月有了县官空缺，点到你的名字上，就可以走马上任做实质性的县官领取县级官饷了。李十三深知这其中的空间很大很深，猫腻狗骚都使得上却看不见。恰是在对这个“拟录”等待的深度畏惧发生的时候，失望同时并生了，做官的欲望就在那一刻断灭。是他的性情使他发生了这个人生的重大转折，凭学识凭本事争不到手的光宗耀祖的官衔，拿银子换来就等于给祖坟上泼了狗尿。

他依着渭河北部高原民间流行的小戏碗碗腔的种种板路曲谱，写起戏本来了。第一本名叫《春秋配》，交给田舍娃的皮影班社，得了田舍娃的好嗓子，也得了他双手绝巧的“耍杆子”的技艺，这个戏一炮打响，演遍了渭北的大村小庄……他现在迷在写戏的巨大兴趣之中，已有八本大戏两本小戏供那些皮影班社轮番演出……现在，他和夫人合抱一根木杠，在磨道里转圈圈，把田舍娃昨日晌午送来的麦子磨成白面，就不再操心锅里没面煮的事了……

“十三哥十三哥十三哥——”

田舍娃的叫声。昨日刚来过怎么又来了？田舍娃压抑着嗓门的连声呼叫还没落定，人已蹿进磨房喘着粗气。收住脚，与从磨道里转过来的李十三面对面站着，整个一副惶恐失措的神色。未等李十三开口，田舍娃仍压低嗓门说：“哥呀不得了咧……”

李十三喘着气，却不问，他和夫人在自家磨道推磨子，闭着眼也推不到岔道上去，能有什么了不得的祸事呢！那一瞬，他甚至料定田舍娃是虚张声势。虚张声势夸大事态往往是这些皮影艺人的职业习性。

“哥呀！皇上派人抓你来咧……”

李十三“嘿”的一声不着意地轻淡的笑：“你也算是当了爸的人了，咋还说这些没根没影的话……”

田舍娃见李十三不信，当下急得失了色变了脸，双手击捶出很响的声音，像道戏曲白口一般疾骤地叙说起来：“嘉庆爷派的差官已经到县上咧。我奶妈的三娃在县衙当伙夫，听到这事赶紧叫人把信儿传给我。我撂下饭碗赶紧跑过来给你透风报信。你还大咧咧地信不下……”

李十三打断田舍娃的话问：“说没说我犯了哪条王法？”

“‘淫词秽调’——”田舍娃说，“皇上爷亲口说你编的戏是‘淫词秽调’，如野草般疯长，已经传流到好多省去了。皇上爷很恼火，派专使到渭南，指名要‘提李十三进京’，还说连我这一帮演过你的戏的皮影客也不放手……”

田舍娃说着说着就自动打住口，哑了声。他叙述这个因由的过程，突出的眉棱下的两只燕尾形的眼睛一直紧盯着他亲爱的李十三哥，连扶着磨杠的嫂夫人一眼也顾不及看。他看着李十三由不信不屑不嗤的眼神脸色逐渐转换出现在这副吓人的神色，两眼瞪得一动不动一眨不眨，脸色由灰黄变成灰白，辨不清是气恨还是惧怕，倒吓得田舍娃不敢再往下说了。

李十三突然猛挺起身子，头往后一仰，又往前一倾，“噢”地叫了一声，从嘴里喷出一股血来。田舍娃眼见一道鲜亮如同朝阳的红光闪耀了一下，整个磨房弥漫起红色的光焰，又如同一条血的飞瀑，呼啸着爆响着飞溅出去，落在磨扇顶端已经磨碎的麦粒上，也泼洒在凿刻着石棱的磨扇上。磨盘上堆积着的尚未收揽的碎麦麸顷刻间也染红了，田舍娃“噢呀”惊叫一声，吓愣了。

李十三又挺起胸来，头先往后一仰，即刻再往前用力一倾，又一道血的光焰血的飞瀑喷洒出去，随之横跌在磨盘上，一只手垂下来。

田舍娃手足无措地站在一边，突然灵动过来，一把抱起李十三，轻轻地摆平仰躺在地上。夫人也早吓蒙了，忙蹲下身为李十三抚胸搓背，连声呼叫："你不能走呀你甭走呀……"随之掐住了丈夫的鼻根。

许久，李十三终于睁开眼睛了，顺手拨开了夫人掐着他鼻根的手。稍停半刻，他两手撑地要坐起来。夫人和田舍娃急忙从两边帮扶着。李十三坐起来。田舍娃这时才哭出声来。夫人也哭了。

李十三舒了口气，看着田舍娃说："你咋不跑还在这儿？"

"你是这样子，我咋跑呀！"田舍娃说，"让人家把咱俩一块提走，我好招呼着你。"

李十三摇摇头："咱俩得跑。"

田舍娃忙接上说："就等你这句话哩，快走。"

李十三站起来，走了两步试了试腿脚，还可以走动，便对夫人说："你也甭操心了。你操心也是白操——皇上要我的命，你还能挡住？挡不住喀。我要是命大能跑脱，会捎话给你，会来取戏本的——这本戏刚写到热闹的当当儿，你给我藏好。”

两人装出无什么要紧事的做派，走出门，走过村巷，还和村人打着礼仪性的招呼。村人乡党打问今晚在哪个村子摆场子，舍娃说在北原上很远很远的一个寨子。乡党直惋叹太远太远了。两人出了村子，两人又从出村的这条宽敞的土路拐上一条一步多宽的岔路，两边是高过人头的苞谷苗子。隐入无边无际的苞谷绿秆之中，似乎有一种被遮蔽的安全感。两人不约而同又拐上一条岔道。岔道上铺满青草，泛着一缕缕薄荷的清香。两人又绕过水渠，清凌凌的水已经没有诗意了，渠沿上的白杨也没有诗意了。这渠水和这白杨是最容易诱发诗意的景致，他每一次踏过渠上的木桥或直接绕过这水渠的时候，都忍不住驻足品味，都忍不住撩起水来洗一把脸。现在只有奔逃的恓惶和恐惧了。李十三在用力跳过渠的时候，有一阵眩晕，眼睛黑了一瞬，驻足的同时，又吐出一口血来。稍作缓息，田舍娃搀扶着他继续走着。两边依旧是密不透风的苞谷秆子，青幽幽闷腾腾的田野。走到这条小路的尽头，遇到一道土塄，分成又一个岔口。李十三站住脚：“咱俩该分手了。”

田舍娃愣了一下，头连着摇：“分手？谁跟谁分手？我跟你分手——我死都跟你不分手。”

李十三说："咱俩总不能傻到让人家一搭儿抓了，再一窝端了一锅蒸了嘛！留下一个会唱会耍竿竿儿的（支撑皮影的竹竿）人嘛！"

"不成不成不成！"田舍娃的头摇得更欢了，"耍竿竿儿的人多，死了我还有那一大帮伙计，会编戏的只是你十三哥——死谁都不能死你。"

"是这样嘛——"李十三说，"咱俩谁都不该死。咱俩谁都不死当然顶好咧！现时死临头了，咱俩分开跑，逃过一个算一个，逃过两个更好。千万不能一锅给人家煮了蒸了。"

田舍娃还是听不进去："你这么个病身子，我把你撂下撇下，我就是你戏里头写的那号负义的贼了。"

李十三说："我的戏本都压在你的箱子里，旁人传抄的不全，有的乱删乱添，只有你拿的本子是我的原装本子。想想，把我杀了不当紧，我把戏写成了。要是把你杀了又抄了家，连戏本子都会给人家烧成灰了……你而今活着比我活着还当紧。"

田舍娃这下子不说话了。

李十三又说："你活着就是顶替我活着。"

田舍娃出着粗气，眼泪涌出了。

“你的命现在比我的命贵重。”李十三再加重说，“快走赶快跑，哥的戏本就指望你了。”

李十三转过身走了。

田舍娃急抢两步，堵在李十三面前，扑通跪在路上，连磕三个响头，站起来又抱拳作揖者三，瞪着眼睛说：“我的哥呀！你放心走，只要有我舍娃子一条命，你的戏本一个字都丢不了！”

“你的命丢了，本子也甭丢。”李十三也狠起来，“你先把戏本藏好再逃命。”

“记下了。”田舍娃跑走了，跑到一畛谷子地里，对着坡塄骂了一句，“嘉庆呀嘉庆，我没有你这个爷了。”

田野静寂无声。

李十三顺着这条慢坡路走着。他想到应该斜插到另一个方向的梯田里去，谁会傻到顺着一条上渭北高原的官路逃亡呢?他不想逃跑，又不想被抓住。他确凿断定自己活不了几个时辰了。他只不过不想死到北京，也不想活着看见那个受嘉庆爷之命前来抓他的差官的脸。他也不想死在磨道里或死在炕上，那样会让他的夫人更恓惶，活着没能让她享福，死时却可以不让她受急迫。他也不想死在田舍娃当面，越是相好的人越想死得离他远点。

莽莽苍苍的渭北高原是最好的死地。

李十三面朝着渭北高原背对着渭河平原，往前一步一步挪脚移步，他又吐出一口血。血把脚下被人踩踏成细粉一般的黄土打湿了，瞬间就辨不出是血是水了。

再挣扎到一个塄坎上的时候，他又吐血了。

当他又预感到要吐血的时候，似乎清晰地意识到这是最后一口所能喷吐出来的血了。他已经走出村子二十里路了，在这一瞬转过身来，眺望一眼被绿色覆盖的关中和流过关中的渭河。他吐出最后一口血，仰跌在土路上，再也看不见渭北高原上空的太阳和云彩了。

附记

约略记得是二十世纪五十年代末，我在周六从学校回家去背下一周的干粮，路上的男男女女老人小孩纷纷涌动，有的手里提着一只小木凳，有的用手帕包着馒头，说是要到马家村去看电影。这部电影是把秦腔第一次搬上银幕的《火焰驹》，十村八寨都兴奋起来。太阳尚未落山，临近村庄的人已按捺不住，挎着凳子提着干粮去抢占前排位置了。我回到家匆匆吃了饭，便和同村伙伴结伙赶去看电影了。“日行千里夜行八百”的火焰驹固然神奇，而那个不嫌贫爱富因而也不背信弃义更死心不改与落难公子婚约的黄桂英，记忆深处至今还留着舞台上那副顾盼动人的模样。这个黄桂英不单给乡村那些穷娃昼思夜梦的美好期盼，城市里的年轻人何尝不是同一心理向往。直到五十年后的今天我才弄清楚，《火焰驹》的原始作者名叫李十三。

李十三，本名李芳桂，渭南县蔺店乡人。他出生的那个村子叫李十三村。据说唐代把渭北地区凡李姓氏族聚居的村子，以数字编序排列命名，类似北京的××八条、××十条或十二条。李芳桂念书苦读一门心思为着科举高中，一路苦苦赶考直到五十二岁，才弄到个没有实质内容的“候补”空额，突然于失望之后反倒灵醒了，便不想再跑那条路了。这当儿皮影戏在渭北兴起正演得红火，却苦于找不到好戏本，皮影班社的头儿便把眼睛瞅住这个文墨深不知底的人。架不住几个皮影班头的怂恿哄抬，李十三答应“试火一下”。即文人们常说的试笔。这样，李十三的第一部戏剧处女作《春秋配》就“试火”出来了。且不说这本戏当年如何以皮影演出走红渭北，近二百年来已被改编为秦腔、京剧、川剧、豫剧、晋剧、汉剧、湘剧、滇剧和河北梆子等。这一笔“试火”得真是了得！大约自此时起，李十三这个他出生并生活的村子名称成了他的名字。李芳桂的名字以往只出现或者只应用在各级科举的考卷和公布榜上，民间却以李十三取而代之。民间对“李芳桂”的废弃，正应和着他人生另一条道路的开始——编戏。

李十三生于一七四八年，距今二百六十年了。我专意打问了剧作家陈彦，证实李十三确凿是陕西地方戏剧碗碗腔秦腔剧本的第一位剧作家，而且是批量生产。自五十二岁摈弃仕途试笔写戏，到六十二岁被嘉庆爷通缉吓死或气死（民间一说吓死一说气死，还有说气吓致死）的十年间，写出了八部本戏和两部小折子戏，通称十大本：《春秋配》《白玉钿》《火焰驹》《万福莲》《如意簪》《香莲口》《紫霞宫》《玉燕钗》，《四岔》和《锄谷》是折子戏。这些戏本中的许多剧目，随后几乎被中国各大地方剧种都改编演出过，经近二百年而不衰。我很自然地发生猜想，中国南北各地差异很大的方言，唱着说着这位老陕的剧词会是怎样一番妙趣。不会说普通话更没听过南方各路口音的李十三，如若坐在湘剧京剧剧场里观赏他的某一本戏的演出，当会增聚起抵御嘉庆爷捉拿的几分胆量和气度吧，起码会对他点灯熬油和推磨之辛劳，添一分欣慰吧！

然而，李十三肯定不会料到，在他被嘉庆爷气吓得磨道喷吐鲜血，直到把血吐尽在渭北高原的黄土路上气绝而亡之后的大约一百五十年，一位秦腔剧作家把他的《万福莲》改编为《女巡按》，大获好评更热演不衰。北京有一位赫赫盛名的剧作家田汉，接着把《女巡按》改编为京剧《谢瑶环》，也引起不小轰动。刚轰动了一下还没轰得太热，《谢瑶环》被批判，批判文章几成铺天盖地之势。看来田汉胆子大点儿气度也宽，没有吐血。

一切都已成为过去。过去了的事就成历史了。

我从剧作家陈彦的文章中，获得李十三推磨这个细节时，竟毛躁得难以成眠。在几种思绪里只有一点纯属自我的得意，即我曾经说过写作这活儿，不在乎写作者吃的是馍还是面包，睡的是席梦思还是土炕，屋墙上挂的是字画还是锄头，关键在于那根神经对文字敏感的程度。我从李十三这位乡党在磨道里推磨的细节上又一次获得确信，是那根对文字尤为敏感的神经，驱使着李十三点灯熬油自我陶醉在戏剧创作的无与伦比的巨大快活之中，喝一碗米粥吃一碗黏（干）面或汤面就知足了。即使落魄到为吃一碗面需得启动六十二岁的老胳膊硬腿去推石磨的地步，仍然是得意忘情地陶醉在磨道里，全是那根虽然年事已高依然保持着对文字敏感的神经，闹得他手里那支毛笔无论如何也停歇不下来。磨完麦子撂下推磨的木杠，又钻进那间摆置着一张方桌一把椅子一条板凳的屋子，掂起笔杆揭开砚台蘸墨吟诵戏词了……唯一的实惠是田舍娃捐赠的二斗小麦。

同样是这根对文字太过敏感的神经，却招架不住嘉庆爷的黑煞脸，竟然一吓一气就绷断了，那支毛笔才彻底地闲置下来。我就想把他写进我的文字里。

二〇〇七年五月九日　二府庄

石狮子

东堡子住着个王二和张三，左右为邻，一墙之隔，进门不见出门见，低头不见抬头见。几十年来，两家人虽然免不了为些鸡刨狗啄娃打捶的小事犯点口角，却也没有发生过大的干戈，更没有动过诉讼的事，基本上能够和睦相处。

王二这人长了一个特别灵的脑瓜，五十年代的初中毕业生，因为家穷，早早毕业回乡务农，本是乡村里不能多得的知识人才，当过团支书，也当过出纳、会计，还当过两任队长，但无论当啥干部，都弄不长时间，就惹得意见满村流。究其原因，主要是心眼太灵了，灵过头了，经常搞些小手小脚的事，渐渐失去了群众信赖，后来也就当个普通社员，人称他灵虫。张三和王二年纪相仿，小学毕业，文化低了一大截子，生性又木讷，缺言短语，从来也没当过干部，人称张三直杠，或简称三直杠，或谑称三杠子，无论你称呼什么，他都一概应承。

近几年来，乡村政策放宽了，经济搞活了，王二灵虫顺应时代潮流，灵虫早飞，养了两年鸡，挣下半万块钱，自然得意扬扬。三杠子看邻家养鸡发了家，也照猫画虎在后院围起栅栏，养起鸡来。这一年，乡村养鸡大发展，鸡蛋一多，价格下降。三杠子哀叹连声，抱怨轮着自己烧香时偏关了庙门，笨人真是不兴时了。王二灵虫早有所料，把五百只母鸡全部卖掉，等到三杠子哀叹的时光，他的鸡舍早已变成了貂场。几十只毛色油光黑亮的母貂已经怀胎待产，只要幼貂一长成，一出手，又是以千为单位的进项。这灵虫看着蔫不拉唧的三直杠，以先生开导学生的口气说："杠子！老人有言，做生意要'撵迟不撵快'，啥正兴时，不敢撵啥！啥还没兴时，赶紧撵！这是符合现代经济规律的。"

三杠子一听，很有道理，养鸡兴起来，蛋多了，自然就便宜了，于是就想把鸡卖了。恰在这时候，好多养鸡户好像都看出了门道，纷纷卖鸡倒圈，另谋营生。三杠子转而一想，大家都卖鸡了，明年鸡就少了，咱不能卖，这才是王二灵虫说的生意经：撵迟不撵快。于是就把这一批母鸡继续饲养，第二年一开春又养了一批小鸡。果然蛋价上涨，三杠子赚了大钱，喜不自胜。

再说王二灵虫却运气不佳，等到幼貂生下来时，貂价已经大跌，成倍成倍下跌，灵虫气得吹胡子瞪眼，也莫可奈何。无奈之中，王二灵虫又得着獭兔毛皮昂贵的信息，于是就孤注一掷把貂卖掉，掏四五百元的高价买回几只优种獭兔。因为过于娇惯，过于精心，反而适得其反，四只獭兔死了一半，待到剩下的两只怀胎下仔，獭兔价又跌落千丈。王二灵虫气得跺脚骂娘，自认倒霉，把头两年养鸡赚下的半万块钱赔光蚀尽。再看隔壁三杠子，稳打稳扎，已经摸熟了养鸡经验，不断改进饲养方法，逐步更新设备，两年间把圈养蛋鸡全部改造为笼养，早已成了万元户了。王二灵虫被村人耻笑，说灵虫七倒八捣，袍子倒成夹袄。王二越听越气，怄气难出，两腿生疮，脓水不断，行走不便，生财无力，只好自认倒霉。

生意倒闭，灾病接连，王二灵虫抚摸着晶亮发光的脑门，终于听信了乡人的劝告：去请一位神汉，看看究竟是冲了哪门子的神，撞了哪路子的鬼。

神汉高个，黑脸，精瘦，左腮上有颗赤痣，痣上长一撮黑毛，一直吊到脖颈上，人称一撮毛先生。一撮毛先生家居后岭，深居简出，白天蛰伏，夜间捉神弄鬼。传说他出门便坐鬼抬轿，再远的路程，眨眼便到，比直升机方便又快速，但天明鸡啼前必须赶回家中。

一撮毛先生进得王二灵虫家门，先吃了四菜一汤，喝了半瓶太白酒，然后吩咐王二两口子跪在当院，点蜡焚香。一撮毛先生掐诀念咒，阴森恐怖，吓得王二灵虫抖如筛糠，后脊梁上似有长虫蠕动。再看一撮毛先生挥拳抖臂，作跨马状起伏于庭院的各个角落，又直蹿后门而出，大喝一声："邪气在此！"

等得王二灵虫抬起头时，一撮毛先生已经走到当面，把手中提着的一块石头扔到脚下。王二灵虫夫妇两个对视片刻，不知所措，难道这石头上出了什么毛病？

一撮毛先生说："你细看看，这不是一块石头，是个石狮娃，它龇牙咧嘴正对你家后门，你一家人能安生吗？如不早早除此妖石，后头还有大祸！"

王二灵虫这时才记起来，这石头是垒在后院茅房（厕所）的土墙上的，还是那年学大寨平整土地时，从一堆乱石窝里挖出来的，他扛了回来，用它作茅房的围墙，没想到竟然招此大祸。

王二灵虫早吓得魂魄分离，发如手提，结结巴巴，话不成串儿："先生高明……高明……你快说……该咋办哩？"

"咋办哩？"一撮毛先生眼珠一转，"办法有的是，怎能叫鬼把法官缠住！这办法多种多样，有临时性措施，也有根治久安的办法，你看你愿意采用哪种办法？”

“当然是根治！根治！”王二灵虫忙说。

“那……你是明白人——”一撮毛先生说，“根治就要你破大费了……”

王二灵虫掏出早已准备好的五十块钱，递上去。

一撮毛先生说：“这只够临时措施的。”

王二灵虫赶快捅捅女人，女人回到屋里，又取来五十，交给一撮毛。一撮毛这才吐着烟雾，捻着那一撮黑毛说：“三天后，择一单日，避过三六九，夜黑星全时，扔到河滩里去。记住，要撂到最高的那个石坝根下，最好择在七日。”

王二和他婆娘连声应诺。

一撮毛走出街门，就决然不让王二灵虫再送，说他要召唤抬轿的小鬼了。

王二灵虫回到屋里，拉亮电灯，把那块石头仔细看看，真是一头石狮子，不留神还真看不出来，越看倒越害怕，恨不得当晚就把它扔到河滩去。好容易挨过三天，遇到七日，王二灵虫心里“咕儿”翻起一个怪念头来。

他忽然想到了三杠子，心里就扑扑扑往外冒气：我王二这两年连倒大霉，你他妈真是福星高照；我养貂烂本儿养兔死兔，你他妈养鸡发财，鸟枪换成大炮了；我害下了连疮腿越活越瘦，你他妈越吃越肥连个痢疾也不拉，凭心眼凭学问，我王二哪一样比不过你个又闷又笨的三杠子？这么想着，王二灵虫就把那个石狮娃搁到三杠子街门外的猪圈围墙上头了。三杠子的猪圈围墙是用杂石垒成的，这尊石狮子撂在墙上，无甚异样，谁也不会留心这儿什么时候添多了一块石头。

事有凑巧，祸中生福。第二天，两位文物普查工作者来到东堡子，无意有意之间，发现了那尊石狮子，忙问："这是谁家的猪圈？"村人告之，于是把三杠子传了出来。文物普查工作者说："这个石狮子，我们想把它带回去，需要鉴定一下，看看是不是有价值的文物。"说着，就给三杠子打了一张借条。三杠子憨憨地笑着，说："同志，尽管拿，尽管检验，尽管……"

王二听见门口人声喧哗，以为石狮子显灵了，三杠子招下祸了，急忙跛着腿走出来，一问明缘由，急得一拍大腿，脸黄眼红脖子硬，拉住那位同志的手不放。

"石狮子是我的！"王二灵虫喊。

"胡赖！"三杠子也火了，"半路上杀出个程咬金，你胡咬胡赖，猴急咧吗？”

围观的村民们交头接耳，窃窃议论，说王二猴精了，精到爱钱不顾场面不要脸皮的地步了。石狮子明明在三杠子家的猪圈围墙上头嘛！王二灵虫心里有鬼，在众人面前不敢把石狮子的来龙去脉说出来，只是缠住两位文物工作者不放，不让人家拿走。这时，村长闻听吵闹声走来，把俩人和两位文物工作者一齐叫到办公室，坐下来。

“怎么回事？”村长问，“王二哥，你说石狮子是你的，有啥凭证？”

三杠子坐在旁边，一看村长开口先问王二，也就听出了村长的倾向性，心里踏实地吸着烟。

王二灵虫低着头，吸着烟，急得头上冒出一层虚汗。犹豫再三，终于把心一横，还是先抓票子，甭顾脸面。这样，王二灵虫就把怎样请一撮毛来耍神弄鬼，怎样发现了石狮子的邪光阴气，怎样清除这不祥妖物的经过一一叙述出来，末了说：“不信，你去找一撮毛先生调查，我要是胡说一句，让我这连疮腿再流十年脓！”

王二灵虫不说还罢，一说这个过程，把在场的四个人全惊呆了。那两位文质彬彬的文物工作者相对一瞧，推推眼镜，撇撇嘴，摆摆头，做出一副万万料想不到的惊奇的讥笑。三杠子惊得像做了一场噩梦，脸都气黄了，双手打战，嘴里却说不出一句话来。村长也惊奇地睁大了眼睛，说：“王二哥，你这人心眼太不端正呀！这事做得太缺德了嘛！要是传出去，乡党们非把你笑臭不可！”

“你批评我接受，全部接受，村长。”王二低头不敢抬起来，“那石狮子确确实实是我的。”

“你说的这些鬼事我不管！反正石狮子在我家墙上就是我的。”三杠子寸步不让，反而更加执拗，“是害，你塞到俺家门口来祸害我；是利，你又打上门来抢了！你这回错打算盘了——没门！”

“好了好了，不要吵了。这样——”村长摆摆手，制止了王二和张三，一刀两劈，“要是文物部门鉴定真是有用的文物，政府收买的钱，你俩人二一添作五。你们谁不服谁上告去，先让两位同志把石狮子带走。”

三杠子闷了一会儿，想着，看来这石狮子是王二灵虫的，自己能得一半，也够了，于是便说：“算了算了！我同意村长的意见！我不在乎那几个钱，倒是把他的坏心眼看透了！”

王二灵虫眼看着飞走的人民币又捞回来一半，也就只好自作自受，忙点头说：“算了算了，按村长说的办。”

两位文物工作者告辞了。

王二灵虫回到家，老婆子指着鼻子，对着脸骂：“你也太多事了！人家一撮毛说叫你把石狮子撂到河滩，撂了也就撂了！咱损失了，他三杠子也甭想得意外财。咱也不会丢人现眼，让乡党指脊背骂祖先。你可倒好，把石狮子搁到人家墙上，把钱给人家口袋塞，自己还落下个瞎心眼坏心肝！你能你灵你鬼你能把你先人羞死！”

王二灵虫自知理亏，又惹不下婆娘，干脆蒙头睡了。

这天晚上，王二听见敲门声，一拉开门闩，又吃一惊，一撮毛先生神不知鬼不觉又来了。王二正有气没处发泄，这下遇到对手了。他想立马发作，又怕惹动左邻右舍，就假装啥事也不曾发生，把一撮毛礼让到厦屋里，看他还会耍什么把戏！

一撮毛在椅子上坐下，捋一捋左腮上那一撮长毛，悠悠哉问：“王二，你可按我吩咐的事情办过了？”

王二也佯装着说：“办了办了！”

一撮毛问：“那个石狮子扔到哪里了？”

王二不假思索：“扔到河滩的水里头了。”

一撮毛生气地说：“我叫你扔在哪里？”

王二假装失误地说：“噢噢噢！你叫我扔在最高那个石坝根下。我当时想，扔在河水里，叫水把它冲远，叫沙石把它埋深，叫它永世不得见天日，再也不能祸害人了！”

一撮毛双手一拍，眼露阴光：“糟了糟了糟糕透了！你想那狮子本是旱兽，怎奈得水淹？必是对你仇恨万分！一旦河水改道，那石狮子有了重见天日的一天，必是你大祸临头的灾日！”说罢，紧盯着王二，看他害怕不害怕。

王二却一拳捶在桌子上，气得浑身打战。他早已不能忍耐这个家伙继续哄骗自己：“你狗东西骗了我一百块钱，吃了我的饭，喝了我的酒，还害得我在乡党面前丢人现眼，还叫我把无价之宝扔给旁人……你今日来甭想走了！娃他妈，快去叫村长！”

“吱——哇——”

王二婆娘刚站起身，还没转过身，却见一撮毛呼的一声跳到门口，喉咙里发出“吱——哇”一声怪叫，像鬼哭狼嚎，阴森逼人。一撮毛把那撮黑毛咬在嘴里，从腰里摸出一把尖刀，压低声说：“跟我走，到河滩，把扔石狮子的地方指给我。不然的话，我这把专门指挥鬼的刀子，把阴间的大鬼小鬼恶鬼泼鬼全给你引来，闹得你死不下也活不旺！”

王二婆娘吓得背靠墙站着，大气不敢出，脚不敢移，直翻白眼。王二毕竟是个男人，早已不信什么大鬼小鬼的事，倒是那把寒光闪闪的刀子令他胆战。他忽然想，这一撮毛为啥要去扔石狮子的地方？莫非他要下水打捞？他说：“先生！我是黑天撂下河的，现在也记不清具体地点了。那石狮子有朝一日出来了，祸害我王二就祸害吧！我不怪你，也不怪你的神术不灵！你走吧！”

那一撮毛见王二口气软了，也就收起刀子，重新坐下，点燃一根黑色雪茄，说：“王二，咱干脆挑明了说吧！你那个石狮子，我看像是个‘古董’，叫你扔在石坝上，今黑来取，不料你个闷熊给撂到河水里去了。这样吧，你引我去捞，捞出来卖下钱，咱俩二一添作五。”

王二这下才暗暗叫苦，暗暗吃惊，没料到这个一撮毛先生也在石狮子上头捣鬼。自己捣三杠子的鬼，岂不知一撮毛正捣自己的鬼。

这一撮毛以耍神弄鬼为名，骗取钱财，深入人家，以杀鬼捉鬼为由，前院后院，屋里楼上，旮旯拐角，到处钻营，一旦发现“古董”，就想着法儿骗走，说是不祥之物，吓得主人不敢吭声。他转手卖给文物投机商，赚得不少钱财。现在，眼看一尊石雕狮子到手，却被王二扔到河里，只好实话明说，等把石狮子捞出水来，再作主意。

王二这边一听，完全明白了，再也隐瞒不住，也只好实话实说，把今天发生的事叙说一遍，唉声叹气："好我的先生哥哩！你那晚要是把话说明白，这石狮子由你卖，卖下钱咱俩二一添作五，哪有后来这些麻烦。现在让我丢了财，丢了脸，你也得不到钱了，单给三杠子弄下好事！你看，我没办法了！"

一撮毛一听，忽然又跳起来，"吱嘎"一声鬼叫，用刀尖指着王二说："一块到口的肥肉，硬叫你他妈给旁人塞到碗里了！也罢！此事就此了结。你不许再给人说我来找过你，要是说了，我就不客气了！"

王二连连点头，发誓赌咒，绝不漏风。王二婆娘吓得软倒在地。一撮毛忽地一跳，蹿出门去，跑了。

三天之后，一辆吉普车开进东堡子，一直开到村长家门口，走下那两位文物普工作者。村长随之传呼王二和张三到他家去。

王二灵虫一进门，向两位文物普查工作者点点头，看看这个，瞅瞅那个，想从他们的眼色里得到某些兆头：石狮子到底值钱不值钱？却看不出来，人家俩人只抽烟，脸孔挺平着。不过两分钟，三杠子也进来了。

一位戴眼镜的同志说：“一般人认为这石狮子是明末清初的石刻，大约是乡村的财主在祖先坟上敬奉的石兽，没啥价值，刻工也平常，和一块普通石头没啥差别，是谁的让谁抱走……”

王二浑身都松了劲儿，像上紧的发条一下子啪啦啦绽开来。他转而一想，翻来倒去，钱没捞上一个，倒是给村里人留下笑柄，留下一个瞎心眼的坏名声，灵机一动，计上心来，忙笑着说：“这石头不是我的。我给村长坦白，请一撮毛捉鬼的事是我临时编的，没那事。”

三杠子倒莫名其妙了。他确实记得，自家猪圈墙上就没有这个石狮子嘛！王二弄得他真真假假糊里糊涂自己也搞不清了，就笨嘴拙舌地说：“算屎了！这石狮子虽不值钱，当块石头垒猪圈还能派上用场，我抱走了。我不怕鬼！”说着就抱起石狮子出门去了。王二也跟着走出去。

村长撵到门口，把俩人又唤回来。

那个戴眼镜的文物工作者郑重宣布：“但是经过专家鉴定，这是一尊汉雕石狮，造型朴拙，浑厚，正是汉时的艺术风格。张三同志，政府奖给你五百元人民币。请你签字。”

三杠子把石狮子放到桌子上，接过一厚扎人民币，怔住了，再接过那戴眼镜同志递过来的钢笔，呆呆地站着。

王二灵虫“唉”了一声，蹲在地上，双手抱头，再也说不出一句话来。半天，他瞅瞅这个，望望那个，站起身，朝门口走去。

三杠子忽地转过身，拉住正要出门的王二，一把把钱塞到他手里，再把钢笔也递上去：“这石狮子是你的，我心里有数！钱你拿上，字由你签。这不含糊！”

王二灵虫眼睛睁得像个鸡蛋，不敢接钱，也不敢接钢笔，羞愧地低下头，喃喃地说：“老三，三杠子，不管咋说，这钱我没脸拿了！”

村长明人快语：“还是按那天的口头协议办吧！二一添作五，王八一半俺一半，王八填字俺也填字！哈哈哈！”

三杠子倒认真起来：“村长，这石狮子确实是王二的，只是他捣来捣去，把他自己的石狮子反而倒给我了，我可不能白拿旁人的钱财。再说，王二这几年家事不顺，营生也不顺，经济紧张。我嘛——实说并不在乎这三百五百……”说罢，把五百元一扎人民币硬塞进王二口袋，出门走了。

王二愣愣地盯着三杠子的背影，眼泪涌出来了，捏着钢笔，手竟然抖得写不出自己的名字……

一九八七年

两个朋友

一

王育才和媳妇秋蝉的离婚案还在民事法庭赵法官的卷宗里悬着。这场旷日持久的案件连头带尾已经持续了五个年头。王育才和秋蝉以及双方的亲戚朋友都被这场官司拖得精疲力竭身心交瘁却又欲罢不能。

五年里王育才三次起诉，三次均被赵法官判为不予离婚。按照民事法庭现行的规矩，一经裁决为不予离婚后要再次起诉，必须有新的理由而且要在半年之后。理由总是可以找到的，唯有时间无法通融，再难熬也得熬过半年六个月一百八十多个日日夜夜。民事法庭还规定，离婚双方或一方如果不服判决进而提起上诉又被上级法院驳回维持原判，那么要再起诉除了更充分的理由之外，时间的规定要在一年之后。王育才第二次起诉就发生了这种情况，硬硬地熬了整整一年才得以第三次向民事法庭重提旧案。现在，他已经做好了第四次起诉的一切准备，主要当然是状子，另外花在排除亲戚朋友苦口婆心劝解上头的力气也比上三次更多。

王育才挟着装有离婚申诉的黑色皮包走进桑树镇民事法庭的小院时，正好碰见急匆匆去上厕所的赵法官。赵法官只是减慢了脚步而并不驻足说："老主顾又来了。"王育才苦笑一下说："我不来过不成日子。"随之装出大大咧咧的样子说："你要是烦了，干脆给我判个离婚算尿了，我也就再不麻缠你了。"赵法官已经走到小院墙角的厕所门口，一只手下意识地去解裤扣，回过头来笑笑："不烦不烦我不烦。我吃的就是这碗麻烦饭嘛！你才起诉了四回这不算个啥，经我手判的一个离婚案男方起诉了十一回，前后经过十七年。你这四五回只是一般纪录。"

王育才听了就哑了口，像是中了一位法咒无边的禅师点来的定身法，立在那儿僵住了手脚。

二

秋蝉用独轮小推车刚刚拉回一车苞谷秆子，满脸淌着汗，解开捆绑的皮绳，再把干透的苞谷秆子垒堆在场院里。邻居一位抱着奶娃的小媳妇半裸着胸脯，一边给孩子喂奶一边说：“嫂子你而今还拉那苞谷秆子做啥？我要是你连麦子都不种了。”秋蝉笑笑，继续卸下车上的苞谷秆子。这种话她已经听得太多不屑解释。她去鸡场买小鸡，女人们甚或男人们见了也说：“秋蝉你今还买那些毛草子货做啥？”她去卖鸡蛋，人见了又说：“秋蝉你而今咋还卖鸡蛋？你该吃鸡蛋才对哩！”她干啥人都说她不该干啥；应该吃好的，应该睡，应该逛，应该好吃好睡好逛好好享福。这其中不言自明的原因是她的男人而今挣了大钱了，钱多得乡党邻里无法猜清估准其数目，总而言之多得很。秋蝉何苦还要一篮一篮卖鸡蛋一车一车拉苞谷秆子呢？秋蝉虽然最清楚自己究竟存下多少货，绝对不像人们纷传的那么厉害，倒是确也攒下了万儿八千的存款。无论如何，她在感到虚名徒有的压力的同时也感到许多被人羡慕的愉悦。截至现在，她还不曾打算好吃好睡好逛。她继续精心养鸡继续咬紧牙关卖鸡蛋，继续拉苞谷秆子当柴烧既节省了买煤的开支又烧热了火炕。育才给她买下电褥子她锁在箱子里不用。对人说是怕触电怕睡不踏实。其实是怕花了电费。电费公家收二毛二，本村电管员收三毛五。电管员私抬电费而且理直气壮：“而今小自一根针大至彩电哪一样价钱没翻几个斤斗？要说没涨价只剩下良心反倒掉价了。我管电电不涨价难道叫我喝风吃屁不成？”秋蝉就憋足劲儿拉苞谷秆子，省了煤又省了电，你涨得再贵总不抵我不用不买。

车上还剩下一抱苞谷秆子没有卸下来，她的大儿子小强骑着自行车放学回来，把一只黄皮信封塞到她手里。她看看落款竟是桑树镇民事法庭几个红字就不由得蹙紧了眉头，一道不祥的阴影立即弥漫过心头，她撕拆信封的手指紧张得发抖。信瓤是一页铅印的传讯通知，要她后日到桑树镇法庭过堂，她的男人王育才提出要和她离婚，已经申诉到桑树镇民事法庭了。

说是晴天霹雳一点也不过分。秋蝉看罢传讯通知，眼前一黑险乎栽倒，一股恶心的浊气从腹腔蹿起冲到喉咙口就堵在那里。她的儿子小强一手扶住车子一手搀住母亲，吓得惊叫起来。那个给娃子喂奶的小媳妇跑过来，一边搀扶她一边瞅着掉在地上的信皮和信瓤儿，再也不说嫂子不该拉苞谷秆子的玩笑话了。秋蝉已经没有力气卸下小推车上最后一抱苞谷秆子，强挣着走回家去，扑倒在炕上就号啕起来。她感到羞辱又感到委屈。她没有丝毫的精神准备，无法承受这晴天霹雳般的打击。她被最不幸的家庭灾难只一下就击昏了。她现在根本无法理清这突发的灾难的来龙去脉只觉得自己活到了尽头，照耀她的九十九个太阳和九十九个月亮全都在一瞬间熄灭了，眼前是永不复明的黑夜。她的脑子里一片昏天黑地一片混沌。她的胸腔里骤然聚满了恶气又排泄不出，整得她几次哭得闭气，亏得隔壁邻里的女人们用针尖戳她冰凉的手指扎她冒着冷汗的鼻根，她才还过阳气来。一霎时间，这个令人羡慕的家庭的里屋和庭院，就弥漫起混乱和破败的灰暗气氛。

阿公和阿婆是在天麻麻黑的时候走进儿媳的小院的。老两口后晌上磨子，轰隆作响的磨面机房里没有闲人来传递消息。当阿公头发和衣服上扑着一层白茸茸的面粉推着面袋走回家时，立即就有好心的乡邻向他通报了儿媳秋蝉家里发生的变故，老汉顾不得掸去面粉就跑来了，女人颠着一双稀世的小脚也急火火赶来。阿婆倒是有主意："甭哭！秋蝉。他想离婚就离了？这事全由他了？他想离婚得先埋葬了我！过堂时你甭去叫我去，让他跟我说这婚咋个离法儿……"阿公坐在椅子上吸着烟，不劝也不叹。女人们纷纷离去后，阿公才说："你先甭慌，事情嘛总有个了了。明日我去把他叫回来，叫他先跟我说个张王李赵。”说到这儿，老汉才忽然想到，儿子育才住在什么地方自己根本不知道。他问儿媳，秋蝉也不知道。他的儿子在西安发了大财，他们却从来也没有被儿子邀去做客，临到有了急事需要找他时却弄不清儿子的单位和地址。这一瞬间婆媳和阿公三人几乎同时想到一个人——王益民。王益民是儿子育才的好朋友，育才的情况他知道的比做父母和妻子的要多得多。于是翁婆媳三人立即统一了举措：立即去找王益民。

王益民是本村小学校教导主任，晚上宿在学校里，王子杰老汉找到家里又找到学校，堵在心里的火气就再也无法忍住不发了：“益民呀！你看育才这狗日的咋么就生出六指儿来了？好端端的安宁日子一下就给搅得云天雾障！你明日领我去寻他，我只说一句话叫他先杀了我再去离婚。法院传票后日过堂只有明日一天时间了，益民你无论咋说也得抽空请假领我去寻那个狗日的东西……”王益民也很震惊，只是远远不及子杰老汉那么强烈罢了。他其实早有预感或者说精神准备，今天发生的事实不过是对于以前的某种预感的证实而已。然而他还是自然地表现出一种震惊。他首先安慰盛怒不息的老伯，然后立即答应明天去找育才，无论育才干什么忙事紧事都非得拉他回来见父亲说清道明；再下来就劝老伯不要亲自去，一旦说得不好育才拉起硬弓不回家反而更糟……子杰老汉完全信任地听取了益民冷静入理的劝告，把至关重要的切肤切心的事交给益民去办理。

三

王益民第二天一早就出了校门。他做好了找人的准备所以骑自行车不乘公共汽车进城。初冬的田野已显示出冬天的肃杀和冷峻。一切变故的根源也许是从育才离开学校开始发生的。育才被一位高中同学拉去搞什么公司，他给乡政府写了停薪留职报告就去老同学兴办的一家公司做了会计。那年寒假，王育才半夜来敲他的门，说妻妹来了屋里住不开，要他学校办公室的钥匙。第二天他到学校去找他闲聊却已不见踪迹，钥匙也未留下来。他又找到育才家里，秋蝉睁大眼睛说不仅没有妹子来家更没有见育才的影子。王益民开始心生疑窦。他想见不着育才得不到钥匙又轮着他护校日子，于是就砸了锁子进了门。他看见满地都是带把儿的烟蒂以及糖纸糕点盒子和饮料罐子；揉皱的床单上有一坨污痕，那是男人的排遗物令人一见就恶心顿起；从地上尚未干涸的一堆痰迹判断，王育才昨晚还睡在这里。于是，他就完全肯定育才借他的房子干什么勾当了。直到这个春节王育才回到龟渡王村把钥匙交给他的时候，他不无生气地揶揄老同学说："这把钥匙留给你作纪念吧！锁子已经砸了扔了还要钥匙干什么？"王育才连连道歉，说他忘了交还钥匙，万万料想不到第二天就乘飞机去广州出了急差。王益民想戳穿这个急就的谎话却又碍于面子上拉不下来，只好以明白装糊涂听他大谈特谈广州的新潮新景儿。春节后新学期开始，一位老教师向王益民彻底揭开了发生在他的办公室里的秘密——

那天晚上轮着我和小刘老师护校。王主任你知道俺俩是老对手，下棋下到三点还落马不下来，我想拉屎就急匆匆往厕所跑。从厕所出来经过你的办公室门口时，我听见里面有打鼾声心里就奇了，王主任你啥时候悄没声儿睡到里头的？回到房子跟小刘老师一说，小刘老师说王主任也是个棋迷咋能不来观战悄悄就睡了呢？他拉着我去看个究竟，在门口窗根下听了半晌又听出一个女人睡梦中的一声呻唤。我吓得跑了，心想，王主任怎么跟老婆放着热炕不睡跑到学校来过夜？小刘老师又跑过来对我说，肯定不是王主任。咱们必须弄清楚谁睡在里头，这是护校的责任。于是，我俩敲响了门板。好久才应了声。好久都没拉电灯。灯亮门开之后，万万想不到是王育才老师和一个女的。那女人你猜是谁？是吕红。我已经羞得难以和王育才老师说话。王育才老师到底是熟人，有点尴尬，可人家而今到底经见了大世面，比不得咱们这些四堵墙里圈定的“小教儿”孤陋寡闻，不开化，一会儿就没事人一样掏出把纸烟来让俺俩抽，大谈神谈他出门不是飞机就是软卧，一桌饭吃掉两千多块把老广都镇住了。俺俩穷“小教儿”倒给他吹得忘了自己干什么来了……

王益民先是叮嘱白发已现的老教师后来又叮嘱小刘老师到此为止，再不要扩大宣扬。他随之就为自己调换了办公房子。他在那间房子里莫名其妙地瞅着那天发现痰迹的地方出神，瞅着自己床单上那已经洗得绝无痕迹的地方，心里仍止不住恶心。他换了房子。他把那件床单撕成布条扎了拖把。他把被子洗了烫了仍觉得心里毛森森的，于是破费买了一条被罩把被子罩起来。自从老教师彻底揭开这桩秘事一直到他完成那一系列净化工作，心里总是唧咕着一句话：这人怎么就没羞了呢？

王益民和王育才自幼交好，从小学一直念到初中毕业，王益民被保送到师范学校而王育才考取了高中。王益民曾经后悔自己上了师范只能去教小学而失去了争取高等教育的机会，后来的生活演变却使他庆幸不已，特殊时期后他被分回本乡小学有工资有商品粮，王育才返乡回家当了农民。王育才的父亲解放前当过两年保长列入专政对象，自然成了村子里最倒霉的青年。为王益民说媒提亲的人踏细了门槛，王育才家却门可罗雀无人光顾，直到王益民喜添贵子而王育才依然孑然一身。

王益民每每看见王育才低头耷脑的样子心里就十分难受。他越来越明确地意识到，如果他再不给他帮忙想办法，王育才一辈子就完蛋了。适逢王益民被提拔为教务主任有了说话的身份也有了说话的机会，他便大胆地向公社举荐王育才到自己的学校来当民办教师。公社竟然同意了。当他把这个喜讯告知王育才时，王育才却连连摇手说自己根本不适宜做老师。

看来不是谦虚，也不完全是背着保长父亲的政治压力，主要障碍来自王育才的内向性格。王育才怕羞。这个人已经长到二十大几仍然羞羞怯怯。他从来不在任何人面前抢说一句话。几个人围在一起闲谈，他总是悄悄默默站在外围或坐在人背后静静地听着，笑也是羞怯怯的样子。像他那样羞怯的神气别说男子汉很少有，在造反精神激励下的女学生女青年也无法与他相比。他的羞怯不是强装的而是真实的，课堂上猛乍被老师点名回答问题，他未站起先兀自脸红了，脸一红眼里就潮起一缕羞怯的雾气，说话也就磕磕巴巴了。从小学启蒙一直到高中毕业的漫长的读书生活中，他从一个纤细的少年变成了一个体魄强健的男子汉自然发生了许多重大变化，唯其害羞的样子有增无减。他在整个高中阶段的学习是他认识自己的重要阶段。他的数学和理化科目总是列全年级的前茅，他对这些学科的兴味愈来愈浓。他相信自己肯定会进入名牌大学。即使这样，他在被老师表扬被同学欣羡以至嫉妒时，仍然羞羞怯怯地抬不起头来。相比之下，那些学得好同时也骄傲到蛮横的学生与他就形成了截然不同的对比，同学和老师更喜欢他爱戴他亲近他，觉得王育才那根深蒂固的羞怯里蕴藏着迷人的色彩。

王益民和王育才自小玩耍长大，村子背后的山坡和村子前面的河川处处留着他们相依相伴的足迹。他们春天背着草笼提着草镰到坡沟到河岸去割青草，冬天里像大人们一样腰缠绳索肩扛镢头到山坡上去挖柴火。他们夏天在刺丛中搜捕绿色的蝈蝈秋天又兴味更足地逮捉蛐蛐，为此几乎踏平了山坡上的每一丛刺棵翻遍了村子里的每一堆砖石瓦砾。他们背着母亲多掺了白面的馍馍第一次走出偏僻的小村龟渡王村到桑树镇读中学的时候，几乎同时第一次意识到了友谊而且产生了继续加深这种友谊的要求。他们之间可以说完全平等完全信赖。他们能玩在一块说在一搭而不是其他。他们一个是一个的影子，一个是一个的寄托，他们之间如果有一个是异性，那么他们就完全可能是龟渡王村的梁祝而且会有一个最完美最浪漫的结局。王益民的母亲曾经对王育才的妈妈说过：“他俩要是有一个生来时少带一件行李就好了。”他们俩谁也不明白那行李的真实含义，及至后来知道了其中的意味的时候，连王益民都有点羞了，王育才更是羞得连脖子都红了。

王益民曾经不止一次有意无意地思索过王育才的羞怯。育才的母亲敦厚朴实并不多见羞怯。他的父亲解放前当过两年保长，解放后自然就成了黑斑头儿。王益民对保长大叔解放前一无记忆也一无印象，打有记忆起就只记得保长大叔那张讨好巴结的笑脸。他曾经十分讨厌那张笑脸，小孩子的王益民也能觉察到那笑脸里十有九分都是虚假的强装的，只有那脸上的笑容收敛散尽的时候才现出一分真实来。印象太深了，那令人讨厌的笑脸，这位体格雄壮的中年汉子见到任何人都是柔声细气讨好巴结的口吻和神色，哪怕不是龟渡王的干部而是一位红边烂眼的麻糊婆媳甚至是一个不懂饭香屁臭的小孩，他见了都会堆出一脸笑来，老远就与人打招呼，一天到晚都关心别人的生活起居似的问人家“吃了吗？”那笑容好像孙悟空的金箍棒装在耳朵里随时都能顺手扯出来布满整个眉眼和嘴脸。可是在他们家里，保长大叔对他的妻子儿女却非但不见笑颜，从早到晚从春到冬永远是一副冷冰冰的严厉的脸孔，一家人悄悄默默地做事，悄悄默默地吃饭，悄悄默默地睡觉。很少有什么人到这个终年弥漫着肃穆冷清气氛的小院来串门。孩子们说话声高了，保长大叔就会冷冷地呵斥一声“张狂啥哩？”孩子们全都惊慌地缩了脖子哑了声息。王益民很不习惯这种压抑的家庭气氛，总是站在王育才家院墙外学几声狗叫或鸟鸣，把育才勾引出来，那是他们约定的暗号。暗号不得不时常变换，防止保长大叔识出破绽来。

记得王育才被他推荐来学校上第一节课的时候，这个老三届誉满全校的高才生面对几十个刚刚进入戴帽中学班的乡村孩子，竟然比学生紧张十倍，满脸臊红地站在讲台上，两只手不知该放在讲桌上还是该贴紧裤缝，头上的汗粒由小聚大，纷纷滚落下来。他的羞怯和紧张被学校师生们传为笑话，校长不无担心地对王益民说：“王主任，你推荐来的人纵然有一肚子蝴蝶，可飞不出来也是枉然！”王益民信心很足：“没关系。疏通了堵塞喉咙的障碍，蝴蝶自然就飞出来了。关键的问题是，我们明知他肚子里有蝴蝶，总比那些满肚子稻草甚至连稻草也没吃下多少的人靠得住。”校长再不坚持什么。王育才由紧张到不大紧张再到完全不紧张，他的满腹经纶满肚子的蝴蝶就随心所欲恣意舞蹈，成为小学校戴帽中学班里的权威教师。许多只能教小学而硬着头皮提到中学班任教的教师，常常是先由王育才那里趸下货第二天再到课堂上热蒸现卖。王育才的人品极好，他很少是非，只埋头于备课授课，逢有劳动他也积极踏实，甚得领导师生的尊重。王益民也因此而放心。

大约不到一年时间，王育才陷入了初恋的情网。女方是一位刚刚从师范学校毕业的年轻姑娘，一分配到龟渡王村学校就安排到中学班任教。如果这位姑娘稍少一点虚荣心不要到中学班而是到小学班任教，那么后来的事情就不会发生，至少可以迟发生。姑娘叫吕红，初中一年级尚未读完就进入了特殊时期，后来从乡村推荐到师范读了两年书其实有一年多的时间都是搞斗争，切实说仍然是初一水平充其量不会超过初二，如今要给初中班任教自然不可避免洋相百出破绽百出。她就去找王育才请教，先趸来再卖出去。王育才待人极平和，从来恪守待同志一视同仁，从来恪守不参与校内派系斗争的生活原则，更不会挑肥拣瘦瞅红蔑黑，他给吕红辅导讲解就像对其他老师一样耐心认真而绝不显示自己的能耐气儿。时日一长，吕红随着知识的增长感情也开始膨胀，为了报答他为自己补习而花费的时间，几乎本能地甘心情愿地代他洗扔在床下的脏衣服，她从家里来时带点好吃的东西也往往首先想到应该送给王育才。除了补习之外她和他开始谈一些无关教学的事甚至笑话，她待在王育才房子的时间越来越多，一有空当儿就想往那个房子跑。王育才虽然害羞但不是木头，他已远远超过晚婚年龄对男女之情更灼热却也更冷静。有一天晚上，吕红买了两斤月饼送到王育才屋子，说明晚是中秋之夜她提前向他谢恩。王育才一下子急了连连摇头说："这算干什么？我怎敢图老师们的报答呢？革命同志互相学习互相提高，怎么能送月饼呢？"说着就把吕红往门外推。在即将推出门的一瞬，吕红忽然一扑跑进来，一下子抱住王育才的脖子就止不住哭起来了。王育才呆呆地垂着手，脖子被吕红搂得喘不过气，却没有勇气举起自己的双手拥抱对方。

这之后俩人就进入热恋。吕红的红红的丰腴的面颊和他的已现青色的腮帮久久厮磨，难分难解。这桩甚为美满的婚事却被吕红的父亲给彻底破坏了。吕红的父亲是村党支书，已经听到一些风言，就找女儿吕红正儿八经训导："爸是支书你相信不会给你搞封建婚姻。你自由恋爱爸坚决支持。你选下个王育才爸也觉得那小伙子不错。可是王育才他老子是伪保长专政对象。你已经是共产党员王育才连个团员也没当过。你已经是公办教师王育才是个民办，他老子要不是伪保长还有转为公办的希望。你跟育才结了婚以后咋办？将来有了孩子也就沾上了黑斑，爷爷是伪保长你看看还能有什么出息？婚姻是一辈子的事，你自个冷静想想去。”

吕红陷入了痛苦而终于做出了与父亲一致的选择。王育才很快由痛苦转变为懊悔。他悔愧万分地对王益民说：“我真是个十足的浑蛋！我怎么刚刚活出了一点眉眼就忘记自己的小名叫个啥嘛！要不是你帮助我而今还在队里掏稀粪哩！我怎么一下子就忘乎所以了？怎么敢跟党支书的女子恋……”这些话都出自肺腑，王育才很快又冷静下来，再三向吕红表白并不责怪她。于是俩人和平分手。到下一学期开始以后，吕红已经调到另一个小学去了，而且结了婚。之后不久，王育才也心平气和地完成了一桩重要的事，结婚了。王益民和他女人齐心协力把她的一个远房表妹介绍给育才，就是秋蝉。

王益民现在怀着沉重的使命和甚为急切的心情，骑车来到这座古城饭店的大门口，不禁被那堂皇的高大建筑物镇住了。

天哪！那一根用大理石砌成的明柱，肯定把戴帽中学的全部家当都折掉了。

四

王育才拿出最好的香烟糖果糕点饮料招待王益民，又是随随便便的样子，正是那随便到漫不经意的样子才显出一种阔人阔气的气魄。那些好吃的好喝的好抽的高档次消费品对王育才已是家常便饭，而对王益民这样的小学教育主任就成为超级超常超前享受了。他对享受这些高档消费品感到的不是愉悦而是痛苦，那一罐铝皮饮料的价值就把他一天的工资全喝掉了。尽管花掉的是王育才的钱他仍然觉得太可惜了。王育才不等他开口就猜中了他来找他的事端，而且直言不讳地袒露了事情的全部真相："我要离婚。我要和吕红结婚。我和吕红的婚姻才是最符合道德的。我和秋蝉的婚姻是一种没有感情的死亡的婚姻。尽管我至今仍感谢你在我最困难的时候帮助我娶下一个女人，但我的感情无法从吕红身上移到秋蝉身上。我在做出离婚决定时首先想到的是你，其次才是我的父母，我知道离婚的结果首先伤害的是咱俩的友情，至于断绝父子关系我都没有什么包袱。你和俺爸俺妈骂我的话我都能猜到，但我还是决定离婚。”

王益民倒没有话说了。他一路上组织起说服王育才不该离婚的语言大军全部溃散了。王育才的坦率反倒感动了他。他知道王育才和吕红感情甚笃旧情难逝。他现在只能提出一些具体的困难来让王育才考虑：“孩子怎么办？三个孩子正处于幼学阶段，既要人抚养更需要心灵上的温暖。你想想你离了婚争得了自己的幸福，其实把痛苦不是摆脱掉了而是转嫁到孩子身心上了。与其这样不如将就着全当为了孩子。”

提到孩子以后王育才就哑了口，只顾抽闷烟，随之就哭了：“只有孩子是无辜的。对孩子来说我是十恶不赦的罪人。我在决定离婚的过程中百分之九十九的脑筋都伤在这上头。我只能从财力上保证他们求学读书，从生活上满足他们的一切需求。当然，如果秋蝉能明白一点，我会毫不吝啬地给孩子以父爱的，只是担心秋蝉不会给我这机会。没有办法，我与吕红已经不可分割了。她也和丈夫闹翻了。我无法回头也不想回头了。我已经觉得没有吕红一天都活不下去，父母以及老朋友你根本体味不来我的这种感情。我只希望你给秋蝉多做点解释工作，一来秋蝉是你的亲戚，二来这件事是你好心促成的。你就再不必管其他事了。”

王益民再无话可说。他感到劝解毫无作用，所以就不想多费唇舌。他想骂他又骂不出来。王育才而今比过去坦率了。王育才眼里的那种羞怯已经褪净，一种冷漠，一种淡泊，一种成熟的冷峻，一种经见了大世面后的遇事不惊的老练，所有这些神色把原有的那种根深蒂固的羞怯之色覆盖了或者说排除了。他抽着育才的高级香烟，一支值二毛五分钱，相当于一斤苞谷的市场价格。他一面当教育主任一面种责任田，大脑的一半装着龟渡王戴帽中学的全部教务，另一半装着肥料种子以及各种粮食蔬菜的市场价格。他已经充分感觉到王育才已经不是过去的保长狗崽子也不是龟渡王学校的“穷小教”了，无疑已经是当代社会中最活跃最气魄最会生活的人了。他想，如果王育才不来这个公司而继续在龟渡王教书，那么他会怎么样呢？他会提出与秋蝉离婚与吕红追求真正的“符合道德的婚姻”吗？再退一步说他如果继续背着保长儿子的政治压力呢？想到这儿王益民又自责起来，这种想法本身就是不好的，好像他倒希望王育才继续当狗崽子似的。

记得吕红与别人订婚以后，王育才曾经懊悔不迭地痛骂自己是癞蛤蟆想吃天鹅肉。他劝了他安慰了他。他做到了一个朋友仁至义尽的义务。他亲自跑到秋蝉家，说服了秋蝉又说服了秋蝉的父母，说王育才是个绝对的好青年，保长父亲属保长父亲，王育才本人是最可靠的。直说得秋蝉父亲下了决心，说他完全相信了，权当秋蝉不是嫁给民办教师王育才而是嫁给农民王育才，只要人可靠就行了。王育才当时很感激他们夫妇，保长两口子更是感激不尽。王益民曾经因为他对朋友至诚的帮助而心地踏实。现在，他不仅不能说服王育才反而使自己陷入为难的境地，该怎么对秋蝉说话？怎么去见秋蝉的父母？

记得王育才和秋蝉结婚的时候，他去参加乡间的婚礼，王育才邀他做伴郎，他欣然应允，把秋蝉引回来。王育才在过了一周新婚生活之后，情不自禁地对王益民说："秋蝉不错。勤快俭省，脾性也好，正适合咱这样的家庭，人家这样清白的贫农女子能嫁到咱家，我已经够了。"王益民想把这话重新说给王育才听，想想又觉得没有必要，就告辞了。

临走时，王育才叮嘱他："益民哥，你甭费心了。我知道你是个好心人。你对我的恩情我永远不忘。你在我最困难的时候给了我最大的帮助。即使我要离婚，仍然感激你给我介绍下秋蝉。你的动机百分之百是好的。现在我求你再甭跑冤枉路了，无论俺爹俺妈或是秋蝉找你，你都推开甭管，让他们找我说话。”

王益民说：“这事不用你叮嘱我也不再来了。你的事你自己处理吧！”

五

王益民回到龟渡王村时，王育才的父亲王子杰老汉在村口佯装割草，实际是等待王益民。王益民说了他找育才的经过，子杰老汉听得心里松不滋滋凉不唧唧软不哝哝，气急败坏地说：“益民呀你怎么糊涂了？我叫你无论如何把那狗日的拉回来，你……”王益民苦笑一下说：“好叔哩！那么个大活人儿，我怎么拉得回来？”而且做出一副无可奈何的神气。王子杰老汉问清了地址，迫不及待地当晚就搭末班车进城去了。

王子杰老汉一踏上豪华的古都饭店的廊沿几乎滑了一跤，那地板太光滑了。站在门口的一男一女两个侍者看着粗手笨脚的乡村老汉爬起来不搀不扶而且嗤笑着问找谁。王子杰老汉说他找儿子王育才。他得到放行，开始爬楼梯。他敲响了二楼十九号房间，看见门缝开处露出儿子的脸，气血呼啦一下冲到脑顶，及至他跨进门去看见长沙发上斜倚着一个女人，凭感觉老汉就知道那是吕红，一下子失去控制，一甩手就抽到儿子的脸上。那女人从沙发上跳起来，拉他的胳膊，叫着："大伯有话慢慢说……"子杰老汉嗅到一股浓郁的香气，"呸"地一口吐出去，骂道："婊子！"那女人一甩手走出门去。

子杰老汉已经完全失控。他一抡手，把茶几上的香烟饮料糖果全都扫荡到地上，杯子瓶子罐子在地板上乱滚。他又一把揪住儿子系在脖颈下的紫红领带，扯着拽着往门外拉。儿子育才被勒得直翻白眼，狼狈不堪地挣扎着，以求饶讨好的口气劝父亲坐下说话。子杰老汉说："回家说！这地方我不坐！这是什么地方？婊子院！"这当儿走过来两个服务员，威胁老汉说再不停手就打电话叫警察来，子杰老汉才坐下来。

子杰老汉坐下来仍然盛怒不息地嘲骂："我以为你在城里干什么体面工作，原来是逛窑子！瞅瞅楼上楼下站的跑的都是些啥货，脸上搽的嘴唇涂的耳朵上吊的都是啥？旧社会窑子院也没有这么厉害！你住在这儿能学好？你狗日的跟我回家种地去！"

王育才只是小声劝："爸你骂我尽管骂，你甭胡乱骂人家服务员……"

屎！啥屎服务员！"王子杰不买账，"我当过保长，解放了共产党把我教育好了，没料到你小子倒学坏学瞎了。我当保长也没住过这么阔气的房子！你看你龟孙子穿洋服打领带装贼更像绺娃子！你今日不回家我就死在你面前。”

王育才已经没有任何招架之力。他佯装尿尿就走出房子躲进另一间屋子，让他的公司的同志去打发丧失了理智的父亲。同时叫来一辆出租汽车连拉带哄把子杰老汉送回近郊乡村龟渡王，王育才才得以从尴尬中解脱。

解脱是暂时的。第二天，当王育才坐在桑树镇民事法庭里向赵法官申诉一条一条离婚理由的当儿，他父亲王子杰老汉正站在民事法庭大门口的街道上向赶集上街的男女揭露儿子离婚的内幕，针锋相对。王育才真诚地列出好几条足以说明他和秋蝉没有感情因而是不道德的婚姻的理由，赵法官冷静地甚至无动于衷地问了一句：“既然没有丝毫的感情，那么三个孩子是怎样出来的？”一句话问得王育才张口结舌，虚汗交流。与此情此景形成强烈对比的王子杰老汉获得了完全的成功。他慷慨陈词，言真意切，一件件一桩桩历数自己在前多年顶着黑斑头的困难日月里，王育才的龟孙相可怜样儿，秋蝉怎么来到这个家，怎么贤惠，怎么勤俭，根本不多嫌这个倒霉的家庭，一下子把听他演说的男女感动了，一齐骂王育才忘恩负义不是个东西。王子杰老汉得到众人的呼应，更加来劲地斥责儿子的背叛行为，骂儿子是无情无义没有人性的畜生，是豺狼是浑蛋是陈世美是杂种。人们纷纷议论，像王育才那样的儿子如今并不少见而像王子杰这样知情仗义的老子倒是少有的。消息从桑树镇反馈回龟渡王，子杰老汉的威望空前高涨。

王益民听到这一切时很平静。他是教育主任经常读书看报，一知半解当今社会潮流总的趋向是有利于王育才追求“真正的符合道德的婚姻”的，然而乡村人依然敬佩王子杰这种重情义的侠贤心肠。他无法确定自己站在哪一边去反对另一边。只觉得自己已无能为力只好任其自然发展。

王子杰老汉时常来找他，不断把这桩离婚案的进展情况汇报给他。“法官判了不准离。”王子杰得胜似的告诉他，“看那狗日的还要咋样？”过了半年，王子杰又神色紧张地说：“益民，那狗日的又告到法院了。”随之又大惑不解地问：“头回告了判下不准离就完了嘛，怎么还容得再告？没完没了了？”他显然不懂得关于离婚法律的特殊规定。过了半年老汉又得意地说：“再告也是白告，赵法官还是判下个不准离婚。狗日的爱告尽管告，赵法官是个好法官，再告一百次也是白告。”这场离婚官司便旷日持久旷年持久地拖延下来，以至王子杰老汉自己也磨得发不起火来。对王益民报告案件进展时的口吻也像说别人的闲话一样：“又告了……爱告告去！”

王益民甚至同情起王育才来。当离婚事件发生时他同情秋蝉是自然的事。现在他依然同情秋蝉也同情王育才。秋蝉虽然得到阿公阿婆的诚心相待全力袒护，毕竟代替不了丈夫。育才和吕红虽然感情呼应仍然摆脱不了偷偷摸摸的被动局面，理想的“符合道德的婚姻”好梦难圆。王益民的同情心产生不久，又被突如其来的一件事冲淡了，这就是吕红丈夫的来访。

吕红的丈夫是个工人，他给王益民第一眼的印象正与他的职业完全吻合。他很率直，衣服穿着很随便，上衣是一件新潮夹克，肩上和臂上以及胸部附加了许多带儿和扣儿，衬衣的领子在脖子里窝叠着；人长得粗壮，一颗硕大的头。他开宗明义地说：“我来找你是听说你既与王育才交好也认识吕红，希望你劝一劝王育才也劝一劝吕红。”他声明他之所以不愿意离婚并不是离了吕红就再找不到媳妇，完全是咽不下这口气，王育才太欺侮人了。他警告说，他的工友哥儿们早已不能忍受暴发户欺侮已不吃香的工人阶级，要砸断暴发户王育才的狗腿，要把王育才的眼珠挖出来当泡儿踩，之所以没动手，只是因为觉得犯不着为了一个臭婊子吕红让哥儿们受牵连吃官司。

自称已不吃香的“工人阶级”向王益民诉说了他和吕红成亲的经过。那时候他在省建筑三公司当工人，有三个和他同时进厂的女工追求他，只是因为全是外省籍而遭到父亲反对。父母坚决要给他找一个本乡本土的媳妇，最不行也得是个陕西人，于是吕红大得父母的欢心。他也承认他父母喜欢吕红，见了一面就喜欢上了。他不知道吕红曾经与王育才有过恋爱史，后来知道了也宽容了她。问题在于已经有了一女一男两个孩子了，吕红仍然旧情萌发，把他闪到半路地里真是哭笑两难。他让王益民给王育才捎话过去：暴发户王育才欺侮已不吃香的工人阶级是没有好下场的。

王益民又为王育才深深地担心了。他整日提心吊胆，似乎随时都可能飞来一个王育才被打残的噩讯。他想提醒他警告他又见不着王育才。他又一次找到古都饭店二楼十九号，房子早已换主儿，再也打听不到王育才的下落了。他仍然忧心忡忡。

吕红的父亲接着来访。这位已退位的吕家村的老支书本该休养生息，安度晚年，却被女儿的婚变搅得焦头烂额。他一面痛斥女儿不检点的行为，一面又对自己过去在女儿婚事上的自作主张后悔不及。他说他完全是为了女儿吕红好而想不到弄了窝囊事。他说在当时的情况下，眼瞅着女儿与一个保长儿子结婚，不仅他做党支书的父亲通不过，亲戚朋友也没一个通得过。怎么也想不到而今世事会变成这样。老支书恳切地说：“益民呀！你和叔认识也不是一天两天了，你就好心好意劝一下育才，甭瞎折腾了。都四十的人了，还能再活四十呀！四十岁的人为儿女活着，甭伤了儿女，俩人都有儿有女，折腾不起呀！只要他一收心，我收拾红红也好办了。人到事中迷，需得朋友点明要害……你全当为叔除去心病，好生劝一劝育才。”

王益民被感动了，他送走老支书，心情愈加沉重。我的天爷呀！育才要追求理想的“符合道德的婚姻”的背后，联结着多少人的焦虑忧愁的痛苦。只剩下吕红没有来找他了，所有与这桩离婚案有牵连的人都一次或多次找过他了。王子杰老汉不必说。王育才的母亲不必说。秋蝉自然也不必说。秋蝉的娘家父母找他使他十分难堪地无言以对。吕红的丈夫和吕红的父亲现在也都找过他了。两个家庭的几十个成员都被搅得吃饭不香睡觉不酣。他们都知道他和王育才是朋友，是可以解除他们苦恼的人。然而王益民却毫无办法，他根本说服不了王育才。

吕红最终也来找王益民了。这位女性的到来，才真正摇撼了王益民的心，使他大吃一惊大睁双眼惊骇不已……

六

又一个灵魂在王益民面前痛苦地颤抖。

当吕红走进龟渡王学校的大门的时候，那些认识她的老师和不认识她的新教师全都像看珍禽异兽一样瞪起了好奇的眼睛。她在龟渡王学校任教时和王育才的恋爱产生过轰动本校的效应。她停薪留职跟上王育才到某公司去挣大钱在全乡教职员中产生了轰动效应。她和王育才在某公司旧情复发的桃色事件的轰动效应扩及全县的教职工。她和王育才偷偷在教育主任王益民的房子做爱的事更使龟渡王的新老职员无人不晓。她现在敢于硬着头皮再次走进龟渡王学校的校园其实已谈不上勇气，王益民第一眼就发现这位女教师的神经有点不大正常。

吕红显然已不是当年在龟渡王学校任教时的吕红了。姑娘的特有的红色从脸上褪失净尽，脸色呈一种非自然的白色，那是过多施用脂粉的结果。无论什么现代化妆品都无法挽回已失去的青春。王益民首先感到的不是这些浅显的变化而是吕红的眼睛。吕红的眼睛里是绝望和恐惧，恰如一个人得知了自己的生死簿上的秘密，吕红一坐下就说：“王老师，我是实在无路可走了才来求你，现在只有你能救我了……”

王益民搞不清何以这样。就问：“怎么回事？吕红，你慢慢说。”他顺手闭了门。

“你的朋友王育才……是个野兽！”吕红咬着牙说，“是个吃人不吐骨头的豺狼！”

王益民惊奇地问：“你怎么也骂他？”

“他把我害得好苦！”吕红说，“我一直觉察不出他对我设着圈套……”

王益民更迷惑不解：“他怎么会对你设圈套？”

吕红这才告诉他，王育才和她私下里已说好约定：他和秋蝉离婚，她和丈夫离婚。现在，自己已和建筑工人的丈夫离了婚，王育才却突然从桑树镇民事法庭抽回了起诉，不离了……

王益民愈加迷惑：“那为啥？”

“报复！报复报复报复！”吕红癫狂了似的喊，“他要报复我！恶毒的报复！”

“他怎么会报复你？”王益民问，“他和秋蝉的离婚案闹了四五年了，怎么会报复你？”

“全是假的！”吕红说，“他一次一次上诉，又一次一次托人暗里给赵法官塞钱，不要判决离婚。他一直把这场假戏演到我离婚才……”

“啊呀！我的天……”王益民半信半疑。

吕红哭了：“我怎么办？我已离婚了。他在耍我。他记着旧仇。他说他才出了一口气。他说君子报仇十年不晚。他说我当初欺侮了他，我丈夫也欺侮了他，我父亲欺侮了他，全都是欺侮了他有个政治黑疤……现在全都报复了！”

“我信不下！”王益民说，“我信不下去！王育才真会这样歹毒？你们恋爱失败时，他亲口给我说‘并不怪责’你吕红嘛！”

吕红苦笑着摇摇头：“王老师，我唯一求你一件事，你去找找王育才，说我死了。他如果还记得我对他全是一片真心，如果还能原谅我当初的动摇，权当说的‘势利眼’也行，我只有一丝希望了……”

王益民突然涌起一股强大的责任感，大声肯定说：“吕红你千万别急，绝对不能走绝路，也千万不敢急出毛病来。我明天就去找王育才，你一定等我见了他以后咱们再面谈……”

王益民虽然热诚有余，心中却不免打鼓，如果真如吕红所述，他能扭转王育才吗？他已经比较切实地想另一条路，设法使吕红与那个建筑工人复婚。他说：“万一不行，我去找你丈夫，争取和解……”

吕红冷笑一声："那样的路我还能走吗？那比死艰难十倍！"

未等第二天王益民去找王育才，王育才当晚打电话找王益民来了。

王益民一接上电话就迫不及待："育才育才你说你现在在哪里？我有话要找你说。"

王育才却冷静地说："我们永远不会再见面了我的好朋友。你不要再问我的住址，我们抓紧时间说几句话。"

王益民有点激动，一时找不到说话的头绪。

王育才问："吕红是不是找你了？"

王益民答："是的是的。到底怎么回事？"

王育才说："吕红说给你的事是真的。我已经抽回了离婚诉状，但并不是说我要回龟渡王了。请你告诉父母和秋蝉以及孩子，请他们忘掉我，权当这世界上压根儿就没有过我。"

王益民急了："这到底为什么？"

王育才说："不要问'为什么'。我只告诉你，吕红已经离婚了，这是我的圈套。我要报复。我已经报复了。我和吕红恋爱失败时就等着这一天。这一天终于等到了。我当时太痛苦了，她和她父亲完全想不到被扔掉的女婿会是怎样的痛苦，我现在叫他们亲自感受一下。她的那个丈夫当时比我优越的唯一一条是家庭出身好，而吕红选择了他却舍弃了我。让他现在尝一尝此中滋味，也就理解当初我的苦处了……”

王益民实在忍不住了：“你是个毒虫！王育才——你是个歹毒的家伙！”

王育才说：“我曾经是个羞怯的青年……”

王益民说：“假的！你的羞怯是假装的！你的骨子里是歹毒残忍惨无人道！”

王育才却依然冷静：“朋友你说错了。我的羞怯是真实的。我的太多羞怯使我苦恼。我现在又因为那种羞怯丧失殆尽而惋惜。”

王益民骂：“你害了多少人……”

王育才说：“首先是这些人先伤害了我。”

王益民回转了口吻：“育才，我们甭辩嘴了。我需要冷静，你更需要冷静，你无论如何告诉我你的住址，咱们见上一面，想想挽回残局的办法，一切还不是完全无望的。”

王育才说：“不必了，我明天就要走了。”

王益民又急了：“你到哪里去？我敢说世界上没有容你的地方！你的良心也宽容不得……”

王育才说："我要找一个恰恰能容我的地方。我已经不想再挣钱了。顺便告诉你，我所在的这个公司纯粹是个不摊本只赚钱或者说是光骗钱的公司。我对骗钱也觉得腻了。"

王益民："你到底要干什么？"

王育才："我要找一个能使我恢复羞怯的地方去。你想想，还不明白吗？"

王益民一时转不过弯："我想不来！你干脆回学校来吧？"

王育才轻轻叹口气："我已经不可能再回到讲台上去训导别人子弟了，那地方太神圣，我不配。我正在钻营的这种公司也不干了，越干我越无耻。我又不想自杀，我想在我恢复了人应有的那一点羞怯之后，再论死生之事吧！"

王益民沉默了。

一九八八年

霞光灿烂的早晨

不管夜里睡得多么迟，饲养员恒老八准定在五点钟醒来。醒来了，就拌草添料，赶天明喂完一天里的第一槽草料，好让牲畜去上套。

他醒来了，屋子里很黑。往常，饲养室里的电灯是彻夜不熄的，半夜里停电了吗？屋里静极了，耳边没有了缰绳的铁链撞击水泥槽帮的声响，没有了骡马踢踏的骚动声音，也没有牛们倒嚼时磨牙的声音。炕的那一头，喂牛的伙伴杨三打雷一样的鼾声也没有了，只有储藏麦草的木楼上，传来老鼠窸窸窣窣的响动。

唔！恒老八坐起来的时候，猛乍想起，昨日后晌，队里已经把牲畜包养到户了。那两槽骡马牛驴，现在已经分散到社员家里去饲养了。噢噢噢！他昨晚睡在这里，是队长派他看守一时来不及挪走的农具、草料和杂物，怕被谁夜里偷了去。

八老汉拉亮电灯，站在槽前。曾经是牛拥马挤的牲畜圈里，空荡荡的。被牛马的嘴头和舌头舔磨得溜光的水泥槽底，残留着牲畜啃剩的麦草和谷秆。圈里的粪便，冻得邦邦硬，水缸里结着一层麻麻花花的薄冰。

忙着爬起来干什么呢？窗外很黑，隐隐传来一声鸡啼，还可以再睡一大觉呢。屋里没有再生火，很冷。他又钻进被窝，拉灭电灯，和衣躺着。合上眼睛，却怎么也不能再次入睡……

编上了号码的纸块儿，盖着队长的私人印章，揉成一团，掺杂在许多空白纸块揉成的纸团当中，一同放到碗里，摇啊搅啊。队长端着碗，走到每一个农户的户主面前，由他们随意拣出一只来……抓到空白纸团的人，大声叹息，甚至咒骂自己运气不好，手太臭了！而抓到实心纸团的人，立即挤开众人，奔到槽头去对着号码拉牲畜。一头牛，一头骡，又一匹马，从门里牵出来了，从秋天堆放青草的场地上走过去，沿着下坡的小路，走进村子里去了。

队里给牲畜核了价，价钱比牲畜交易市场的行情低得多了，而且是三年还清。这样的美事，谁不想抓到手一匹马，哪怕是一头牛哩！恒老八爱牛，要是能抓到一头母牛，明年生得一头牛犊，三年之后，白赚一头牛了，唉唉，可惜！可惜自己抓到手的，是一只既不见号码，也不见队长印章的空白纸团……

不知从哪个朝代流传下来抓阄的妙法，一直是杨庄老队长处理短缺物资的唯一法宝。过去，队里母猪生了崽，抓阄。上级偶尔分配来自行车、缝纫机或者木材，抓阄。分自留地、责任田，抓阄。十年不遇的一个招工名额，仍然抓阄。公道不公道，只有阄知道。许多争执不下的纷扰，都可以得到权威的解决。老好人当队长，为了避免挨骂和受气，抓阄帮了忙。虽然没能得到一头牲畜，恒老八不怨队长。队长本人也没抓上嘛！

“老八，你今晚……在饲养室再睡一夜。”分完牲畜，队长说。

“还睡这儿做啥？”恒老八瞅着牛去棚空的饲养棚。

“看守财产。”

“你另派人吧！”老八忽然想到，在没有牲畜的饲养室里，夜间睡下会是怎样的滋味儿哩！

“你的铺盖还在。省得旁人麻烦……”

吃罢晚饭，老八像往常一样，在朦朦的星光下，顺着那条小路走到远离村庄的饲养场。他坐在炕头，一锅连一锅抽旱烟，希望有人来这儿说说闲话，直到他脱衣落枕，也没有一个人来叩门。往昔里，饲养室是村里的闲话站。只有伙伴杨三的儿子匆匆进来，取走了他老子的被卷，一步不停地转身走了。杨三抓到手一头好牛，此刻肯定在屋里忙着收拾棚圈和草料，经管他的宝贝牲畜哩！

杨三抓到的那头牛，是本地母牛和纯种秦川公牛配育的，骨架大，粗腿短脖颈，独个拉一具大犁……八老汉早在心里祈愿，要是能抓到这头母牛就好了，可惜……这牛到了杨三家里，准定上膘，明年准定生出一头小牛犊。人家的小院里，该是怎样一种生气勃勃的气派……他嫉妒起杨三来了。

满打满算，杨三不过只喂了两年牲畜，却抓了一头好牛。杨恒老汉整整喂了十九年牲畜了。“瓜菜代”那年，队里牲畜死过大半，为了保住剩下的那七八头，队长私自分到社员家保养。养是养好了，上级来人却不准分，立时叫合槽。大伙一致推选他当饲养员。经过干部社员的商议，为了给塬坡上的田地施肥方便，咬着牙把饲养场从村里搬迁到坡上来了。

从新盖起的饲养场到小小的杨庄，有两华里坡路。青草萋萋的地塄上，他踩踏出一条窄窄的小路；阴雨把小路泡软了，一脚一摊稀泥；风儿又把小路吹干了，变硬了，脚窝又被踩平了。日日夜夜，牛马嚼草的声音，像音乐一样和谐悦耳；牛马的粪便和草料混合的气味灌进鼻孔，渗透进衣裤的布眼儿……

这样的生活今天完结啰！从明天开始，他就要在自个的责任田里劳作了；晚上嘛，和贤明的老伴钻进一条被筒，脚打蹬睡觉啰！整整十九年来，他睡在塬坡上的这间饲养棚里，夏天就睡在门外的平场上，常常听见山坡沟壑里狼和狐狸的叫声。想起来，他自觉尚无对不起众社员的地方。集合起来的那七八头牲畜，变成了现在的二十头，卖掉的骡驹和牛犊，已经记不清了。可惜！没有抓到一头……

挂在木格窗户上的稻草帘子的缝隙里，透出一缕缕微微的亮光。山野里传来一声声沉重的哼哧声，伴和着车轮的吱吱响，响到屋后的小路上来了。谁这样早就起来干活呢？家伙！

一听见别人干活，恒老八躺不住了。他拉亮电灯，溜下炕来，一边结着腰里的布带，一边走到门口。他拉开门闩，一股初冬的寒风迎面扑来，打个寒战，走出门来，场地上摊开的草巴巴上结着一层霜。地塄上的榆树和椿树，落光了叶子的枝丫上，也结着一层厚厚的白霜。灰白的雾气，弥漫在坡坡沟沟上空，望不见村庄里高过屋脊的树梢，从村庄通到塬坡上来的小路上，有人弓着腰，推着独轮小车，前头有婆娘或女儿肩头挂着绳拽着。那是杨云山嘛！狗东西，杨庄第一号懒民，混工分专家，刚一包产到户，天不明就推粪上坡了，勤人倒不显眼，懒民比一般庄稼人还积极了。好!

八老汉鄙夷地瞅着，直到懒民和他的婆娘拐进一台梯田里。他想笑骂那小子几句，想想又没有开口。懒民在任何人当队长的时候，都能挣得全队的头份工分，而出力是最少的；懒民最红火的年月，是乡村里兴起凭唱歌跳舞定工分那阵儿……好！一包产到户，懒民再也打不到混工分的空隙了！看吧，那小子真干起来，浑身都是劲哩！既然懒民都赶紧给责任田施冬肥，恒老八这样的正经庄稼人还停得住吗？回，赶紧回去。“冬上金，腊上银，正月上粪是哄人。”要是捂下一场雪来，粪土就不好进地了。

恒老八返身走回屋里，把被子卷起，挟在腋下，走过火炕和槽帮之间狭窄的过道，在尽了最后一夜看守饲养室的义务之后，就要作永久性的告别了。回头一望，地上撒满草屑，以及昨日后晌抓阄分牲畜时众人脚下带来的泥土，扔掉的纸块，叫人感觉太不舒服了。老汉转过身，把被子扔到炕上，捞起墙角的竹条长柄扫帚，把牲畜槽里剩下的草巴巴扫刷干净，然后从西头扫起，一直扫到门口。他放下扫帚，又捞起铁锨，想把这一堆脏土铲出去。刚弯下腰，肩膀猛地受到重重的撞击，铁锨掉在地上了——一匹红马，扬着头，奔进门来，闯到圈里去了。

恒老八呆呆地站在原地，盯着红马闯进圈里，端直跑到往常拴它的三号槽位，把头伸进槽道里，左右摇摆，寻找草料，打着响鼻，又猛地扬起头来，看着老八，大约是抱怨他为啥不给它添草拌料？

老汉鼻腔里酸溃溃的，挪不开脚，呆呆地站着。红马失望地从圈里溜达出来，蹄下拖着缰绳，站在老八跟前，用毛茸茸的头抵他的肩膀，用温热的嘴头拱老八的手，四蹄在地上撒娇似的踢踏。

八老汉瞧瞧红马宽阔的面颊，慢慢弯下腰，拾起拖在地上的缰绳，悄悄抹掉了已经涌出眼眶的泪水。这匹红马出生时，死了老马，是他用自家的山羊奶喂大的（队里决定每天给他五角钱羊奶的报酬）。这匹母马，已经给杨庄生产队生过三头骡驹了。

“哈呀，我料定它在这儿！”

八老汉一抬头，红马的主人杨大海正从门口走进来，笑着说。

“整整踢腾了一夜。嘿呀呀！闹得我一夜不敢合眼。好八叔哩，你想嘛，八百块，我能睡得着吗？”杨大海咧着大嘴，感慨地叙说，“天明时，我给它喂过一瓢料，安定下来，我才躺下。娃娃上学一开街门，它一下挣断缰绳，端直往这儿跑！”

“唔！”恒老八一听，心里又涌起一股酸溃溃的东西，支吾着。红马大约还不习惯在大海家窄小的住室里过日月吧，马是很重感情的哩！

杨大海表示亲近地抚摸一下红马披在脖颈上的鬃毛。红马警惕地一摆头，拒绝大海动手动脚。大海哈哈一笑，说：“它亲你哩！八叔。”

“给马喂好些，慢慢就习惯咧！”恒老八把缰绳交到大海手里说，“回吧！”

“唉！要是我能抓到一头牛就好咧！”大海接住缰绳惋惜地说，“‘八百块’拴在圈里，出门一步都担心。人说务马如绣花。把我的手脚捆住了，出不了门咧！女人家喂牛还凑合，高脚货难服侍……”

话是实话。八老汉信大海的话。大海是个木匠，常年在外村盖房做活，多不在家，屋里一个女人，要养一匹马，也是够呛的。万一照顾不周到，损失不是三块两块。

“要是你能抓到这红马，那就好哩。你一年四季不出门，又是牲畜通。一年务得一匹小驹儿，啥收入？”大海说，“却偏偏又抓到我手里。”

假话！八老汉在心里肯定。昨天大海一抓到红马，连停一步也不停，拉回屋去了。他即使真不想养，怕耽搁了他盖房挣钱的门路，也不会把马转让给别人的。敢说像红马这样的头等牲畜，一上市，准保卖过千二，净捞四百，大海是笨人吗？

“那……你转让老叔养吧！”老八故意试探一下精明的大海，“咋样？”

“嘿嘿嘿嘿嘿！”大海笑起来，不说话了，半晌才支吾说，“暂时先凑合着。嘿嘿嘿嘿嘿……”

“快走吧，咱俩都忙。”

看着大海拉着红马，走出门，呵斥着趔趔趄趄红马，下了坡，他反过身，咣当一声锁上门，夹着被卷，走出饲养场的大院了。

天明了，初冬清晨常有的灰雾似乎更浓了。从村庄通塬坡梯田的土路上，男男女女，已经穿梭般往来着推车挑担的社员。土地下户，闲了干部。不用打铃不用催，你看一个个男女腿脚上那一股疯劲儿！

恒老八下了坡，刚到村口，老伴迎面走来：“你不看看，人家都给麦地上粪哩，你倒好，睡到这时光！”

“咱也上嘛！”老八说，“回去就干。”

老伴是贤明的，也不再多舌，转身就走。

“八叔——”玉琴跑着喊着，挡在当面，“我那头黄牛，不吃草咧。你去给看看——”

恒老八瞧着玉琴散乱的头发，惊慌的神色，心软了。男人在县供销社工作，她和婆婆拖着俩娃娃，还好强地要养牛。三十出头的中年媳妇，大约从来也没喂过牲口哩！现在却养牛。

不等老八开口，八婶转过身来：“各家种各家的地，过各家的日月了。他给你家去看牛病，谁给他记工分？”

“你这人——”老八瞪起眼，盯着老伴，这样薄情寡义的话，居然能说得出口来，还说她贤明哩！

“好八婶哩！八叔给牛看病，耽搁下工夫，我——”玉琴难为地说，“我哪怕给你老纳鞋底儿——顶工哩！”

“净胡说！”老八摇头摆手，“话说到哪里去了。”

“嗨呀！我说笑话嘛！”八婶勉强笑笑，算是圆了场，转身走了。

在一明两暗的三间大房中间的明间里，过去是招待来客的地方，现在拴着大黄牛，草料临时搅拌在淘洗粮食的木盆里，地上堆着黄牛的屎尿。

玉琴的婆婆站在院里，慌慌乱乱地向老八抱怨儿媳妇：“我说咱家里没男劳力，养不成牛。铡草起圈，黑天半夜拌草，你一个屋里家，咋样顾揽得起！玉琴偏不听，非要抓阄不可。你看看，现时弄得牛耍麻达……”

“你先甭嘟囔我，让八叔给牛看看。”

玉琴顶撞婆婆，“你儿子要是一月能挣回七八十，我才不爱受这麻烦哩！”

老婆婆噘着嘴，站在一边不吭了。

玉琴的男人在县供销社工作，挣得四五十块钱。屋里老的老，小的小，年年透支一百多，这个好强的媳妇，在家养猪养鸡，上工挣分，比个男人还吃得苦。看着别人都抢着抓阄，她知道牛马价钱比市场上便宜，也抓，一抓就抓了一头黄牛。八叔很赞成这个泼辣勤苦的年轻媳妇。他不好参与婆媳俩的争执，径自走到黄牛跟前去了。

老八一把抓住牛鼻栓，一手拉出牛舌头来，看看颜色，放开了，又捏一捏牛肚子，摸摸耳朵，转过身来，那婆媳二人愣愣地站在那里，大气不出。他从腰里摸出一只布夹，抽下一支三棱针，抓住牛耳朵，放了血，命令道："取两只烂鞋底，点一堆火。"

老八接过玉琴递来的鞋底儿，在老人点燃的麦秸火上烤着，直到烤得鞋底热烫，再按到黄牛肚皮上，来回搓揉。

"你照我的办法，就这样熨搓。"老八叮嘱玉琴说，"到吃早饭时，我再过来看看，好了就好了，不行的话，再拉到兽医站去。"

"你甭走，八叔——"玉琴担心地说，"我怕——"

"甭怕。没事。"老八笑笑，宽解地说，"牛夜里受了点凉气，没大病。往后把屋子收拾严点。"

"没事就好。老八，甭走！"老婆婆已经端着一只碗从灶房走来了，"你吃点。"

"啥话嘛！"老八一瞅递到胸前来的碗里，沉着三个荷包蛋，大声谢绝。他在饲养室里多少次治好牛马的小伤小病，也就是那么回事了。给社员的牲畜小施手术，就受到这样的款待，真是叫八老汉感慨系之。他大声说，"给娃娃吃！我一个老汉，吃鸡蛋做啥？"

婆媳二人，挽留不住，左右两边厮跟着，说着感恩戴德的话，送到门口。八老汉受到这样诚心实意的送行，反倒觉得别别扭扭，刚一出街门，头也不回，只摆摆手，大步走了。

恒老八倒背双手，在杨庄街道里走着。走到杨社娃庄院门口，他看见社娃年近七十的老子杨大老汉，正挑着一副担笼从门里出来。没良心的杨社娃把孤独一人的老子扔在老屋里，领着婆娘和儿子住到新盖的三间新房里来，两年多了，不给老汉一分零用钱，气得老汉到公社去告状。杨大老汉怎么在儿子的新房里出出进进呢？他不是在杨庄街道里大声嘲骂过儿子是“杂种货”吗？

杨大扔下担笼，向老八招手。

“你看狗日鬼不鬼！”杨大说，“昨日后晌抓到一头牛，不等天黑就跑过去，把我拉过来，要我跟他一起过活！”

“唔呀！”老八真是意料不到。

“想叫咱给他当马夫！”杨大一针见血指出，“你当那小子良心发现咧？鬼！”

“那你为啥要过来呢？”老八笑问。

“唉！总是咱的种嘛！”杨大粗鲁地说，“看着他不会服侍牲畜，咱心里也过不去。再说，娃低头认错了，那婆娘也……唉，和儿女置的啥气嘛！”

“对对对！”老八附和说，“总是亲生骨肉哩！”

“他图得有人管牲畜，我图得能吃一口热饭。”杨大说，“混到死算咧！”

杨大的口气是舒悦的，老八听得出，看得到，这可真是杨庄的一桩新闻哩！人都争着干哩，老八感到一种不寻常的气氛在杨庄村巷里浮动。

“刚才，公社郑书记在门口碰见我，问你哩！”杨大说，“说不定现时正在你屋等你。”

“郑书记？找我做啥？”老八说，“现在还有啥公事哩？”

老八磕了烟灰，朝村子西头走，老远就看见郑书记站在自家门口的粪堆前，帮老伴敲碎冻结的粪疙瘩，还笑着说着什么。作为模范饲养员，郑书记给他戴过花，发过奖状，现在还贴在屋里正面墙上。现在，土地分户种了，牲畜分户养了，郑书记到村里来，还有啥事可干呢？

“老杨，听大海说，你见了红马，还落了泪？”郑书记哈哈笑着，“是吗？”

老八咧着嘴，不好意思地笑笑。

“我信哩！你为那些四条腿熬费过心血，有感情哩！”郑书记蹲下来，掏出烟袋，“我倒是想，你们杨庄不分牲畜行不行？已经分槽的那些队，有利也有弊。好处是人人都经管得用心了，牲畜肯定能养好。不利的是，家家都添了许多麻烦，特别是没男劳力的家庭，不养牲畜，地不好种；养吧，很费事劳神哩！我倒是想在杨庄试一试，牲畜集体养，是否更好些？这儿，有你这个老模范，其他队比不得。”

“已经分了。”老八说，“分了好。”

“我来迟了一步。”郑书记说，“算了。”

“土地下了户，牲畜不分不行咧！”老八说，“用起来不好分配。”

他给郑书记举出一桩事例来——

去年，队里抽出两犋牲畜给社员种自留地。轮到杨串串的时候，那家伙天不明拉走牲畜，直到半晌午还不见送回来，急得八老汉赶到地里，天爷呀，老黄牛累得躺在犁沟里爬不起来，杨串串手里抡着鞭子，牛身上暴起一道道鞭子抽击后的肉梁，嘴里吊着一尺长的涎沫，浑身湿透。

“你想想，现在土地下了户，家家户户地更多了。不分行不行？”老八叙说了这件使他伤心的事，慨然告诉郑书记，“前日，队长征求我的意见，问牲畜分不分？我说分，坚决分；分了自家都知道爱惜牲畜。要不，扯皮闹仗的事才多哩！”

郑书记点点头，表示同意老八的意见：“这是各队分牲畜的主要原因。”

“问题是，现在好多三十来岁的年轻社员不会喂牲畜，特别是高脚货（骡马）。”郑书记又说，“问题很普遍。我今日来，想请你到咱公社广播站，讲讲牛马经。”

“我说不了话……”老八着实慌了。

“好多人要求请你讲哩！”郑书记说，“我还想办业余农校哩！土地包产到户，社员要求科学种田心切！往常，挣不操心的工分，糊里糊涂种庄稼，土地一分到户，好多年轻人连苗子的稀稠都搞不准，甭说高产了。”

“倒是实话！”老八说。

“我还得找队长，要帮社员安排好牲畜棚圈，不能一分就不管了。”郑书记说，“一言为定，明天晚上到公社来，我在广播站等你。讲一小时两块，按教授级付款！”

太阳已经升到碧蓝的天际，雾气已经散尽，冬日的阳光，温暖灿烂，街道里的柴禾堆，一家一户的土打围墙，红的或蓝的房瓦，光秃秃的树枝，都沐浴在一片灿烂的晨光里。

“跟你商量一件事。”走进房，恒老八蹲在灶锅跟前，对着扑出灶膛的火焰点着旱烟，给老伴说，“咱得买牛。”

“钱呢？”老伴停住了拉风箱的手。

“不是有嘛！”

“那是给娃结婚用的。”

“缓半年。”老八说，“先买牛。庄稼人不养牛，抓摸啥呢？”

“那得一疙瘩钱哩！”

“暂时紧一紧。一年务育一头牛犊，两年就翻身了。现时处处包产到户，牛价月月涨。”老八说，“放心，我没旁的本事，喂牛嘛，嗨嗨……”

老伴从灶下站起，揭开锅盖，端出一碗荷包蛋，放到老八面前，五十多岁的老妇人，居然嗔声媚气地说：

“吃吧，吃得精神大了，再满村跑着去给人家看牛看马……”

老八却像小孩一样笑眯了眼睛。

一九八二年五月十五日改定于延安

附录二　陈忠实经典散文选

原下的日子

一

新世纪到来的第一个农历春节过后，我买了二十多袋无烟煤和吃食，回到乡村祖居的老屋。我站在门口对着送我回来的妻女挥手告别，看着汽车转过沟口那座塌檐倾壁残颓不堪的关帝庙，折回身走进大门进入刚刚清扫过隔年落叶的小院，心里竟然有点酸酸的感觉。已经摸上六十岁的人了，何苦又回到这个空寂了近十年的老窝里来。

从窗框伸出的铁皮烟筒悠悠地冒出一缕缕淡灰的煤烟，火炉正在烘除屋子里整个冬天积攒的寒气，我从前院穿过前屋过堂走到小院，南窗前的丁香和东西围墙根下的三株枣树苗子，枝头尚不见任何动静，倒是三五丛月季的枝梢上暴出小小的紫红的芽苞，显然是春天的讯息。然而整个小院里太过沉寂太过阴冷的气氛，还是让我很难转换出回归乡土的欢愉来。

我站在院子里，抽我的雪茄。东邻的屋院差不多成了一个荒园，兄弟两个都选了新宅基建了新房搬出许多年了。西邻曾经是这个村子有名的八家院，拥挤如同鸡笼，先后也都搬迁到村子里新辟的宅基地上安居了。我的这个屋院，曾经是父亲和两位堂弟三分天下的“三国”，最鼎盛的年月，有祖孙三代十五六口人进进出出在七八个或宽或窄的门洞里。在我尚属朦胧混沌的生命区段里，看着村人把装着奶奶和被叫作厦屋爷的黑色棺材，先后抬出这个屋院，再在街门外用粗大的抬杠捆绑起来，在儿孙们此起彼伏的哭号声浪里抬出村子，抬上原坡，沉入刚刚挖好的墓坑。我后来也沿袭这种大致相同的仪程，亲手操办我的父亲和母亲从屋院到墓地这个最后驿站的归结过程。许多年来，无论有怎样紧要的事项，我都没有缺席由堂弟们操办的两位叔父一位婶娘最终走出屋院走出村子走进原坡某个角落里的墓坑的过程。现在，我的兄弟姊妹和堂弟堂妹及我的儿女，相继走出这个屋院，或在天之一方，或在村子的另一个角落，以各自的方式过着自己的日子。眼下的景象是，这个给我留下拥挤也留下热闹印象的祖居的小院，只有我一个人站在院子里。原坡上漫下来寒冷的风。从未有过的空旷。从未有过的空落。从未有过的空洞。

我的脚下是祖宗们反复踩踏过的土地。我现在又站在这方小小的留着许多代人脚印的小院里。我不会问自己，也不会向谁解释为了什么，又为了什么重新回来，因为这已经是行为之前的决计了。丰富的汉语言文字里有一个词儿叫龌龊。我在一段时日里充分地体味到这个词儿的不尽的内蕴。

我听见架在火炉上的水壶发出“噗噗噗”的响声。我沏下一杯上好的陕南绿茶。我坐在曾经坐过近二十年的那把藤条已经变灰的藤椅上，抿一口清香的茶水，瞅着火炉炉膛里炽红的炭块，耳际似乎萦绕着见过面乃至根本未见过面的老祖宗们的声音：嗨！你早该回来了。

第二天微明，我搞不清是被鸟叫声惊醒的，还是醒来后听到了一种鸟的叫声。我的第一反应是斑鸿。这肯定是鸟类庞大的族群里最单调最平实的叫声，却也是我生命磁带上最敏感的叫声。我慌忙披衣坐起，隔着窗玻璃望去，后屋屋脊上有两只灰褐色的斑鸠。在清晨凛冽的寒风里，一只斑鸠围着另一只斑鸿团团转悠，一点头，一翘尾，发出连续的“咕咕咕……咕咕咕”的叫声。哦！催发生命运动的春的旋律，在严寒依然裹盖着的斑鸠的躁动中传达出来了。

我竟然泪眼模糊。

二

傍晚时分，我走上灞河长堤。堤上是经过雨雪浸淫沤泡变成黑色的枯蒿枯草。沉落到西原坡顶的蛋黄似的太阳绵软无力。对岸成片的白杨树林，在蒙蒙灰雾里依然不失其肃然和庄重。河水清澈到令人忍不住又不忍心用手撩拨。一只雪白的鹭鸶，从下游悠悠然飘落在我眼前的浅水边。我无意间发现，斜对岸的那片沙地上，有个男子挑着两只装满石头的铁丝笼走出一个偌大的沙坑，把笼里的石头倒在石头垛子上，又挑起空笼走回那个低陷的沙坑。那儿用三脚架撑着一张钢丝箩筛。他把刨下的沙石一锨一锨抛向箩筛，发出连续不断千篇一律的声响，石头和沙子就在箩筛两边分流了。

我久久地站在河堤上，看着那个男子走出沙坑又返回沙坑。这儿距离西安不足三十公里。都市里的霓虹此刻该当缤纷，各种休闲娱乐的场合开始进入兴奋期。暮霭渐渐四合的沙滩上，那个男子还在沙坑与石头垛子之间往返。这个男子以这样的姿态存在于世界的这个角落。

我突发联想，印成一格一框的稿纸如同那张箩筛。他在他的箩筛上筛出的是一粒一粒石子。我在我的“箩筛”上筛出的是一个一个方块汉字。现行的稿酬标准无论高了低了贵了贱了，肯定是那位农民男子的石子无法比的。我自觉尚未无聊到滥生矫情，不过是较为透彻地意识到构成社会总体坐标的这一极，以及这一极与另外一极的粗细强弱的差异。

这是新世纪的第一个早春。这是我回到原下祖屋的第二天傍晚。这是我的家乡那条曾为无数诗家墨客提供柳枝，却总也寄托不尽情思离愁的灞河河滩。此刻，三十公里外的西安城里的霓虹灯，与灞河两岸或大或小村庄里隐现的窗户亮光；豪华或普通轿车壅塞的街道，与田间小道上悠悠移动的架子车；出入大饭店小酒吧的俊男倩女打蜡的头发涂红（或紫）的嘴唇，与拽着牛羊缰绳背着柴火的乡村男女；全自动或半自动化的生产流水线，与那个在沙坑在箩筛前挑战贫穷的男子……构成当代社会的大坐标。我知道我不会再回到挖沙筛石这一极中去，却在这个坐标中找到了心理平衡的支点，也无法从这一极上移开眼睛。

三

村庄背靠白鹿原北坡。遍布原坡的大大小小的沟梁奇形怪状。在一条阴沟里该是最后一坨尚未化释的残雪下，有三两株露头的绿色，淡淡的绿，嫩嫩的黄，那是青蒿，长高了就是蒿草，或卑称臭篙子。嫩黄淡绿的青蒿，不在乎那坨既残又脏经年未化的雪，宣示了春天的气象。

桃花开了，原坡上和河川里，这儿那儿浮起一片一片粉红的似乎流动的云。杏花接着开了，那儿这儿又变幻出似走似驻的粉白的云。泡桐花开了，无论大村小庄都被骤然爆出的紫红的花帐笼罩起来了。洋槐花开的时候，首先闻到的是一种令人总也忍不住深呼吸的香味，然后惊异于庄前屋后和坡坎上已经敷了一层白雪似的脂粉。小麦扬花时节，原坡和河川铺天盖地的青葱葱的麦子，把来自土地最诱人的香味，释放到整个乡村的田野和村庄，灌进庄稼院的围墙和窗户。椿树的花儿在庞大的树冠和浓密的枝叶里，只能看到绣成一团一串的粉黄，毫不起眼，几乎没有任何观赏价值，然而香味却令人久久难以忘怀。中国槐大约是乡村树族中最晚开花的一家，时令已进入伏天，燥热难耐的热浪里，闻一缕中国槐花的香气，顿然会使焦躁的心绪沉静下来。从农历二月二龙抬头迎春花开伊始，直到大雪漫地，村庄、原坡和河川里的花儿便接连开放，各种奇异的香味便一波叠过一波，更不用说那些红的黄的白的紫的各色野草和野花，以及秋来把整个原坡都覆盖着的金黄灿亮的野菊。

五月是最好的时月，这当然是指景致。整个河川和原坡都被麦子的深绿装扮起来，几乎看不到巴掌大一块裸露的土地。一夜之间，那令人沉迷的绿野变成满眼金黄，如同一只魔掌在翻手之瞬间创造出来神奇。一年里最红火最繁忙的麦收开始了，把从去年秋末以来的缓慢悠闲的乡村节奏骤然改变了。红苕是秋收的最后一料庄稼，通常是待头一场浓霜降至，苕叶变黑之后才开挖。湿漉漉的新鲜泥土的垄畦里，排列着一行行刚刚出土的红艳艳的红苕，常常使我的心发生悸动。被文人们称为弱柳的叶子，居然在这河川里最后卸下盛装，居然最耐得霜冷。柳叶由绿变青，由青渐变浅黄，直到几番浓霜击打，通身变成灿灿金黄，张扬在河堤上河湾里，或一片或一株，令人钦佩生命的顽强和生命的尊严。小雪从灰蒙蒙的天空飘下来时，我在乡间感觉不到严冬的来临，却体味到一缕圣洁的温柔，本能地仰起脸来，让雪片在脸颊上在鼻梁上在眼窝里飘落、融化，周围是雾霭迷茫的素净的田野。直到某一日大雪降至，原坡和河川都变成一抹银白的时候，我抵挡不住某种神秘的诱惑，在黎明的浅淡光色里走出门去，在连一只兽蹄鸟爪的痕迹也难寻觅的雪野里，踏出一行脚印，听脚下的雪发出“铮铮铮”的脆响。

我常常在上述这些情景里，由衷地咏叹，我原下的乡村。

四

漫长的夏天。

夜幕迟迟降下来。我在小院里支开躺椅，一杯茶或一瓶啤酒，自然不可或缺一支烟。夜里依然有不泯的天光，也许是繁密的星星散发的。白鹿原刀裁一样的平顶的轮廓，恰如一张简洁到只有深墨和淡墨的木刻画。我索性关掉屋子里所有的电灯，感受天光和地脉的亲和，偶尔可以看到一缕鬼火飘飘忽忽掠过。

有细月或圆月的夜晚，那景象就迷人了。我坐在躺椅上，看圆圆的月亮浮到东原头上，然后渐渐升高，平静地一步一步向我面前移来，幻如一个轻摇莲步的仙女，再一步一步向原坡的西部挪步，直到消失在西边的屋脊背后。

某个晚上，瞅着月色下迷迷蒙蒙的原坡，我却替两千年前的刘邦操起闲心来。他从鸿门宴上脱身以后，是抄哪条便道逃回我眼前这个原上的营垒的？“沛公军灞上”，灞上即指灞陵原。汉文帝就葬在白鹿原北坡坡畔，距我的村子不过十六七里路。文帝陵史称灞陵，分明是依着灞水而命名。这个地处长安东郊自周代就以白鹿得名的原，渐渐被“灞陵原”“灞陵”“灞上”取代了。刘邦驻军在这个原上，与灞水北岸骊山脚下的鸿门遥遥相对，我的祖居的小村庄恰在当间。也许从那个千钧一发命悬一线的宴会逃跑出来，在风高月黑的那个恐怖之夜，刘邦慌不择路翻过骊山涉过灞河，从我的村头某家的猪圈旁爬上原坡直到原顶，才舒出一口气来。无论这逃跑如何狼狈，并不影响他后来打造汉家天下。

大唐诗人王昌龄，原为西安城里人，出道前隐居白鹿原上滋阳村，亦称芷阳村。下原到灞河钓鱼，提镰在菜畦里割韭菜，与来访的文朋诗友饮酒赋诗，多以此原和原下的灞水为叙事抒情的背景。我曾查阅资料企图求证滋阳村村址，毫无踪影。

我在读到一本《历代诗人咏灞桥》的诗集时，大为惊讶，除了人皆共知的“年年柳色，灞陵伤别”所指的灞桥，灞河这条水，白鹿（或灞陵）这道原，竟有数以百计的诗圣诗王诗魁都留了绝唱和独唱。

宠辱忧欢不到情，任他朝市自营营。

独寻秋景城东去，白鹿原头信马行。

这是白居易的一首七绝，是诸多以此原和原下的灞水为题的诗作中的一首，是最坦率的一首，也是最通俗易记的一首。一目了然可知白诗人在长安官场被蝇营狗苟的龌龊惹烦了，闹得腻了，倒胃口了，想呕吐了，却终于说不出口呕不出喉，或许是不屑于说或吐，干脆骑马到白鹿原头逛去。

还有什么龌龊能辱没这个以白鹿命名的原呢？断定不会有。

我在这原下的祖屋生活了两年。自己烧水沏茶。把夫人在城里擀好切碎的面条煮熟。夏日一把躺椅冬天一抱火炉。傍晚到灞河沙滩或原坡草地去散步。一觉睡到自来醒。当然，每有一个短篇小说或一篇散文写成，那种愉悦，相信比白居易纵马原上的心境差不了多少。正是原下这两年，是近八年以来写作字数最多的年份，且不说优劣。

我愈加固执一点，在原下进入写作，便进入我生命运动的最佳气场。

二〇〇三年十二月十一日　二府庄

生命之雨

一个年过五十的人，某天傍晚突然警悟，他的生命中最敏感的竟然是雨。

秋日。傍晚。

细雨如丝如缕如烟，无穷无尽的前方和已经穷尽的身后都是这种雨丝，飘飘洒洒却无声无息。他沿着家乡的河水在沙滩上走着。一旦有雨或雪降下，他就有一种迎接雨雪的骚动而必须刻不容缓地走向雨雪迷蒙的田野。他的腋下挟着一把黑色雨伞，除非雨点变得粗疾起来才准备打开。

沙滩上的野苇子的茸毛已经飘落，蒿草和绿色无可挽救地变得灰黑而苍老了。他看见河的远处有人在涉水过河，辨不清过河的是男人还是女人，雨雾把雄性和雌性的外部特征模糊起来了。走过滩柳丛生的一道沙梁，一个看去和他年龄相仿的女人伫立在沙地上，看守着七八只羊。女人的右手攥着一根新鲜的柳枝儿，无疑是用来警示她的羊的武器；她的左腋下挟着一只金黄色的草帽，而让头发也淋着雨。她的生命中也敏感雨而渴盼细雨的浇灌和滋润吗？

女人满脸皱纹，皮肤皴黑而粗糙，骨骼粗硬而显示着棱角；她挽着黑色的裤脚，露出小腿如同庄稼汉一样坚硬的筋骨的轮廓。他瞅着她，又瞅着她的羊，瞅过去是七只，倒瞅过来却成了八只；数过了羊又瞅她。他瞅着数着羊是潜意识的行为，避免死呆呆瞅着她而引起反感。瞅了瞅她又去数羊，这回数过去是八只，再数过来又成了七只。

她却只瞅着她的羊，或者根本就没有瞅羊。她也不瞅他。他想，在她说不清是呆滞或是不屑的眼神里，他不过也是一只羊吧？他便走开了，踏上高踞沙滩的河堤。

母亲说生他的时候正是三伏天。母亲强调说他落地的时辰是三伏天的午时。母亲对他落地后的记忆十分清晰，落地后不过半个时辰全身就潮起了痱子，从头顶到每一根脚指头，都覆盖着一层密密麻麻的热痱子。只有两片嘴唇例外地侥幸，却暴起苞谷粒大的燎泡。母亲说整整一个夏天里，他身上的热痱子一茬尚未完全干壳，新的一茬便迫不及待地又冒了出来，褪掉的干皮每天都可以撕下小半碗。母亲说她在月子里就只是替他从头到脚撕揭干壳了的痱子皮……母亲对已经成年了的他遭遇灾难时便说："你落生的时辰太焦躁了。那天能遇着下雨就好了。"

他后来得知，他与父亲同一个属相：马。这根本不用奇怪，家族中两代人和两代人之中同一属相的现象屡见不鲜完全正常。奇异的是，他和父亲同月同日生，而且时辰都是午时。只是没有人说得清，父亲出生时潮没潮起那么厉害的热痱子，父亲出生时是否侥幸遇到了三伏天的雨。

他便猜疑，在他来到这个世界时便领受到的如煎如煮的酷热焦躁，在父亲来说早已领受过了，从而并不以为什么了不起。

关于他的父亲，他想写篇小文章来悼念那位如草芥一样无声无响度过一生又悄然死去的农民，然而终于没有形成文字。原因在于，那个念头刚一产生，如潮的记忆便把他齐头盖脑淹没了。他喘息着又合上了钢笔。父亲是一本书，不是一篇小文章。

现在，他只能说一句话，在这个世界上，他最熟悉最了解的是他的父亲，而最难理解的也是他的父亲。他深深地懊悔，直到父亲离开这个世界时，才发觉自己从来也没有太在意过父亲。起初他剖析造成这种懊悔心理的因素，是他既不可能对父亲寄托稍大点儿的依赖，更不可能发现以至研究他有什么伟大和不平凡之处；后来随着生命体验的不断加深，终于有一天醒悟过来，便是从来也没有想到过对父亲的心理设防，是一种绝对的心理安全的天然依赖，反倒不太在意了。

父亲死亡的情景永难忘记。一个自身生长的异物堵死了食道，直到连一滴水也不能通过，那具庞大的躯体日渐一日萎缩成一株干枯的死树……哦！生命中的雨啊！

他一个人坐在家乡的河边，天上洒下旱季里少见的蒙蒙细雨。他刚刚二十岁，开始了永远的没有限期的暑假，从学校走向社会了。他半是豪勇半是惶惑，怀着宏大的文学梦却又怀疑自己是否具备文学的天赋，自信与自卑五十对五十折磨着他，便有了一种孤自散步的欲望，尤其是在雨雾迷茫之中。

这条河不大却闻名于遥远悠久的历史，河有多长，河边的柳林就有多长。骚客文人折柳赠别也抛撒离愁思怨的诗句，成为一代又一代文化人寄托情怀的佳作。他坐在水边，一个琴瑟般的声音不期而至："大哥哥你饿吗？"他转过头就看见了一只小仙鹤，是的，这个大约不过十岁的女孩像河滩草地上偶然降至的仙鹤。他苦笑一下摇摇头。处于整个民族的大饥饿年代，小孩子看世界的眼睛也是饥饿。他笑笑说：“我渴。”河堤上传下来一声笑，他看见那儿站着一位干部，这是一家大企业的党的领导干部，据说是一位出身富贾而又背叛了自己阶级的老革命，革命胜利了他已成为企业领导，却依然需要下放乡村锻炼改造……他很忠诚，不仅自己老老实实在农民中间生活，而且还利用暑假把小女儿也领到这炼狱里来改造了。

几十年后，在一次全国性的文学集会上，有一位中年女人向他走来：“你现在是饿还是渴？”

“还是渴。”

“还是渴？”

“是渴……生命之雨。”

她说她后来随父亲到北方一个城市，又转过四五个城市。她现在在一家报纸主持着一个《婚姻与家庭》的专栏。她在年轻男女中名声显赫，几乎家喻户晓，当然是她坦率而又真诚地解答过来自全国各地青年男女关于爱的困惑，并因此而很自信：“你比我写的书多，我比你写的信多；你只是在文学圈子里有名声，而我却在青年人心中是知音。”她的佐证是多年来收到和回复青年人的书信数以万计。她说她读过他的全部作品，当然不是因为作品好不好，亦不是要研究他的创作，主要是因为在他未成名之前她见过他一面，那时她不足十岁。她说："我至少给青年朋友写过两万多封信，而你的小说最多发行五千册。"

他很尴尬，随之反诘："我也来请你解答一下过去的问题，有一对年轻夫妇在特殊时期中分属对立的两派组织，妻子向自己一派的造反队司令报告了丈夫的行踪，丈夫被抓去打断了一条腿。这位现在走路还颠着跛着的丈夫仍然和那位告密的妻子生活在一起。他向你写过信没有？如果他有一天写信给你要求解释困惑，你怎么回答他？"她张了张口却摇摇头笑了，竟是一副不屑回答的神气。

半年以后，他接到她从千里之外的城市打来的长途电话，说她今天收到一封信，信中所表述的精神痛苦使她陷入深沉的无言以对的心境之中，那人的遭遇与他所说的特殊时期夫妇的故事大同小异，关键在于他们的故事一直延续到今天而且还有发展，类似于被打断腿的这个跛子丈夫，居然投靠那个抓他施刑的造反队头儿的门庭挣钱去了。造反队头儿受过几年冷落之后，现在是一位腰里别着大哥大的公司老板了……现在反倒是类似于那个告密妻子的陷入痛苦境地，据说是丈夫现在跟着那个不计前嫌的老板北上南下东闯西骗，出入星级宾馆酒楼歌舞厅，既卡拉OK又KTV还桑拿浴……她在电话中向他复述了这个故事，情绪很沉静，似乎没有了她写过两万余封回信的那种自信与得意，很真诚地说：“上次你讲的那对特殊时期夫妇的故事我没有回答，我觉得那是你们上一代人的故事和困惑；你们上一代人所处的那个时代是一个不正常的时代，用今天正常人的思维是无法理解也无法解释的，因为他和她都是不正常生活里的不正常的人所演绎的不正常故事。现在，当他和她在今天正常的社会里继续演绎不正常的故事时，我竟然第一次感觉到我的肤浅，无法回答那个类似告密妻子的新的苦恼……”他反而宽厚地安慰她说：“是的，你不可能解除所有痛苦着的心灵的痛苦，也不可能拯救所有沉沦的灵魂。”她说：“我总得给她回信呀！情急之下，我用了你的一句话回复了她，就是‘生命之雨’。”

他说：“这话太……”

她说：“我就想起你的这句话……恰不恰当都不管了，上帝！”

蒙蒙细雨依然。依然是如丝如缕如烟。依然是飘飘洒洒无声无响。他已经走到这一段河堤的尽头，河堤朝南拐弯伸展过去，顶头和南岸的山崖接住了；那一段河堤从山崖下开始延伸到雨雾迷茫的无穷无尽的上游。人生其实也类似这河堤，分作一段一段的，这一段到头了，下段又从这儿开始，一直延伸成为一个生命的河流。

河堤拐弯的内堤里，就圈住了好大一片滩地。滩地里有一幢孤零零的土坯房，房子的南墙和西墙上苫着一层长长的稻草，那是防止西风和南边的下山风卷来的骤雨对泥皮土坯的冲刷的，就像一位插秧的农夫身披的蓑衣。房前有一片偌大的打谷场，场角靠近房子的地方有一个黄色的麦秸垛。他猜测这是一个土地承包经营者仓促建筑的房子，从那简陋的建筑判断，主人完全是出于一种临时的考虑，不愿投注更多的钱财给这幢远离村庄的建筑。

一个男人吆着牛拽着犁在翻耕打谷场。打谷场已经完成了夏季打麦秋季打谷的用场，现在翻耕以恢复土地的疏松和绵软，然后撒下早熟的青稞或者油菜籽，赶明年收割小麦之前先收获了青稞或油菜，再把这块土地碾压瓷实做打谷场。男人悠悠地吆着牛扶着犁，没有戴草帽，一任细雨淋着。一个女人站在麦秸垛下撕扯麦草，撕下一把便弯下腰纳到一只大竹条笼里，动作也是悠悠的不急不忙的样子。只是那一件红色的衣衫像一簇火焰在迷茫的河滩上闪耀。

一男一女一低一高两个小孩在场地上追逐，他们从土屋里奔出来时就是互相追逐着的，大约是男孩抢走了霸占了女孩的吃食或玩具，争执便发生了。女孩追着男孩显然力不从心，在溜滑的打谷场上摔倒了，顺势在场地上打滚而且号啕起来。那女人扔下柴火笼飞跑过去，在滑溜的打麦场上跑起来闪动着两只胳膊，像是一种舞蹈。她没有扶起倒地打滚的女孩，一直冲到男孩跟前，一巴掌抽过去就把男孩打翻在地了。她随后转身走过来抱起女孩，另一胳膊挎上柴火笼走进土屋里去了。

他竟然大声喊起来，愚蠢你愚蠢！你是个愚蠢的妈妈！

男人喝住牛插住犁，慢腾腾走过去抱起男孩，也走进那间土屋里去了。

一头在套的牛站在打麦场上甩着尾巴。

土屋房顶的烟囱有灰色的烟冒出来。

他依然站在河堤上。几十年后，那个扯柴火打男孩抱女孩的愚蠢的女人肯定就变成那个放牧着七八只羊的粗硬的老女人了吧？那个受宠的女孩会不会成长为如那个写过两万多封回信的专栏主持人？

那土屋里暴起激烈的吵闹声，浑厚的男声和尖锐的女声。

肯定那是关于应不应该打倒男孩的争执。他忽然想到她，如果把这幢远离人群的河滩土屋里的争论提到她的专栏上，她还会用他的“生命中的雨”这话来解释给这一对乡野夫妻吗？

一九九四年

晶莹的泪珠

我手里捏着一张休学申请书朝教务处走着。

我要求休学一年。我写了一张要求休学的申请书。我在把书面申请交给班主任的同时，又口头申述了休学的因由，发觉口头申述因为穷而休学的理由比书面申述更加难堪。好在班主任对我口头和书面申述的同一因由表示理解，没有经历太多的询问便在申请书下边空白的地方签写了“同意该生休学一年”的意见，自然也签上了他的名字和时间。他随之让我等一等，就拿着我写的申请书出门去了，回来时那申请书上就增加了校长的一行签字，比班主任的字签得少自然也更简洁，只有“同意”二字，连姓名也简洁到只有一个姓，名字略去了。班主任对我说：“你现在到教务处去办手续，开一张休学证书。”

我敲响了教务处的门板。获准以后便推开了门，一位年轻的女先生正伏在米黄色的办公桌上，手里提着长杆蘸水笔在一厚本表册上填写着什么，并不抬头。我知道开学报名时教务处最忙，忙就忙在许多要填写的各式表格上。我走到她的办公桌前鞠了一躬：“老师，给我开一张休学证书。”然后就把那张签着班主任和校长姓名和他们意见的申请递放到桌子上。

她抬起头来，诧异地瞅了我一眼，拎起我的申请书来看着，长杆蘸水笔还夹在指缝之间。她很快看完了，又专注地把目光留滞在纸页下端班主任签写的一行意见和校长更为简洁的意见上面，似乎两个人连姓名在内的十来个字的意见批示，看去比我大半页的申请书还要费时更多。她终于抬起头来问：

“就是你写的这些理由吗？”

“就是的。”

“不休学不行吗？”

“不行。”

“亲戚全都帮不上忙吗？”

“亲戚……也都穷。”

“可是……你休学一年，家里的经济状况也不见得能改变，一年后你怎么能保证复学呢？”

于是我就信心十足地告诉她我父亲的精确安排计划：待到明年我哥哥初中毕业，父亲谋划着让他投考师范学校，师范生的学杂费和伙食费全由国家供给，据说还发三块钱零花钱。那时候我就可以复学接着念初中了。我拿父亲的话给她解释，企图消除她对我能否复学的疑虑：“我伯伯说来，他只能供得住一个中学生；俺兄弟俩同时念中学，他供不住。”

我没有做更多的解释。我的爱面子的弱点早在此前已经形成。我不想再向任何人重复叙述我们家庭的困窘。父亲是个纯粹的农民，供着两个同时在中学念书的儿子。哥哥在距家四十多里远的县城中学，我在离家五十多里的西安一所新建的中学就读。在家里，我和哥哥可以合盖一条被子，破点旧点也关系不大。先是哥哥接着是我要离家到县城和省城的寄宿学校去念中学。每人就得有一套被褥行头，学费杂费伙食费和种种花销都空前增加了。实际上轮到我考上初中时已不再是考中秀才般的荣耀和喜庆，反而变成了一团浓厚的愁云忧雾笼罩在家室屋院的上空。我的行装已不能像哥哥那样有一套新被子新褥子和新床单，被简化到只能有一条旧被子卷成小卷儿背进城市里的学校。我的那一绺床板终日裸露着缝隙宽大的木质板面，晚上就把被子铺一半再盖上一半。我也不能像哥哥那样由父亲把一整袋面粉送交给学生灶，而只能是每周六回家来背一袋杂面馍馍到学校去，因为学校灶上的管理制度规定一律交麦子面，而我们家总是短缺麦子而苞谷面还算宽裕。这样的生活我并未意识到有什么不好，因为背馍上学的学生远远超过能搭得起灶的学生人数，每到三顿饭时，背馍的学生便在开水灶的一排供水龙头前排起五六列长队，把掰碎的各色馍块装进各自的大号搪瓷缸子里，用开水浸泡后，便三人一堆五人一伙围在乒乓球台的周围进餐，佐菜大都是花钱买的竹篓咸菜或家制的腌辣椒，说笑和争论的声浪甚至压倒了那些从灶房领取炒菜和热饭的“贵族阶层”。

这样的念书生活终于难以为继。父亲供给两个中学生的经济支柱，一是卖粮，一是卖树，而我印象最深的还是卖树。父亲自青年时就喜欢栽树，我们家四五块滩地地头的灌渠渠沿上，是纯一色的生长最快的小叶杨树，稠密到不足一步就是一棵，粗的可作檩条，细的能当椽子。父亲卖树早已打破了先大后小先粗后细的普通法则，一切都是随买家的需要而定，需要檩条就任其选择粗的，需要椽子就让他们砍伐细的。所得的票子全都经由哥哥和我的手交给了学校，或是换来书籍课本和作业本以及哥哥的菜票我的开水费。树卖掉后，父亲便迫不及待地刨挖树根，指头粗细的毛根也不轻易舍弃，把树根劈成小块晒干，然后装到两只大竹条笼里挑起来去赶集，卖给集镇上那些饭馆药铺或供销社单位。一百斤劈柴的最高时价为一点五元，得来的块把钱也都经由上述的相同渠道花掉了。直到滩地上的小叶杨树在短短的三四年间全部砍伐一空，地下的树根也掏挖干净，渠岸上留下一排新插的白杨枝条或手腕粗细的小树……

我上完初一第一学期，寒假回到家中便预感到要发生重要变故了。新年佳节弥漫在整个村巷里的喜庆气氛与我父亲眉宇间的那种根深蒂固的忧虑形成强烈的反差，直到大年初一刚刚过去的当天晚上，父亲便说出来谋划已久的决策："你得休一年学，一年。"他强调了一年这个时限。我没有感到太大的惊讶。在整个一个学期里，我渴盼星期六回家又惧怕星期六回家。我那年刚交十三岁，从未出过远门，而一旦出门便是五十多里远的陌生的城市，只有星期六才能回家一趟去背馍，且不要说一周里一天三顿开水泡馍所造成的对一碗面条的迫切渴望了。然而每个周六在吃罢一碗香喷喷的面条后便进入感情危机，我必须说出明天返校时要拿的钱数儿，一元班会费或五毛集体买理发工具的款项。我知道一根丈五长的椽子只能卖到一点五元钱，一丈长的椽子只有八角到一块的浮动区。我往往在提出要钱数目之前就折合出来这回要扛走父亲一根或两根椽子，或者是多少斤树根劈柴。我必须在周六晚上提前提出钱数，以便父亲可以从容地去借款。每当这时我就看见父亲顿时阴沉下来的脸色和眼神，同时，夹杂着短促的叹息。我便低了头或扭开脸不看父亲的脸。母亲的脸色同样忧愁，我似乎可以看；而父亲的脸眼一旦成了那种样子，我就不忍对看或者不敢对看。父亲生就的是一脸的豪壮气色，高眉骨大眼睛统直的高鼻梁和鼻翼两边很有力度的两道弯沟，忧愁蒙结在这样一张脸上似乎就不堪一睹……我曾经不止一次地产生过这样的念头，为什么一定要念中学呢？村子里不是有许多同龄伙伴没有考取初中仍然高高兴兴地给牛割草给灶里拾柴吗？我为什么要给父亲那张脸上周期性地制造忧愁呢……父亲接着就讲述了他得让哥哥一年后投考师范的谋略，然后可以供我复学念初中了。他怕影响一家人过年的兴头儿，所以压在心里直到过了初一才说出来。我说：“休学。”父亲安慰我说：“休学一年不要紧，你年龄小。”我也不以为休学一年有多么严重，因为同班的五十多名男女同学中有不少人都结过婚，既有孩子的爸爸，也有做了妈妈的，这在五十年代初并不奇怪，解放后才获得上学机会的乡村青年不限年龄。我是班里年龄最小个头最矮的一个，座位排在头一张课桌上。我轻松地说：“过一年个子长高了，我就不坐头排头一张桌子咧——上课扭得人脖子疼……”父亲依然无奈地说：

“钱的来路断咧！树卖完了——”

她放下夹在指缝间的木质长杆蘸水笔，合上一本很厚很长的登记簿，站起来说：“你等等，我就来。”我就坐在一张椅子上等待，总是止不住她出去干什么的猜想。过了一阵儿她回来了，情绪有些亢奋也有点激动，一坐到她的椅子上就说：“我去找校长了……”我明白了她的去处，似乎验证了我刚才的几种猜想中的一种，心里也怦然动了一下，她没有谈她找校长说了什么，也没有说校长给她说了什么。她现在双手扶在桌沿上低垂着眼，久久不说一句话。她轻轻舒了一口气，仰起头来时我就发现，亢奋的情绪已经隐退，温柔妩媚的气色渐渐回归到眼角和眉宇里来了，似乎有一缕淡淡的无能为力的无奈。

她又轻轻舒了口气，拉开抽屉取出一本公文本在桌子上翻开，从笔筒里抽出那支木杆蘸水笔，在墨水瓶里蘸上墨水后又停下手，问：“你家里就再想不下办法了？”我看着那双滋浮着忧郁气色的眼睛，忽然联想到姐姐的眼神。这种眼神足以使任何被痛苦折磨着的心平静下来，足以使任何被痛苦折磨得心力交瘁的灵魂得到抚慰，足以使人沉静地忍受痛苦和劫难而不至于沉沦。我突然意识到因为我的休学致使她心情不好这个最简单的推理。而在校长班主任和她中间，她恰好是最不应该产生这种心情的。她是教务处的一位年轻职员，平时就是在教务处做些抄抄写写的事，在黑板上写一些诸如打扫卫生的通知之类的事，我和她几乎没有说过话，甚至至今也记不住她的姓名。我便说：“老师，没关系。休学一年没啥关系，我年龄小。”她说：“白白耽搁一年多可惜！”随之又换了一种口吻说：“我知道你的名字也认得你。每个班前三名的学生我都认识。”我的心情突然灰暗起来而没有再开口。

她终于落笔填写了公文函，取出公章在下方盖了，又在切割线上盖上一枚合缝印章，吱吱吱撕下并不交给我，放在桌子上，然后把我的休学申请书抹上糨糊后贴在公文存根上。她做完这一切才重新拿起休学证书交给我说：“装好。明年复学时拿着来找我。”我把那张硬质纸印制的休学证书折叠了两番装进口袋。她从桌子那边绕过来，又从我的口袋里掏出来塞进我的书包里，说：“明年这阵儿你一定要来复学。”

我向她深深地鞠了躬就走出门去。我听到背后咣当一声闭门的声音，同时也听到一声“等等”。她拢了拢齐肩的整齐的头发朝我走来，和我并排在廊檐下的台阶上走着，两只手插在外套的口袋里。走过一个又一个窗户，走过一个又一个教室的前门和后门，校园里和教室里出出进进着男女同学，有的忙着去注册去交费，有的已经抱着一摞摞新课本新作业本走进教室，还有从校门口刚刚进来的背着被卷馍袋的迟来者。我忽然心情很不好受，在争取得到了休学证后心劲松了吗？我很不愿意看见同班同学的熟悉的脸孔，便低了头匆匆走起来，凭感觉可以知道她也加快了脚步，几乎和我同时走出学校大门。

学校门口又涌来一拨偏远地区的学生，熟悉的同学便连连问我：“你来得早！报过名了吧？”我含糊地笑笑就走过去了，想尽快远离正在迎接新学期的洋溢着欢跃气浪的学校大门。她又喊了一声“等等”。我停住脚步。她走过来拍了拍我的书包：“甭把休学证弄丢了。”我点点头。她这时才有一句安慰我的话：“我同意你的打算，休学一年不要紧，你年龄小。”

我抬头看她，猛然看见那双眼睫毛很长的眼眶里溢出泪水来，像雨雾中正在涨溢的湖水，泪珠在眼里打着旋儿，晶莹透亮。我瞬即垂下头避开目光。要是再在她的眼睛里多驻留一秒，我肯定就会号啕大哭。我低着头咬着嘴唇，脚下盲目地拨弄着一颗碎瓦片来抑制情绪，感觉到有一股热辣辣的酸流从鼻腔倒灌进喉咙里去。我后来的整个生命历程中发生过多少这种酸水倒流的事，而倒流的渠道却是从十三岁刚来到的这个生命年轮上第一次疏通的。第一次疏通的倒流的酸水的渠道肯定狭窄，承受不下那么多的酸水，因而还是有一小股从眼睛里冒出来，模糊了双眼，顺手就用袖头揩掉了。我终于仰起头鼓起劲儿说："老师……我走咧……"

她的手轻轻搭上我的肩头："记住，明年的今天来报到复学。"

我看见两滴晶莹的泪珠从眼睫毛上滑落下来，掉在脸鼻之间的谷地上，缓缓流过一段就在鼻翼两边挂住。我再一次虔诚地深深鞠躬，然后就转过身走掉了。

二十五年后，卖树卖树根（劈柴）供我念书的父亲在癌病弥留之际，对坐在他身边的我说："我有一件事对不住你……"

我惊讶得不知所措。

"我不该让你休那一年学！"

我浑身战栗，久久无言。我像被一吨烈性“梯恩梯”炸成碎块细末儿飞向天空，又似乎跌入千年冰窖而冻僵四肢冻僵躯体也冻僵了心脏。在我高中毕业名落孙山回到乡村的无边无际的彷徨苦闷中，我曾经猴急似的怨天尤人：“全都倒霉在休那一年学……”我一九六二年毕业恰逢中国经济最困难的年月，高校招生任务大大缩小，我们班里剃了光头，四个班也仅仅只考取了一个个位数，而在上一年的毕业生里我们这所不属重点的学校也有百分之五十的学生考取了大学。我如果不是休学一年当是一九六一年毕业……父亲说：“错过一年……让你错过了二十年……而今你还算熬出点名堂了……”

我感觉到炸飞的碎块细末儿又归结成了原来的我，冻僵的四肢自如了冻僵的躯体灵便了冻僵的心又噔噔噔跳起来的时候，猛然想起休学出门时那位女老师溢满眼眶又流挂在鼻翼上的晶莹的泪珠儿。我对已经跨进黄泉路上半步的依然向我忏悔的父亲讲了那一串泪珠的经历，我称呼伯伯的父亲便安然合上了眼睛，喃喃地说：“可你……怎么……不早点给我……说这女先生哩……”

我今天终于把几近四十年前的这一段经历写出来的时候，对自己算是一种虔诚祈祷，当各种欲望膨胀成一股强大的浊流冲击所有大门窗户和每一个心扉的当今，我便企望自己如女老师那种泪珠的泪泉不致堵塞更不敢枯竭，那是滋养生命灵魂的泉源，也是滋润民族精神的泉源哦……

一九九三年十一月二十二日　渭南

在河之洲

汽车驶出古城西安东门，不久就进入麦深似海的关中平原的腹地。时令刚交上五月，吐穗扬花的小麦一望无际，眼前是嫩滴滴的密密匝匝的麦叶麦穗，稍远就呈现为青色了。放开眼远眺，就是令人心灵震颤的恢宏深沉的气象了。东过渭河，田堰层叠的渭北高原，在灰云和浓雾里隐隐呈现出独特的风貌，无论立陡的险坳，无论舒缓的慢坡，都被青葱葱的麦子覆盖着，如此博大深沉，又如此舒展柔曼，无法想象仅仅在两个月之前的残破与苍凉，顿然发生对黄土高原深蕴不露的神奇伟力的感动。

我的心绪早已舒展欢愉起来，却不完全因为满川满原的绿色的浸染和撩拨，更有潜藏心底的一个极富诱惑的企盼，即将踏访两千多年前那位“窈窕淑女”曾经生活和恋爱的“在河之洲”了。确切地说，早在几天之前朋友相约的时候，我的心里就踊跃着期待着，去看那块神秘莫测的“在河之洲”。

我是少年时期在初中语文课本上，初读那首被称作中国第一首爱情诗歌的。无须语文老师督促，一诵我便成记了，也就终生难忘了。“关关雎鸠，在河之洲；窈窕淑女，君子好逑。”许是少年时期特有的敏感，对那位好逑的君子不大感兴趣，甚至有莫名的逆反式的嫉妒，一个什么样儿的君子，竟然能够赢得那位窈窕淑女的爱？在河之洲，在哪条河边的哪一块芳草地上，曾经出现过一位窈窕淑女，而且演绎出千古诵唱不衰的美丽的爱情诗篇？神秘而又圣洁的“在河之洲”，就在我的心底潜存下来。后来听说这首爱情绝唱就产生在渭北高原，却不敢全信，以为不过是传说罢了，而渭河平原的历史传说太多太多了。直到朋友约我的时候，确凿而又具体地告诉我，在河之洲，就是渭北高原合阳县的洽川，这是大学问家朱熹老先生论证勘定的。朱熹著《诗集传》里的“关雎”篇，以及《大雅·大明》的注释，有“在洽之阳，在渭之涘”可佐证，更有“洽，水名，本在今同州合阳夏阳县”，指示出不容置疑的具体方位。合阳即今日的合阳县，二十世纪五十年代还沿用古体合字作为县名，后来为图得简便，把右边的耳朵削减省略了，合阳县就成今天通用的合阳县了。洽水在合阳县投入黄河，这一片黄河道里的滩地古称洽川，就是千百年来让初恋男女梦幻情迷的“在河之洲”。我现在就奔着那方神秘而又圣洁的芳草地来了。

远远便瞅见了黄河。黄河紧紧贴着绵延起伏的群山似的断崖的崖根，静静地悄无声息地涌流着。黄河冲出禹门，又冲出晋陕大峡谷，到这里才放松了，温柔了，也需要抒情低吟了，抖落下沉重的泥沙，孕育出渭北高原这方丰饶秀美的河洲。这是令人一瞅就感到心灵震颤的一方绿洲，顿然便自惭想象的狭窄和局限。这里坦坦荡荡铺展开的绿莹莹的芦苇，左望不见边际，右眺也不见边际，沿着黄河也装饰着黄河，竟有三万多亩，那一派芦苇的青葱的绿色所蕴聚的气象，在人初见的一瞬便感到巨大的摇撼和震颤。我站在坡坎上，久久说不出一句话来，那方自少年时代就潜存心底的“在河之洲”，完全不及现实的洽川之壮美。

芦苇正长到和我一般高，齐刷刷，绿莹莹，宽宽的叶子上绣积着一层茸茸白毛，纯净到纤尘不染。我漫步在芦苇荡里青草铺垫的小道上，似可感到正值青春期的芦苇的呼吸。我自然想到那位身姿窈窕的淑女，也许在麦田里锄草，在桑树上采摘桑叶，在芦苇丛里聆听鸟鸣，高原的地脉和洽川芦荡的气韵，孕育出窈窕壮健的身姿和洒脱清爽的质地，才会让那个万众景仰的周文王一见钟情，倾心求爱。我便暗自好笑少年时期自己的无知与轻狂，好逑的君子可是西周的周文王啊，哪里还有比他更能称得起君子的君子呢！一个君王向一个锄地割麦采桑养蚕的民间女子求爱，就在这莽莽苍苍郁郁葱葱的芦苇荡里，留下《诗经》开篇的爱情诗篇，萦绕在这个民族每一个子孙的情感之湖里，滋润了两千余年，依然在诵着吟着品着咂着，成了一种永恒。

雨下起来了。芦苇荡里白茫茫一片铺天盖地的雨雾，腾起排山倒海般雨打苇叶的啸声，一波一波撞击人的胸膛。走到芦苇荡里一处开阔地时，看到一幅奇景，好大的一个水塘里，竟然有几十个人在戏水，男人女人，年轻人居多，也有头发稀落皮肉松弛的上了年岁的人。这个时月里的渭北高原，又下着大雨，气温不过十摄氏度，那些人只穿泳衣在水塘里戏闹着，似乎不可思议。这是一个温泉，名处女泉，大约从文王向民间淑女求爱之前就涌流到今天了。温泉蒸腾着白色的水汽，像一只沸滚的大锅，一团一团温热湿润的水汽向四周的芦苇丛里弥漫，幻如仙境。洽川人得了这一塘好水，冬夏都可以尽情洗浴了，自古形成一个风俗，女子出嫁前夜，必定到处女泉净身，真是如诗如画。洽川这种温泉在古籍上有一个怪异的专用汉字，瀵。自地下冒涌出来，冲起沙砾，对浴者的皮肤冲击搓磨，比现代浴室超豪华设施美妙得远了。在洽川，这样的瀵泉有多处，细如蚁穴，大如车轮。《水经注》等多种典籍都有生动具体的描绘。现在成了各地旅客观赏或享受沙浪浴的好去处了。

这肯定是我见过的最绝妙的温泉了，也肯定是我观赏到的最壮观最气魄的芦苇荡了，造化给缺雨干旱的渭北高原赐予这样迷人的一方绿地一塘好水，弥足珍贵。我在孙犁的小说散文里领略过荷花淀和芦苇荡的诗意美，前不久从媒体上看到有干涸的危机，不免扼腕；从京剧《沙家浜》里知道江南有一片可藏匿新四军的芦苇荡，不知还有芦苇否？芦苇丛生的湿地沙滩，被誉为地球的肺。无须特意强调，谁都知道其对于人类生存不可或缺的功能。

我便庆幸，在黄河滩的洽川，芦苇在蓬勃着，温泉在涌着冒着，现代淑女和现代君子，在这一方芳草地上，演绎着风流。

二〇〇四年九月二十一日　雍村

告别白鸽

老舅到家里来，话题总是离不开退休后的生活内容，谈到他还可以干翻扎麦地这种最重的农活儿，很自豪的神情；养着一只大奶羊，早晨起来挤下羊奶煮熟和孙子喝了，孙子去上学，他则牵着羊到坡地里去放牧，挺诱人的一种惬意的神色；说他还养着一群鸽子，到山坡上放羊时或每月进城领取退休金时，顺路都要放飞自己的鸽子。我禁不住问："有白色的没有？纯白的？"

老舅当即明白了我的话意，不无遗憾地说："有倒是有……只有一对。"随之又转换成愉悦的口吻："白鸽马上就要下蛋了，到时候我把小白鸽给你捉来，就不怕它飞跑了。"老舅大约看出我的失望，继续解释说："那一对老白鸽你养不住，咱们两家原上原下几里路，它一放开就飞回老窝里去了。"

我就等待着，并不焦急，从产卵到孵化再到幼鸽独立生存，差不多得两个月，急是没有用的。我那时正在远离城市的乡下故园里住着读书写作，七八年了，对那种纯粹的乡村情调和质朴到近乎平庸的生活，早已生出寂寞，尤其是陷入那部长篇小说的写作以来的三年。这三年里我似乎在穿越一条漫长的历史隧道，仍然看不到出口处的亮光，一种劳动过程之中尤其是每一次劳动中止之后的寂寞围裹着我，常常难以诉述难以排解。我想到能有一对白色的鸽子，心里便生出一缕温情一方圣洁。

出乎我意料的是，一周没过，舅舅又来了，而且捉来了一对白鸽。面对我的欣喜和惊讶之情，老舅说："我回去后想了，干脆让白鸽把蛋下到你这里，在你这里孵出小鸽，它就认你这儿为家咧。再说嘛，你一年到头闷在屋里看书呀写字呀，容易烦。我想到这一层就赶紧给你捉来了。"我看着老舅的那双洞达豁朗的眼睛，心不由得怦然颤动起来。

我把那对白鸽接到手里时，发现老舅早已扎住了白鸽的几根羽毛，这样被细线捆扎的鸽子只能在房屋附近飞上飞下，而不会飞高飞远。老舅特别叮嘱说，一旦发现雌鸽产下蛋来，就立即解开它翅膀上被捆扎的羽毛，此时无须担心鸽子飞回老窝去，它离不开它的蛋。至于饲养技术，老舅不屑地说："只要每天早晨给它撒一把苞谷粒儿……"

我在祖居的已经完全破败的老屋的后墙上的土坯缝隙里，砸进了两根木棍子，架上一只硬质包装纸箱，纸箱的右下角剪开一个四方小洞，就把这对白鸽放进去了。这幢已无人居住的破落的老屋似乎从此获得了生气，我总是抑制不住对后墙上的那一对活泼泼的白鸽的关切之情，没遍没数儿地跑到后院里，轻轻地撒上一把玉米粒儿。起始，两只白鸽大约听到玉米粒落地时特异的声响，挤在纸箱四方洞口探头探脑，像是在辨别我投撒食物的举动是真诚的爱意抑或是诱饵？我于是走开，以便它们可以放心进食。

一九九六年八月十六日